I0719266

OUTRAGEOUS

Série Quantum, Livre 7

Par : Marie Force

Publié par HTJB, Inc.

Copyright 2018. HTJB, Inc.

Couverture par Kristina Brinton, E-book Formatting Fairies

ISBN:978-1946136824

MARIE FORCE et QUANTUM sont des marques déposées auprès de l'Office des Brevets et des Marques des États-Unis.

Ce livre est autorisé uniquement pour un usage personnel. Ce livre ne peut être ni revendu ni donné à un tiers. Si vous voulez partager ce livre avec d'autres personnes, nous vous prions d'acheter une copie par personne. Si vous lisez ce livre sans l'avoir acheté, ou s'il n'a pas été acheté uniquement pour votre usage personnel, veuillez le rendre et acheter votre propre copie. Merci de respecter le dur labeur de cet auteur. Pour obtenir la permission d'extraire des passages du livre, contactez l'auteur à l'adresse suivante : marie@marieforce.com.

Tous les personnages de ce livre sont imaginaires et créés par l'auteur.

www.marieforce.com

CHAPITRE 1

Leah

Je veux le lécher. Je veux le mettre nu et lécher tous les monts et toutes les vallées de son corps musclé. Je veux savoir si tous ses muscles sont aussi gros que ceux de ses bras. Je veux le monter comme une cowgirl. Et après, je veux le monter comme une cowgirl *à l'envers*.

Mon obsession pour Emmett Burke a commencé dès mon premier jour à Quantum Productions, où je travaille en tant qu'assistante de la mégastar Marlowe Sloane, associée de Quantum, et de manière plus générale, femme incroyable et super rebelle. Le premier jour, Emmett était chargé d'examiner avec moi l'accord de non-divulgation. Même avec l'assistante de Flynn Godfrey, Addie, assise à côté de nous, je n'ai pas entendu un seul mot de ce qu'a dit Emmett sur le contrat parce que j'étais si obsédée par sa bouche indécemment sexy. En plein milieu du bureau de Quantum, j'avais des visions de tous les endroits de mon corps où j'aurais aimé sentir cette bouche sur moi.

Puis il a mentionné que l'on pourrait me poursuivre en justice si je parlais des affaires de Quantum ou des associés en dehors du travail, et cela a détourné mon attention de ses lèvres pendant une ou deux secondes, le temps de signer l'accord. Je serais *fêlée* de foutre en l'air la chance incroyable que mon amie Natalie m'a donnée après être tombée amoureuse de Flynn la superstar et s'être enfuie pour l'épouser à Hollywood. Mais j'aimerais vraiment bien avoir la chance d'offrir une *fellation* à l'avocat de Flynn.

À son mariage, Natalie m'a présentée à Marlowe, qui m'a embauchée sur-le-champ et a racheté mon contrat avec l'école à charte pour laquelle je travaillais à New York – sans plaisir, j'ajouterai. L'enseignement, ce n'était pas pour moi. Être l'assistante de l'une des plus grandes stars du monde ? *Ça oui alors*, c'est pour moi. Marlowe a payé mon déménagement à Los Angeles, et maintenant que je suis là, avec un emploi que j'adore vraiment, tous ceux que je connais m'envient. En raconter des longues sur eux – sans jeu de mots – je ne vais *certainement pas* le faire. Je ne ferai jamais rien pour gâcher mon contrat très avantageux et l'opportunité incroyable qu'on m'a donnée d'avoir une carrière dont je ne pouvais même pas rêver.

Mais Emmett Burke et moi ? C'est comme si c'était fait. Il faut juste que je trouve comment briser son attitude rigide et toujours professionnelle, pour trouver l'homme à sang chaud sous les costumes à trois mille dollars qui doivent être faits sur mesure pour lui parce qu'aucun costume dans le prêt-à-porter n'irait à ces biceps-là.

En attendant, je passe un temps fou à penser à le lécher et à essayer de trouver des raisons de lui parler. J'aimerais avoir les couilles pour lui dire carrément que je veux lui sucer la bite jusqu'à ce qu'il explose dans ma gorge, mais quelque chose me dit que ce ne serait pas la meilleure chose à faire pour avancer dans ma carrière.

Bien qu'Emmett ne soit pas un des directeurs de Quantum – et laissez-moi vous dire, le mot directeur dans cette industrie n'a rien à voir avec directeur d'école –, c'est le conseiller juridique principal et le meilleur ami de Flynn, Hayden, Marlowe, Jasper et Kristian, autrement dit les patrons. Cela veut dire qu'il me faut être prudente et contrôler ma bave et mes envies de lécher.

Mais que Dieu protège cet homme-là si jamais je me retrouve seule avec lui dans une chambre à coucher – ou n'importe quelle pièce qui ne soit pas un bureau dans le bâtiment où nous travaillons tous les deux. Il me faut rire devant cette obsession devenue comique, parce que ce n'est vraiment pas habituel pour moi. Auparavant, avant Emmett, je n'étais intéressée par les hommes que pour tirer un coup et les laisser en plan. Je n'en ai jamais eu rien à faire d'un seul d'entre eux.

Mais cet homme-là… Celui-là est différent, et je l'ai su tout de suite. Chaque fois que je me suis retrouvée avec lui depuis le tout premier jour, et je suis « avec lui » pratiquement tous les jours, entre le travail et les divertissements – ces gens-là aiment beaucoup faire la fête – je l'ai désiré plus fort que la fois précédente. C'est de la folie. Je l'admets volontiers, mais je n'ai aucune envie que cela s'arrête. Non, mon désir est entièrement concentré sur comment faire que cela *commence*.

Parfois, quand je suis seule à la maison avec mon lapin fidèle, je me laisse aller à mes fantasmes les plus fous. Je m'imagine avec Emmett dans toutes les positions concevables, y compris certaines qui n'ont pas encore été inventées. Je commence à attendre l'heure du lapin avec un peu trop d'enthousiasme, ce qui est inquiétant. Je n'ai jamais été le genre de fille à reculer devant un défi, mais je suspecte qu'Emmett pense que je suis trop jeune et pas assez mûre pour lui.

Il n'y a vraiment personne à qui je puisse parler de mon « dilemme », puisque mes amis les plus proches ici travaillent également pour Quantum, ou sont mariés ou fiancés aux associés. Bien sûr, ce sont leurs avis que je veux le plus car ils le connaissent mieux que je ne le pourrai jamais à ce rythme frustrant.

Je vais passer trois jours entiers avec lui quand nous allons monter à Napa à la fin de la semaine qui vient pour le mariage de Hayden et Addie. Je compte les jours avec en tête le plan de mettre en œuvre l'Opération Baiser Emmett Burke pendant que nous y serons. Je me dis que je n'ai qu'à me débarrasser de Marlowe et Sebastian, parce que, mis à part Emmett et moi, ce sont les seuls qui ne sont pas en couple. Avec des amoureux tout autour de nous, je m'attends à ce que nous quatre finissions ensemble pas mal de fois et je vais exploiter à fond toute opportunité qui se présente, sans pour autant m'humilier devant Marlowe.

Cela va être délicat…

J'ai décidé que le week-end à Napa était le moment de me *lancer*. Ça suffit de fantasmer sur ce que je ferais si j'avais une nuit avec lui. Il est temps de transformer les fantaisies en réalité. L'idée d'être nue et à l'horizontale avec lui me fait regretter de ne pas avoir apporté mon lapin au travail.

Je suis censée organiser le voyage à Paris de Marlowe pour la semaine d'après Napa, mais pour l'instant tout ce que j'ai réussi à accomplir, c'est d'écrire une liste de choses à faire. Mon obsession pour Emmett perturbe mon travail de rêve, et je ne peux pas me le permettre. Il est temps que je retrousse mes manches et que je mette en œuvre la liste des tâches, pour pouvoir présenter à Marlowe un itinéraire complet quand elle rentrera de déjeuner avec son agent.

Je travaille à la réservation de billets d'avion première classe quand le poste téléphonique de mon bureau sonne. C'est un appel du numéro d'Addie. Je prends le coup de fil sur haut-parleur.

« Quoi de neuf, ma belle ? »

J'adore Addie et compte devenir une assistante de Hollywood d'envergure mondiale exactement comme elle quand je serai grande. Elle est d'une générosité infinie avec ses conseils et avis alors que je continue à m'adapter à mon nouveau travail, et elle est follement amoureuse de Hayden Roth, le sexy, ténébreux réalisateur qui est oscarisé, et qui est le cœur et l'âme de Quantum.

« Tu peux venir à la salle de réunion pour un meeting vite fait ?

— Ouais. Qu'est-ce qu'il faut que j'apporte ?

— Ton laptop. Dans cinq minutes ?

— J'y serai. »

Addie pourrait me demander n'importe quoi, je le ferais. Elle a joué un rôle clé dans ma transition d'enseignante de CM1 à New York à assistante d'une star de cinéma à Hollywood. Parfois, je n'arrive pas encore à croire que j'ai vraiment fait cette transition, mais il me suffit de regarder par la fenêtre les palmiers qui bordent le parking de Quantum pour réaliser que je ne suis plus dans la « Big Apple » newyorkaise, Toto.

Qu'on ne s'y trompe pas. *J'adorais* New York. Je détestais, cependant, être enseignante. J'ai un respect fou pour les personnes qui peuvent passer leurs jours dans des pièces remplies de mômes. Je n'en fais pas partie. Je pensais en être une jusqu'à ce que je sois obligée de le faire tous les jours, et que la réalisation d'avoir fait une grave erreur dans mes projets de vie me secoue – c'est le moins qu'on puisse dire. J'ai travaillé avec des enseignants franchement incroyables, et leur passion pour ce boulot m'a aidée à voir que je n'avais pas ce qu'il fallait pour donner aux enfants le dévouement qu'ils méritaient.

J'avais déjà décidé que j'allais quitter mon travail à la fin de l'année scolaire quand Natalie a eu la brillante idée de me faire embaucher par Marlowe. Maintenant que j'ai fait le changement, il n'y a rien que je ne ferais pas pour les gens ici à Quantum, et c'est une raison pour laquelle j'essaie de maîtriser mon énorme béguin pour Emmett au travail. Je ne veux pas causer de problèmes ou de gêne à Natalie, qui s'est mouillée pour m'obtenir cet emploi incroyable, ou Marlowe, qui a pris des risques en prenant une femme sans expérience aucune en tant qu'assistante.

Je rassemble mon laptop, un calepin et mon téléphone et me rends à la salle de réunion pour le meeting. Qui croyez-vous est la seule personne dans le couloir ? Ouais, vous avez deviné. L'objet de mon obsession, et bon sang, il donne particulièrement envie de lécher aujourd'hui dans un costume bleu marine finement rayé avec une cravate d'un bleu glacier et une chemise de ville blanche qui flatte son bronzage soutenu et permanent, qu'il obtient en faisant du surf.

Comment je sais ça ? Qu'est-ce que je ne sais pas sur lui ? Je suis obsédée, vous vous rappelez ? Et là, il me faut toute ma tête pour tenir une conversation avec l'homme de mes rêves.

« Emmett. »

Excellente salve de début. J'adore le son de son nom qui roule sur ma langue. Est-ce que quelqu'un a parlé de langue ? *On ne lèche pas au boulot, Leah.*

« Leah. »

Soupir. Il a prononcé mon nom.

« Comment vas-tu aujourd'hui ?

— Bien, et toi ?

— Très, *très* bien. »

Est-ce qu'il remarque la façon suggestive dont je le dis ou comment mon nouveau soutien-gorge de deux cents dollars de La Perla rend mes petits seins un peu plus spectaculaires qu'ils ne le sont en réalité ? Qu'on n'aille jamais dire que je ne sais pas bien investir mon salaire bien plus élevé que celui que j'avais à Los Angeles.

« Pas de dilemmes juridiques aujourd'hui ? » demande-t-il, ses lèvres formant une expression qui est peut-être de l'amusement.

Oserais-je espérer ?

« Pas encore, mais tu seras le premier à le savoir si cela devait changer.

— Oh, chouette », dit-il, son sarcasme le rendant encore plus attirant pour moi.

J'aime follement les gens sarcastiques. Je suis experte en matière de sarcasme, et un sens de l'humour sarcastique est tout en haut de ma liste des qualités attirantes. Avec Emmett, le sarcasme est en cinquième place sur ma liste, après des lèvres sexy, un cul sexy, des biceps sexy et des abdos bien définis et sexy. Vous comprenez bien que le sarcasme arrive loin derrière ces choses-là, en cinquième place.

Demande-lui de sortir avec toi après le travail.

Je ne sais pas d'où me vient cette idée, mais les mots s'échappent de ma bouche avant que je puisse décider si je devrais les prononcer.

« Vous voulez prendre un verre après le travail ? Je vous l'offre pour vous remercier de vos conseils juridiques.

— Oh, euh, je ne peux pas, mais merci en tout cas. »

Il me dépasse sans même m'effleurer. Je regrette l'opportunité ratée de contact corporel.

« Faut que je m'y remette. À plus tard.

— Au revoir. »

OK, bon bah, cela ne s'est pas passé aussi bien que cela aurait pu, mais je ne l'avais pas vraiment prévenu. Et il a dit qu'il ne *pouvait* pas, pas qu'il ne *voulait* pas. Je considère que c'est un signe positif et je continue mon chemin jusqu'à la salle de réunion où m'attend Addie, avec l'assistant d'Ellie Godfrey, Dax, l'assistante de Kristian, Lori, et Aileen, notre réceptionniste et assistante administrative qui, il se trouve, est aussi la fiancée de Kristian.

Je m'assieds en face d'Aileen, qui me sourit chaleureusement en bienvenue. C'est une personne adorable, toujours heureuse et prête à aider si besoin est. Nous l'aimons tous, mais personne plus que Kristian, qui, c'est sûr et certain, est gaga d'elle – et de ses enfants. L'amour qu'on respire ici m'a donné bon espoir que cela m'arrive à moi un jour. Avec un peu de chance, ce sera longtemps après avoir fait un tour ou deux dans la chambre à coucher d'un avocat trop canon qui n'a pas encore réalisé que je suis exactement ce qu'il lui faut pour s'amuser un peu.

« Merci d'être venus, les gars », dit Addie.

Je remarque immédiatement que l'imperturbable Addie a l'air sérieusement perturbée.

« Qu'est-ce qui ne va pas ? demande Dax.

— Je panique, avoue Addie. J'ai dit à Hayden que je ne voulais pas d'organisatrice de mariage pour superviser notre grand jour, et je me suis occupée de tout moi-même, mais je n'arrête pas de me réveiller au milieu de la nuit avec des sueurs froides et criblée d'inquiétude d'avoir loupé quelque chose d'essentiel, comme la nourriture ou la boisson ou *quelque chose.* J'espérais que vous puissiez tout passer en revue et revérifier ce que j'ai fait. »

L'être humain le plus organisé de la planète – punaise, de *l'univers* – veut de mon aide ? Je suis partante.

Elle distribue des enveloppes qui contiennent des plans détaillés pour le mariage qui se déroulera au vignoble de Napa Valley qui appartient aux associés de Quantum. Écartant toute pensée d'Emmett et de le lécher, je me concentre exclusivement sur l'information sur la page, lisant chaque mot comme le font les autres.

Pendant que nous lisons, Addie fait les cent pas.

Repas, c'est fait. Boissons, oui. Fleurs, oui. Barnum, oui. Tonnelle faite de vignes pour la cérémonie, oui. Tables, chaises, linge de table et décorations de table, oui, oui, oui et oui.

Hébergement pour tout le groupe Quantum, oui, y compris l'affectation des chambres que je ne regarde pas de trop près, mais je le ferai plus tard. Aucun doute là-dessus.

« La musique, dis-je en rompant un long silence. Où est la musique ? »

Addie s'arrête de faire les cent pas pour me regarder.

« C'est là-dedans.

— Où ça ? »

Elle vient à moi, se penche par-dessus mon épaule et feuillette les papiers deux fois avant de hurler.

« *J'ai oublié la musique, putain ?* »

Ma première impulsion est d'essayer de la calmer, mais elle a déjà dépassé le stade de péter un plomb et se dirige tout droit vers une explosion de puissance nucléaire. Les autres le réalisent aussi, et passent immédiatement à l'action.

« Qui connaissons-nous ? demande Lori.

— Euh, tout le monde ? dit Aileen d'un ton calme et contrôlé, ce qui est ce qu'il nous faut. Qui veux-tu, Addie ? Nous connaissons plutôt du beau monde. »

Addie est comme une biche devant des phares.

« Je, euh, je ne sais même pas à qui demander.

— Laisse-nous nous en occuper, dis-je alors que les autres hochent la tête en signe d'accord. Dis-nous quel genre de musique tu veux, on le choisira pour toi et on trouvera quelqu'un de super.

— C'est le week-end *prochain*.

— C'est Hayden Roth, lui rappelé-je, comme si elle avait besoin qu'on lui dise qui elle épouse ou qu'il est le réalisateur le plus célébré de sa génération. Je compte sur le fait que pratiquement tout le monde s'arracherait l'opportunité de jouer à son mariage.

— Euh, j'ai presque peur de poser la question, dit Aileen, mais tu as une robe, n'est-ce pas ?

— Oui, Tenley s'en est occupée, dit-elle, faisant référence à sa demoiselle d'honneur, une styliste recherchée des stars.

— Oh, ouf, dit Aileen en souriant. Hayden a déjà une queue-de-pie ainsi que ses témoins, alors c'est bon, là. Et les cadeaux pour les membres du cortège ? »

Les yeux d'Addie lui sortent de la tête encore une fois, et je me rends compte que cela va être une *longue* journée.

Emmett

Elle me rend dingue. Est-ce qu'elle pense que je ne remarque pas comment elle me fixe du regard ou comment elle a une question juridique différente chaque jour, qui n'a jamais rien à voir avec son emploi d'assistante de Marlowe ? Il y a deux jours, elle voulait des conseils sur un bail pour une « amie » à New York avec un bailleur infernal. Je suis avocat du droit du spectacle et avocat de société. Qu'est-ce que j'en sais, moi, des baux à New York ? Bien sûr, elle connaît mes spécialités mais cela ne l'empêche pas de trouver une raison pour me poser au quotidien une question juridique stupide.

Cela ne m'aide absolument pas que je veuille la jeter sur mon bureau et la baiser jusqu'à lui en faire perdre son insolence. Peut-être que si je le faisais, elle me laisserait tranquille.

Mais cela ne peut pas arriver et *n'arrivera pas* pour bien des raisons, les dix ans d'écart entre nous n'étant pas la plus insignifiante d'entre elles. Nous avons célébré ses vingt-quatre ans avec un gâteau d'anniversaire au bureau la semaine dernière, et je jure qu'elle m'a regardé droit dans les yeux quand elle a léché le glaçage de son doigt, ignorant complètement le fait que nous étions au bureau, putain, entourés de tous nos collègues, bordel, y compris les associés qui sont mes employeurs et que j'aide à éviter justement le genre de pétrin dans lequel je veux me foutre avec elle.

Elle a *vingt-quatre* ans. Je n'arrête pas de me dire que cela la met fermement en zone interdite. Elle est jeune, naïve, sans expérience, trop vanille et vraiment pas de taille vu le genre de mec que je suis.

Sa meilleure attaque, c'était hier quand elle a apporté le livret d'accueil de la société et a demandé une clarification sur la politique des relations au travail. Croit-elle que je ne vois pas à quoi elle joue ? Elle a fait le tour de mon bureau et s'est penchée au-dessus de moi pour me montrer la partie du texte qui lui prêtait à confusion : *Les employés doivent obtenir l'approbation écrite de leur supérieur hiérarchique avant de commencer une relation romantique avec un autre employé, et aucun employé ne sortira personnellement ni ne fraternisera avec un employé sous sa supervision directe.*

« Est-ce que cela veut dire que j'ai besoin d'avoir l'approbation de Marlowe avant de sortir avec quelqu'un du bureau ?

— Oui, ai-je dit les dents serrées, en essayant d'ignorer comme elle appuyait sa poitrine contre mon épaule. C'est ce que cela veut dire. Et ton compagnon potentiel doit en faire de même. Je peux me remettre à travailler, maintenant ? »

Avec qui pense-t-elle sortir, de toute façon ? Et qu'est-ce que j'en ai à foutre ? Qui que ce soit, je le plains, l'imbécile. Elle donnerait du fil à retordre au plus patient des hommes.

« Y a-t-il un formulaire ou quelque chose à remplir avant de commencer notre relation ?

— Un mail sera suffisant », lui ai-je dit, ma patience étant inexistante en ce qui la concerne.

J'avais quatorze millions de choses dont m'occuper au nom des cinq personnes qui me paient royalement pour piloter leurs affaires légales, et tout ce que je voulais, c'était mettre à poil l'assistante de Marlowe et l'utiliser pour mon malin plaisir, là sur mon bureau.

Ce n'est pas comme cela que je me comporte. Je suis professionnel par excellence. Je tiens à mon travail et à l'amitié de mes employeurs, les deux choses les plus importantes de ma vie.

En cette ère de vigilance accrue en matière de comportement en milieu de travail, je n'ai ni le temps ni la tolérance pour une perturbatrice de vingt-quatre ans qui veut sortir des sentiers battus. Elle peut trouver quelqu'un d'autre avec qui faire des trucs fous.

Sauf que… Dès que j'ai cette pensée, je suis rempli d'une rage déraisonnable à l'idée des mains d'un autre homme sur son corps adorable et souple. La première fois que je l'ai rencontrée, je n'ai pas été tout de suite attiré par elle. Non, ce plaisir spécial est venu plus tard, quand je l'ai vue en bikini chez Flynn et que j'ai réalisé qu'elle cachait un corps sexy à en mourir sous des vêtements de travail classiques qui ne la mettent pas du tout en valeur. Depuis, j'ai fait un effort pour empêcher ma tête – et mes yeux – de vadrouiller dans des directions qu'ils doivent éviter.

Mais quand elle était penchée sur moi, appuyant un sein petit mais bien rond contre mon épaule tandis qu'elle montrait des « incohérences » dans la politique que j'ai moi-même écrite, il était extrêmement *dur* de l'ignorer.

Elle me tend un piège intentionnellement. Je comprends. Elle m'a pris comme objectif parce que je suis l'un des deux seuls gars dans notre groupe qui soient encore disponibles après que la maladie d'amour a déclenché parmi nos amis une épidémie du genre « ils vécurent heureux et eurent beaucoup d'enfants ». Sebastian l'écraserait comme une puce, alors elle me voit probablement comme l'alternative la plus « sûre » par rapport au grand, ténébreux et sombre Sebastian.

Elle est loin de se douter que j'ai mon côté sauvage, moi aussi, et si jamais je le lâchais sur elle, elle partirait en courant et en hurlant de terreur. Une partie de moi y trouverait du plaisir. Beaucoup. Mais cela ne va pas arriver.

Hier, c'étaient les règles internes de relations au travail. Aujourd'hui, une invitation à prendre un verre après le travail. Qu'apportera demain ? Bien que je souhaite qu'elle parte et me laisse tranquille, je me demande quelle est la prochaine chose qu'elle a prévue pour moi.

CHAPITRE 2

Je regarde beaucoup *Judge Judy* ces derniers temps, à la recherche de ce que je peux apporter à Emmett pour des conseils juridiques. Je ne suis pas fière de ma stratégie, mais en regardant un ancien couple s'affronter pour avoir la garde de leur caniche, je commence à formuler mon prochain plan. Un gars avec lequel je suis sortie à New York a emprunté ma copie originale d'*Abbey Road* et ne me l'a jamais rendue. L'album avait appartenu à mon grand-père, qui me l'avait donné avant de mourir. Je veux qu'on me le rende. Je vais demander à Emmett d'écrire une lettre sur un papier à en-tête d'avocat qui fait peur, et de l'envoyer au gars de ma part.

De mon canapé, après le travail, je passe quelques appels pour trouver pour Addie, à la dernière minute, un groupe de musiciens pour le mariage. Je suis en train de me demander quoi faire à manger ce soir quand Natalie appelle.

« Qu'est-ce qui se passe ? demandé-je à mon ancienne colocataire, qui est devenue une de mes amies les plus proches malgré le fait que nous soyons aussi différentes l'une de l'autre que deux personnes puissent l'être.

— On fait un barbecue à la bonne franquette, à l'improviste, si tu es intéressée.

— Sympa. Qu'est-ce que je peux apporter ?

— Un peu plus de vin blanc m'arrangerait, mais j'ai tout le reste.

— Je m'en charge.

— Apporte ton maillot de bain pour nager. Il fait encore vingt-quatre.

— Je serai là dans pas longtemps. Merci de l'invitation.

— À tout à l'heure. »

Une autre chose que j'aime de ma vie à Los Angeles et de faire partie de la famille Quantum, ce sont les fêtes régulières qui sont toujours tellement divertissantes. Pour des raisons auxquelles je préfère ne pas penser, j'ai eu des relations compliquées avec mes camarades en grandissant et même à l'université, alors je n'ai jamais fait partie d'un groupe comme celui-là. Être amie avec ces gens est cool à un tout autre niveau. Ils sont si accomplis, intelligents et talentueux. Parmi eux, je me sens souvent comme une personne qui rêve d'être célèbre, mais cela ne m'a pas empêchée de joindre leur groupe avec joie, et je suis particulièrement joyeuse à l'idée de voir Emmett. Peut-être qu'il aura enlevé sa chemise. *J'en bave.*

Natalie a été incroyablement généreuse et d'un grand soutien quand j'ai déménagé à Los Angeles et ai commencé une toute nouvelle vie. Pas une seule fois ne me suis-je sentie seule ou isolée dans ma nouvelle ville grâce à Flynn et elle et leurs amis incroyables, qui m'ont mise complètement à l'aise dès le départ. Marlowe aussi a été bien avec moi, s'assurant de m'inclure dans tout ce qui se passe.

Elle n'a pas à le faire. Je veux dire, je suis son employée, après tout, mais elle me traite plus comme une copine, et j'apprécie vraiment. Parfois, je ne peux toujours pas croire que la femme dont j'ai adoré tous les films depuis que je suis adolescente est maintenant ma patronne *et* mon amie. Pour quelqu'un qui n'a pas eu beaucoup d'amies dans sa vie, j'ai l'impression d'avoir gagné le gros lot avec mes nouvelles amies. J'espère que chaque méchante salope qui m'a torturée au lycée est au courant de mon nouveau travail fabuleux. Bande de putes.

Je prépare un sac avec un maillot de bain, une serviette et un sweatshirt, attrape la grande bouteille de chardonnay que j'ai achetée la semaine dernière, et quitte le condo de Santa Monica que l'équipe Quantum a mis à ma disposition après qu'Addie a emménagé avec Hayden. Parce que je me déplace beaucoup pour Marlowe, ils m'ont même loué une voiture, une Volkswagen Beetle décapotable que j'adore vraiment. Quand j'ai dit que j'avais un contrat très avantageux, je ne blaguais pas. Et je n'ai même pas parlé du salaire à six chiffres et des avantages qui venaient avec le boulot, d'où ma nouvelle affection pour les soutiens-gorge et les strings La Perla, qui étaient complètement hors de ma portée avec un salaire d'enseignante et un loyer à payer à New York.

La vie à Los Angeles est très, très belle, c'est le moins qu'on puisse dire.

J'étais ravie pour Natalie quand elle a rencontré Flynn et en est tombée amoureuse, mais je n'aurais jamais pu imaginer comment ma vie allait aussi changer avec la sienne. Les choses sont devenues dingues pour Flynn et Nat – et moi, par extension – après qu'elle l'a rencontré, et que les médias lui ont découvert un passé qu'elle s'était donné tant de mal à enterrer. Nous avons été entourées de journalistes et photographes, à la maison comme au travail, et avons très rapidement découvert qu'être « célèbre » n'était pas aussi formidable que cela pouvait sembler. Heureusement, Flynn, son équipe de surveillance et son avocat sexy à en crever sont arrivés pour nous protéger toutes les deux, mais cela avait été carrément dingue pendant quelques semaines. Et puis, Natalie est partie à Los Angeles pour vivre avec Flynn, et elles m'ont manqué, sa petite saloperie de chienne, Fluff, et elle. New York n'était plus pareil sans elles. Par la suite, je suis venue à Los Angeles pour leur mariage, j'ai rencontré Marlowe, et le reste, comme on dit à Hollywood, sort tout droit d'un film.

La circulation en fin de journée est impressionnante quand je me rends à la maison de Hollywood Hills que Natalie partage avec Flynn et Fluff. Elle attend son premier enfant, et tout le monde est si excité à propos de son bébé, tout autant qu'à propos de celui qu'attendent Ellie et Jasper. Natalie et Ellie feront des mamans formidables, mais moi je ne suis pas vraiment prête pour des bébés ou un homme pour toujours. Il me faut encore beaucoup m'amuser avant de vouloir me caser et faire un nid. Quoique, si je pouvais faire mon nid avec Emmett Burke, je pourrais peut-être me laisser convaincre de hâter un peu les choses.

Je ris intérieurement, parce que faire un nid, c'est ce que je veux le moins faire avec lui. Je serais satisfaite avec une bonne session de cul. Je ne cherche certainement pas quelque chose de compliqué ou à long terme. Je me dis qu'une nuit avec lui me permettrait de me gratter là où ça semble me démanger en ce qui le concerne, et puis on pourra tous deux passer à autre chose. L'idée de m'enchaîner à un seul mec à mon âge est absurde, même si je comprends tout à fait que mon amie soit ravie d'être enchaînée à son mari star de cinéma. Ce qu'ils ont est spécial. Tous ceux qui les connaissent le voient bien. J'espère trouver cela pour moi un jour, dans un avenir lointain. Pour l'instant, je me suis fixé un but moindre – une nuit avec Emmett.

Je me faufile entre les voitures, en écoutant Metallica à mon volume habituel, c'est-à-dire à m'en faire éclater les tympans. Je n'ai jamais passé l'âge d'aimer les groupes de metal et Metallica est mon préféré de tous.

Quand j'arrive chez Nat vingt minutes plus tard et vois la Mercedes AMG argentée d'Emmett parmi la collection de voitures formidables qui appartient à la famille Quantum, l'excitation de savoir qu'il est là me fait tourner la tête. L'AMG toute neuve est presque aussi sexy que son propriétaire, avec ses roues noires et ses lignes effilées. Quand je la dépasse, je laisse ma main l'effleurer et je sens du courant passer en moi, me faisant frissonner. Si toucher sa voiture me fait frissonner, je me demande comment cela serait de le toucher, *lui*.

Je veux vraiment, vraiment, le savoir.

Tout ce qui est féminin en moi frémit et je me sens en manque à l'idée de rapports sexuels avec Emmett. Honnêtement, je ne suis pas comme ça la plupart du temps. J'ai eu ma part de bon temps avec les mecs, mais je n'ai jamais été la chienne en chaleur que je suis avec lui. Et oui, je viens de me traiter de chienne en chaleur, et je ne peux même pas contester ma description de la situation. J'en suis arrivée là : *halètements, halètements, halètements*. Oh, et sans oublier de *lécher*.

Sachant que tout le monde est à l'arrière, près de la piscine, j'entre sans frapper et passe par la cuisine pour m'y rendre. Je visite fréquemment la maison de Flynn Godfrey – et oui, cela me fait toujours rire presque neuf mois après que Natalie l'a rencontré –, alors je connais mon chemin. Je suis une amie proche et personnelle de célébrités qui auparavant existaient dans un monde de rêve bidon avant que j'apprenne à connaître les vraies personnes qu'elles sont. Quand je prends le raccourci de la cuisine, Fluff vient en courant, aboyant et montrant les dents jusqu'à ce qu'elle voie que c'est moi.

Je me penche pour la soulever et me prends une bouffée d'haleine de chien dans la figure ainsi qu'une langue mouillée et pleine de bave. Ça m'apprendra à penser tout le temps à lécher, je suppose.

« Bonjour à toi aussi, Fluff. »

Je la porte dehors où je la pose sous le patio. Elle part en courant vers Natalie.

Emmett est dans la piscine avec les neveux de Flynn, qui lui grimpent dessus comme des singes. J'aimerais bien lui grimper dessus comme un singe, et je ne peux arracher mon regard de son corps musclé. À en juger de sa forme, s'il n'est pas au travail ou en train de dormir, il doit être à la salle de gym, parce que le gars est bâti comme une armoire à glace. Suis-je en train de saliver ? Il me semble. Le soleil l'illumine parfaitement, mettant en valeur les nuances dorées dans ses cheveux châtains. Quand Connor, le neveu de Flynn, envoie un ballon de plage dans la figure d'Emmett, celui-ci éclate de rire et se retourne, ses yeux marron chocolat fondu rencontrant les miens en un moment de lucidité électrique que je ressens *partout*.

Je suis abasourdie, sans voix et je salive, indéniablement.

Natalie bouge sa main devant mon visage.

« Allô, Leah ? Ici la Terre. »

Mon Dieu, est-ce qu'on vient de m'attraper en train de faire des yeux de merlan frit à Emmett devant tout le monde ? Je jette un œil vite fait autour de moi et vois que seulement Natalie – et Emmett, bien sûr – a l'air d'avoir remarqué les yeux de merlan frit. Les autres sont en pleine conversation autour du bar où Flynn remplit les verres.

« Tu vas bien ? demande Natalie. Tu as les joues un peu rouges. »

La frustration sexuelle a cet effet sur les filles, pas que Natalie se souvienne de comment c'est. Ces jours-ci, elle a un air perpétuel de femme qui vient de faire l'amour qui me remplirait de jalousie si je ne l'aimais pas tant. Personne ne mérite d'être heureux plus que Natalie Godfrey, et je dis cela avec sincérité. Cette nana a survécu à l'enfer sur terre pour en arriver à son happy end avec Flynn.

« Je vais très bien », réponds-je, en remarquant que ma langue me semble trop grosse pour ma bouche.

Est-ce possible d'avoir la langue qui bande ? Si oui, ma langue est dure pour Emmett, ce qui me ramène tout droit à mes pensées inappropriées de le lécher.

« Viens avec moi. »

Natalie enroule son bras autour du mien et me conduit dans la maison, qui est fraîche par rapport au patio chaud.

« De quoi ai-je été témoin, là, dehors ? Et ne dis pas que ce n'est rien. Je te connais trop bien. »

Vivre et travailler ensemble en collaboration étroite pendant des mois à New York nous a liées d'une amitié improbable. Bien que nous n'ayons pratiquement rien en commun, j'ai reconnu en elle une amie de qualité depuis le début. Mais je ne peux pas oublier, maintenant qu'elle est mariée à l'un des patrons, que s'il s'agit de choisir entre lui et moi...

« Quoi que ce soit, dis-le-moi, c'est tout. Je ne le dirai jamais à Flynn. »

Bon Dieu, je veux le dire à quelqu'un. J'ai *besoin* de le dire à quelqu'un avant de faire quelque chose de stupide qui me mette dans le pétrin au boulot.

« Je veux lécher Emmett. »

Natalie éclate de rire. Elle rit si fort que ses yeux se remplissent de larmes, et son visage devient rouge.

« Tu es vraiment littéraire, dit-elle quand elle s'en remet assez pour parler.

— Je suis sérieuse, Nat. Je le regarde, et tout ce que j'ai en tête, c'est de le lécher, entre autres.

— C'est un spécimen plutôt sexy. »

L'idée que d'autres femmes, même mon amie très mariée, le trouvent sexy me rend meurtrière, ce qui est une première pour moi. Je n'ai jamais tenu à un mec assez pour avoir envie de tuer pour lui.

« T'as ton spécimen sexy à toi.

— Cela ne veut pas dire que je ne suis pas capable de repérer un autre quand j'en vois un, et Emmett est certainement admissible. »

Elle croise les bras sur son abdomen légèrement enflé et appuie son dos contre l'énorme îlot dans sa cuisine dernier cri.

« Ça fait combien de temps que dure cette situation de lèche ? »

J'hésite une seconde, n'étant pas sûre de combien je devrais révéler, et puis je me dis que diable. C'est Nat, et j'ai désespérément besoin d'une amie à qui en parler.

« Depuis le jour où j'ai commencé à Quantum ?

— Leah ! Il y a des mois de cela !

— Euh, ouais, merci. J'en suis consciente et mon lapin aussi. J'ai mis le paquet avec lui dernièremm. »

Natalie couvre ses oreilles.

« Trop d'infos.

— Oh, je t'en prie. T'es la reine en la matière. Ton mari et toi, vous n'arrêtez pas.

— On n'arrête pas ?

— Exactement. Vous vous baisez du regard comme des lapins en chaleur. »

Encore une fois, elle rit à pleine gorge, se pliant en deux jusqu'à ce qu'elle se remette.

« Oh, mon Dieu, je t'adore, et je suis si heureuse que tu vives ici avec nous maintenant. Personne ne me fait rire comme toi.

— Si, Flynn.

— Il me fait rire autrement. Toi, tu es dans une classe à part, mon amie.

— Je fais ce que je peux pour toi. »

Elle me lance un regard calculateur.

« Qu'allons-nous faire à propos de cette énorme chose que tu éprouves pour Emmett ?

— Je parie que lui a une énorme chose. Tu peux imaginer ? Avec tous ces muscles… Mmmm. »

Alors qu'elle s'esclaffe, je secoue la tête parce que je ne peux pas me laisser aller à cela quand il y a des heures entre mon moment avec Roger Rabbit et moi.

« J'ai besoin de boire un coup. »

En utilisant un tire-bouchon que je trouve sur le plan de travail, j'ouvre la bouteille de vin que j'ai apportée et m'en sers une bonne dose dans un verre.

« Désolée de boire devant toi.

— Pas de problème. Je n'en ai pas envie de toute façon. Tout ce que je mange et bois me donne des nausées, sauf l'eau et les crackers.

— Encore ? Ça doit être affreux. »

Elle hoche la tête.

« Ça l'est. On me dit que ça devrait passer bientôt. D'un jour à l'autre. Mais revenons à Emmett et toi.

— Il n'y a pas d'Emmett et moi. Il me voit comme un inconvénient mineur bien trop jeune, qu'il lui faut tolérer parce que je suis ton amie et l'assistante de Marlowe. C'est *tout* ce que je suis pour lui. »

Natalie se caresse le menton et me lance un regard calculateur qui me fait me tortiller un tant soit peu.

« Quoi ?

— Je réfléchis, dit-elle en soulevant Fluff quand celle-ci vient faire un tour à l'intérieur, cherchant sa personne préférée.

— Ne fais rien. Je ne te demande pas de t'en mêler. J'avais simplement besoin de le dire à quelqu'un. On n'est pas comme Flynn et toi. Ce n'est pas ça.

— Qui dit que ça ne pourrait pas l'être ? »

Je lève les yeux au ciel de la manière la plus dramatique possible.

« Je ne veux pas tomber follement amoureuse de lui. Je veux simplement le baiser.

— Qui ? » demande Flynn en entrant dans la cuisine, tenant un plateau qu'il place dans l'évier.

Je vais mourir. Ici, sur le coup, je vais m'évanouir. Je sens mon visage devenir de toutes les nuances de rouge qui existent.

Quand je dis : « Personne que tu connaisses », Natalie, la salope, pique encore un fou rire.

« Pourquoi est-ce que j'ai l'impression d'interrompre quelque chose, là ? »

Natalie se marre si fort, elle ne peut plus respirer, ce qui amuse son mari. Il pense que tout ce qu'elle fait est adorable et amusant.

« Je m'en vais. »

Je lui jette un regard foudroyant du genre ne-t'avise-pas-de-lui-dire-de-qui-je-parlais quand je me rends dans la salle de bains pour mettre mon maillot de bain. Emmett est à moitié à poil dans la piscine. Putain, c'est sûr que je vais le rejoindre. En me changeant, j'essaie de ne pas penser que quelqu'un connaît maintenant mon obsession secrète, qui du coup n'est plus un secret.

J'espère ne pas avoir fait une grande erreur en le disant à Nat.

Emmett

Putain, elle est sexy à en crever dans son bikini minuscule bleu canard qui pourrait presque être qualifié d'indécent à une réunion d'amis proches et d'enfants. Même les neveux de Flynn, qui sont encore à l'école primaire, remarquent comme ses nichons sortent presque de leur bonnet. Heureusement, une grande partie de mon corps est sous l'eau, alors ils ne peuvent pas voir que je bande pour elle.

Je ne veux pas bander pour elle. C'est une enfant, comparé à moi, et je n'ai pas à remarquer ses nichons ou autres parties d'elle laissées découvertes par un maillot de bain qui n'est rien de plus que quelques petits bouts de tissu placés stratégiquement. Elle s'incline sur les marches à l'extrémité peu profonde de la piscine, se reposant sur ses coudes pendant qu'elle me regarde m'amuser avec les enfants.

Et oui, je la sens regarder chacun de mes mouvements, avec pour résultat les pulsations dans mon aine.

« On va jouer ou quoi ? » demandé-je à Connor et son petit frère, Mason, qui porte des flottants gonflables aux bras.

Il m'a fallu rediriger le petit poisson plusieurs fois de l'extrémité profonde de la piscine.

« Je veux jouer », dit leur plus jeune frère, Garrett, du bord de la piscine.

Je vais le chercher et l'assieds sur mes épaules.

Il pousse un cri perçant en trouvant sa nouvelle hauteur.

« Faites gaffe, les garçons, dis-je à ses frères. Garrett va vous attraper. »

Les deux autres hurlent en nous attaquant. Je détourne mon regard d'eux rien qu'une seconde pour jeter un œil vers Leah, qui se lèche les lèvres en m'observant. Tandis que je fais une fixation sur le mouvement de sa langue sur sa lèvre et lutte contre une bouffée de chaleur entre mes jambes, deux garçons surexcités se ruent sur moi, l'un d'entre eux plaçant fermement son pied sur ma queue dure. La douleur qui me traverse le corps entier comme un coup de foudre me fait crier et j'ai du mal à continuer à tenir Garrett alors que mes jambes se dérobent sous moi.

« Emmett ! »

J'entends le cri de détresse de Leah, mais j'ai tellement de douleur que je peux à peine respirer, encore moins parler. Je suis complètement émasculé, et je la blâme, elle. C'est mille pour cent de sa faute – et celle de sa langue.

CHAPITRE 3

Emmett

« Je suis vraiment, vraiment désolée », dit Annie, la sœur de Flynn, en se tenant au-dessus de moi.

Elle a raison d'être désolée. Ses fils sauvages comme des bêtes m'ont complètement brisé. Je n'aurai peut-être jamais plus de rapports sexuels grâce à eux. Mais je ne leur en veux pas. Oh, non. Ce n'est pas de leur faute. C'est de sa faute à *elle*.

Tandis qu'*elle* rôde autour de moi, Natalie me donne un nouveau sac de glace.

Je le change, lui tendant l'ancien. De la glace sur les bourses, même par-dessus un short de bain, c'est, comme on peut s'y attendre, loin d'être plaisant, mais l'engourdissement du froid est sans hésiter préférable à une douleur atroce.

Flynn, Hayden, Sebastian, Jasper, Kristian et le mari d'Annie, Hugh, se tiennent à la périphérie du désastre, leur visage pâle et leurs yeux écarquillés. Une blessure à mon service trois pièces nous fait mal à nous tous.

Puis Leah apparaît dans toute sa gloire sexy, et ma pauvre queue blessée monte brusquement avec intérêt. L'engourdissement se transforme en douleur insupportable.

« Casse-toi de ma vue, putain », lui dis-je en un grognement bas et sinistre.

Je regrette immédiatement mes mots brutaux, surtout quand je remarque son expression blessée. Ce n'est pas de sa faute si je ne peux contrôler mon dard quand

Leah se pointe. Mais il n'est pas en état d'être dur maintenant – ni dans un avenir prévisible, d'ailleurs.

Je change de position et immédiatement j'ai l'impression que je vais vomir, alors je replace ma tête contre le fauteuil et prie le dieu des queues blessées pour qu'il se montre miséricordieux.

« Mon pote. »

Flynn s'accroupit près de mon fauteuil et jette un œil brièvement sur la scène du crime, pas que lui ni personne d'autre ne puisse en fait voir quoi que ce soit.

« Qu'est-ce qu'on peut faire ?

— Rien, dis-je en serrant les dents.

— As-tu besoin de soins médicaux ? demande Natalie.

— Dieu, j'espère que non. »

L'idée que ma queue puisse être cassée est trop difficile à supporter pour que je la considère.

« Un de nous devrait y jeter un œil, dit Hayden, son ton disant clairement que ce ne sera pas lui qui regardera.

— Foutez-lui tous la paix et allez vaquer à vos occupations, dit Marlowe aux autres hommes. Emmett, laisse-moi regarder. »

Si le pauvre gars n'avait pas déjà subi une terrible blessure, il se recroquevillerait sur lui-même, une autre pensée qui me donne presque envie de dégueuler.

« Je... »

J'avale la bile qui me brûle la gorge.

« Je ne crois pas que ce soit nécessaire.

— Ne fais pas le gamin, dit Marlowe. Quand on en a vu une, de bite, on les a toutes vues. »

Elle vient au fauteuil et enlève le sac de glace.

« Ouvre grand et dis *ahhh*.

— Heureux de voir que tu trouves ça si amusant. »

Je défais mon short de bain et tire sur le velcro pour qu'elle puisse voir dedans.

Ses yeux deviennent grands et puis elle fait une grimace.

« Ouais, il faut qu'un médecin regarde ça. »

J'ose jeter un œil en direction du désastre, et quand je me vois couvert d'hématomes, je m'évanouis presque. Ma queue est vraiment cassée ! Je suis pris de panique. Mon cœur bat à tout rompre, et ma pression sanguine doit être carrément en zone de danger.

« Leah peut l'emmener », dit Natalie.

Quoi ?

« Pas besoin. Je peux conduire.

— C'est sur son chemin de toute façon, continue Natalie comme si je n'avais rien dit. Emmenons-le à la voiture. »

Je veux pleurnicher comme un bébé et les supplier de ne pas me toucher. Mais avant que je puisse dire un mot, Flynn, Hayden, Kristian et Sebastian m'entourent et me soulèvent, s'emmêlant les pieds tandis qu'ils me cognent et me poussent dans la maison et que j'essaie de ne pas pleurer comme une chienne blessée. J'espère qu'ils ne quitteront jamais leur emploi pour rejoindre les rangs du service de sauvetage. Le temps qu'on arrive à l'allée de jardin, je veux demander à l'un d'entre eux de m'enfoncer un pic à glace dans la veine jugulaire, parce que ce serait certainement préférable à ce qui nous attend, ma pauvre bite et moi.

Ils me posent, douloureusement, dans le siège passager de ma propre voiture, l'ayant choisie probablement parce que c'est plus près que la sienne. *Leah*. Pouah. J'aimerais avoir la force de dire que c'est la dernière personne que je veux pour me conduire quelque part, parce qu'elle me rend déjà dingue, putain.

Natalie et elle sortent de la maison, en pleine dispute intense. Je suis reconnaissant des petites bénédictions, comme la robe qui couvre maintenant le bikini. Et puis, elle vient vers moi, de toute évidence en rogne et féroce, les cheveux bruns dorés mi-longs qui flottent dans le vent et les seins qui bondissent à chaque pas, et le sang dans mon hémisphère sud monte en flèche vers ma queue encore une fois, me faisant presque hurler de douleur.

Elle monte dans la voiture et claque la porte.

Même cela me fait mal.

« Ce n'était pas mon idée, dit-elle.

— J'étais là. Je le sais.

— Les clés ?

— Pousse le bouton. Et si tu accidentes ma voiture, je te poursuivrai en justice pour tout ce que tu as.

— Tu ne pourras pas te payer un McDonald avec ce qui m'appartient, mais vas-y, fais-toi plaisir. »

Elle met la voiture en marche arrière et sort de l'allée, appuyant un peu trop sur le frein avant de la mettre en marche avant et de descendre la colline jusqu'en ville.

« Vas-y mollo, d'accord ? Avec la voiture et moi.

— On va où ? »

Je la dirige vers les urgences de Cedars-Sinai, et après vingt minutes où je souffre le martyre elle arrête la voiture avec un crissement de pneus . Elle sort et court à l'intérieur, cherchant de l'aide, et revient avec une femme en ensemble de salle d'opération poussant une chaise roulante.

On en est venus à cela ? J'ouvre la porte, me tourne pour mettre mes jambes à l'extérieur et m'évanouis presque d'une douleur qui rend la chaise roulante vraiment très attirante.

« Faites attention à lui, dit Leah. Il souffre atrocement.

— Que s'est-il passé ? demande l'infirmière.

— Il a pris un coup de pied dans les bijoux de famille par un gamin dans la piscine.

— Aïe », répond l'infirmière.

Tu crois ?

Pendant que l'infirmière pousse mon fauteuil, Leah dit :

« Je vais me garer. J'arrive tout de suite.

— Tu n'es pas obligée de rester. Ça va aller.

— Je ne vais pas te laisser ici tout seul », dit-elle.

Je n'ai pas les moyens de me disputer avec elle, pas quand je suis en nage tellement je panique à propos de ce qui va arriver à ma pauvre queue blessée. Et si elle était endommagée de façon permanente ? Cette idée est tellement incapacitante que je ne peux pas trouver la force mentale de m'énerver quand Leah finit dans la salle d'examen avec moi. L'infirmière complète mon admission et m'informe que le médecin sera avec moi sous peu. *Dites-lui de prendre son temps,* j'ai envie de marmonner.

« Je peux faire quelque chose ? »

Leah est agitée et fait les cent pas dans le petit box comme un réacteur nucléaire plein d'énergie à revendre et nulle part où le dépenser.

« T'en as pas assez fait ? »

Elle se retourne brusquement pour me faire face, ses yeux lançant des éclairs. Bon Dieu qu'elle est sexy, et il me semble qu'elle ne le sait même pas.

« C'est supposé vouloir dire quoi exactement ? Ce n'est pas moi qui t'ai donné un coup de pied.

— C'est tout comme.

— Je n'ai aucune idée de quoi tu parles. »

Avec douleur, je m'appuie sur mes coudes, me moquant de sa pose dans la piscine, et passe ma langue sur ma lèvre inférieure aussi lentement et de façon aussi séduisante que je peux.

« Ça te rappelle quelque chose ? »

Au début, elle me fixe du regard, confuse, et puis ses yeux s'élargissent en même temps que ses lèvres s'écartent.

« Est-ce que tu es en train de dire que quand j'ai fait ça, tu…

— Je suis devenu *dur,* puis Connor m'a donné un coup de pied et nous voici. Alors oui, c'est de *ta* faute. »

Ses yeux s'illuminent de feu et de passion qui déclenchent une nouvelle vague de désir dans un endroit qui ne peut supporter rien qui ressemble vaguement à du désir pour l'instant.

« C'est la plus grosse connerie que j'aie jamais entendue. Comment est-ce que le fait que tu ne saches pas te contrôler peut être de *ma* faute à moi ?

— C'est comme ça, c'est tout. »

Je me réinstalle contre les oreillers, pliant les bras et me félicitant dans ma tête d'avoir gagné cette manche.

Et puis elle se met à rire. Elle rit si fort que ses yeux se remplissent de larmes qui coulent le long de ses joues.

« Qu'est-ce qu'il y a de si drôle, bordel ?

— Tout ce temps, dit-elle en reprenant son souffle pendant qu'elle essuie ses larmes, je pensais que je n'avais aucune chance avec toi parce que tu pensais probablement que j'étais trop jeune pour toi, et il s'avère que je te fais bander. »

Elle se tord de rire encore et soudain je ne me sens plus aussi victorieux qu'il y a un instant.

« Tu n'as certainement aucune chance avec moi.

— Ta queue a l'air de bien m'aimer.

— N'y vois pas un compliment. Elle n'est pas difficile. »

Si elle pouvait cracher du feu en ma direction, elle le ferait, et pour une raison étrange, cela m'allume, la bête revenant à la vie d'une poussée persistante et insupportable dont la douleur me coupe le souffle.

Entre mes dents, je dis :

« Rentre chez toi et laisse-moi tranquille.

— Pourquoi ? *Cette chose-là* t'arriverait-elle encore ? »

Elle se penche pour mieux voir, et quand elle distingue la petite tente que fait ma blouse d'hôpital, elle éclate de rire encore une fois.

« Ce n'est pas drôle. »

C'est tout juste si je lui grogne dessus maintenant.

« Oh que si.

— Tu ne rigoleras plus quand je te mettrai par-dessus un banc pour la fessée et te ferai le cul rouge. »

Se penchant sur la barrière de sécurité du lit, elle est l'image même de l'enthousiasme ardent.

« Quand est-ce qu'on peut faire ça ? »

En geignant, je m'évanouis presque de douleur quand ma bite atteint le statut de queue qui bande à fond. Elle *veut* que je lui donne la fessée ? Christ, aie pitié.

On m'épargne un enfer mais on m'en inflige un autre quand le docteur entre, en s'excusant de m'avoir fait attendre.

Il se présente comme le Dr. Lowell, un interne en chirurgie urologique.

« Que s'est-il passé ?

— J'ai pris un pied dans le service trois pièces, dis-je en essayant de ne pas avoir de réaction excessive au mot "chirurgie" dans son titre.

— Pendant qu'il était dur », ajoute Leah d'un ton serviable.

Je vais lui donner la fessée jusqu'à ce qu'elle ne puisse pas s'asseoir pendant une semaine. Et puis… *Dieu, arrête. Ça fait mal* !

« Je vois que vous avez maintenu une érection depuis la blessure, dit le médecin, en gesticulant vers la tente dans ma blouse.

— Oh, celle-là, c'est une nouvelle, dit Leah en se vantant. Il ne peut pas s'en empêcher quand je suis là. »

Je lui lance un regard des plus féroces mais elle se contente de me sourire et me faire un signe de la main.

« Avez-vous entendu une sorte de bruit de claquement ou craquement quand la blessure s'est produite ? demande le médecin.

— Euh, non, pas que je me souvienne. »

J'avale ma salive. Les pénis peuvent claquer et craquer ? Ce sont des informations que j'aurais préféré ne pas avoir.

« Du sang ou autre écoulement ? »

J'ai envie de demander si le liquide pré-éjaculatoire compte, mais il ne me semble pas que ce soit ce qui l'intéresse.

« Non.

— Laissez-moi jeter un œil », dit le docteur.

Avant que je puisse lui dire qu'elle n'est pas ma copine et ne devrait pas être ici, il a levé ma blouse d'hôpital pour révéler ma bite dure, qui arbore un énorme hématome noir en plein milieu.

La vue de ce bleu me fait tourner la tête, et pendant une seconde j'ai peur de m'évanouir. Et puis il le touche, et je tombe dans les pommes.

Leah

Putain de merde, il est grand. Et quand je dis grand, je veux dire *é-nor-me*. Facilement vingt-trois centimètres. Peut-être vingt-cinq, et épais aussi. *Bon Dieu.* Je fixe du regard son pénis meurtri et essaie de ne pas baver à l'idée de ce que j'aimerais faire avec cette queue monstre. Suis-je en train de baver ?

Et puis le médecin touche la zone blessée, et Emmett s'évanouit.

Je me précipite à ses côtés, et avant de pouvoir m'interroger sur la sagesse de ce que je fais ou pourquoi je le fais, je lui caresse le visage et les cheveux et le prie de se réveiller.

Il ouvre les yeux et les lève vers moi, confus pendant un instant, avant que la confusion ne devienne de la colère ou peut-être du désir. Je ne sais pas encore. La colère m'intimide, mais le désir fait que je reste près de lui et continue à lui caresser le visage et les cheveux tandis que le médecin fignole avec sa queue.

« La bonne nouvelle, dit le médecin, c'est que je ne pense pas que ce soit cassé et qu'il ne devrait pas y avoir besoin de chirurgie. »

Oh, là… La chirurgie ? *Putain de merde.*

Emmett me lance un regard fou qui communique ses sentiments à propos de la chirurgie du pénis.

« Si c'est la bonne nouvelle, quelle est la mauvaise ? demande Emmett.

— Il va nous falloir des analyses de sang et d'urine pour commencer. Puis, nous ferons quelques autres tests pour nous assurer que vous n'avez pas de fracture, y compris ce qu'on appelle une cavernosographie. »

Je fais une grimace et pose ma main sur son épaule. Quoi que ce soit, cela doit être affreux.

« Qu… Qu'est-ce que c'est, ce truc-là ?

— Nous injectons une solution colorante dans le gland pour pouvoir vérifier s'il y a des déchirures.

— Je crois que je vais être malade », dit Emmett.

Le docteur lui donne vite un genre de bol en plastique en forme de haricot de Lima.

« Nous vous faisons d'abord une anesthésie locale, alors cela picote un peu et puis vous ne devriez plus rien sentir. Faites-moi confiance, vous avez tout intérêt à ce que nous soyons minutieux dans ce cas pour que vous ne perdiez pas de fonctionnalité. »

Je hoche la tête en signe d'accord. Après avoir appris que le désir est réciproque entre nous, la perte de fonctionnalités à ce tournant critique de notre relation serait en effet tragique. Est-ce que cela fait de moi une chienne égoïste ? Appelez-moi ce que vous voulez. Si vous aviez vu ce beau pénis énorme en pleine érection à cause de vous, vous aussi vous auriez envie de faire tout ce que vous pouvez pour protéger sa santé.

Mais le pauvre Emmett est dans tous ses états.

« Il vous faut être minutieux, c'est certain », dis-je au docteur.

Cela me vaut un autre regard noir de l'objet de mon désir.

« Quoi ? lui demandé-je. Tu veux des dommages permanents ?

— Je vais demander à l'infirmière de vous préparer. Vous serez sorti en un coup de vent, et si tout a l'air d'aller, nous vous renverrons chez vous avec des antibiotiques, par précaution.

— Et si… »

Les mots meurent avant de quitter ses lèvres. Il avale sa salive et se met à transpirer.

« Et si cela n'a pas l'air d'aller ?

— Nous opérerons pour recoudre les déchirures. »

Le mot « déchirures » extrait de son visage ce qui reste comme couleur. Même ses lèvres sont blanches.

« Au vu de mon examen initial, je ne pense pas que la chirurgie soit nécessaire dans ce cas, mais il s'agit d'une de ces situations où il vaut mieux être trop prudent. Essayez de ne pas vous inquiéter. »

Il tapote le bras d'Emmett.

« Je vous retrouve en salle de radiologie.

— Je crois que je suis en train d'avoir une crise cardiaque, dit Emmett quand nous sommes seuls, sa main à plat contre son torse.

— Tu n'es pas en train de faire une crise cardiaque.

— Tu as entendu ce qu'il a dit ! Ils vont mettre des seringues, de *multiples seringues*, dans ma queue !

— Il a dit que ça piquerait un peu et puis que tu ne sentirais rien.

— C'est une *aiguille. Dans ma queue.* »

J'ai besoin de toute ma volonté pour ne pas rire de cette version déstabilisée d'Emmett, qui est normalement l'image même du sang-froid. Mais parce qu'il panique à mort, et à juste titre, je ne ris pas. Au contraire, je le prends de mon mieux dans mes bras, malgré le lit qui nous gêne.

« Respire, lui dis-je. Respire, c'est tout. »

Je suis surprise quand il se penche contre moi et inspire profondément, en ayant l'air de se relaxer quelque peu. Étant l'opportuniste éhontée que je suis, je profite au maximum, passant mes doigts dans ses cheveux dans l'espoir de le calmer. J'ai envie de toucher ses cheveux depuis le jour où je l'ai rencontré, et tandis que les mèches soyeuses glissent entre mes doigts, je décide que cela valait bien l'attente.

Pendant qu'il se blottit contre moi – le plus près que j'aie jamais été de lui – je découvre à ma surprise que je ne pense pas à le lécher ou aux pénis de vingt-cinq centimètres, ni à rien d'autre que de le calmer et lui offrir du réconfort. Dans ces minutes électriques, l'obsession pour lui que j'ai nourrie en moi se transforme en quelque chose de bien plus important.

Je ne veux pas seulement le baiser. En fait, je *tiens* à lui.

Mmm. C'est arrivé quand, ça ?

« T'es pas obligée de rester », murmure-t-il un peu plus tard.

Je suis tellement occupée à lui caresser les cheveux que je n'entends presque pas ses mots prononcés si doucement.

« Je ne vais pas partir.

— Je suis désolé si j'ai été con avec toi tout à l'heure. Ce n'était pas de ta faute. Pas exactement.

— Ça m'a l'air de fausses excuses, dis-je, amusée.

— Le truc avec la langue, c'était cent pour cent de ta faute. Ma réaction à cela et le pied de Connor n'étaient pas de ta faute.

— Toujours l'avocat qui parle.

— Tu peux me casser le pénis, mais tu ne peux pas m'enlever mon diplôme en droit. »

L'humour est rassurant. Le voir fou d'inquiétude me troublait. Je réalise que je peux compter sur lui pour rester rationnel pendant que je perds la tête en ce qui le concerne.

« Je t'aime bien, Emmett.

— J'ai remarqué, Leah.

— Est-ce qu'il y a une chance que peut-être, tu sais, tu pourrais m'aimer bien aussi ?

— Je crois que le fait que nous soyons à l'instant aux urgences avec mon pénis possiblement cassé est la preuve qu'il y a une chance que je pourrais peut-être t'aimer bien aussi, dit-il avec un soupir profond.

— Pourquoi tu n'as pas l'air d'en être content ?

— Mis à part le fait que tu aies dix ans de moins que moi et que tu sois une collègue ?

— Ouais, mis à part ça. »

Avant qu'il ne puisse répondre, une infirmière se précipite dans la chambre avec un plateau d'outils qui le font se retirer en lui-même. Je suis obligée de le lâcher, je n'ai pas le choix, mais je n'en ai vraiment pas envie.

Emmett

Les deux heures qui suivent sortent tout droit d'un film d'horreur, à commencer par l'infirmière qui vient prélever un échantillon d'urine, autrement dit c'est comme pisser à travers des lames de rasoir. Elle dit que la douleur est due au gonflement

– et pas la bonne sorte. Je m'évanouis presque de l'effort que cela me demande de me mettre debout et de lui donner assez de pisse pour l'analyser pour voir si elle contient du sang. Je me dis que c'est bon signe que je ne voie rien de sinistre dans ce que je produis, mais elle dit qu'on n'en aura pas la certitude jusqu'à ce que le laboratoire en fasse l'analyse.

C'est une tue-la-joie.

Il s'avère que la production de pipi était la partie amusante d'une soirée qui se détériore vite quand on m'emmène dans une pièce complètement glacée, me met sur une table et me dit d'écarter les jambes tandis qu'ils se mettent à bosser sur ma pauvre queue.

Le « picotement » pour l'engourdir restera gravé dans ma mémoire comme les pires trente secondes de ma vie. Je n'ai même pas honte de crier et de pleurer comme un bébé, ce qui n'est pas peu dire, parce que je ne crie et ne pleure jamais comme un bébé. Mais bon, je n'ai jamais auparavant eu de piqûre dans la bite, et putain, c'est l'enfer sur Terre.

Pendant que j'attends que l'engourdissement s'installe, je commence à négocier avec Dieu, avec qui je n'ai pas parlé depuis un bout de temps. Je lui dis que s'il nous tire, ma queue et moi, de là sans dégâts permanents, je serai reconnaissant à jamais. Je serai même gentil avec Leah, qui a été exceptionnellement gentille avec moi pendant ce calvaire.

Dans un état béat d'engourdissement pénien, je fixe le plafond et essaie très dur de ne pas faire attention à ce qui se passe plus bas. Notre conversation d'avant me passe par la tête.

Pourquoi tu n'as pas l'air d'en être content ?

Mis à part le fait que tu aies dix ans de moins que moi et que tu sois une collègue ?

Ouais, mis à part ça.

Je n'ai pas eu l'occasion de répondre à cette question avant que l'infirmière arrive et m'ordonne de pisser, mais si j'en avais eu l'occasion, qu'aurais-je dit ? Je ne sais pas. Suis-je heureux de la désirer ? Non, pas du tout. Est-ce que je ne la désirerais pas s'il n'en tenait qu'à moi ? Absolument. Elle, c'est un tas de problèmes de plus d'une façon. Ce n'est pas juste le fait de travailler ensemble ni que je sois plus âgé qu'elle. Il y a une irresponsabilité en ce qui la concerne qui va à l'encontre de tout ce que je crois en tant que professionnel, avocat et adulte. Je ne donne pas dans l'irresponsable.

Ce qui me caractérise, c'est le contrôle, surtout dans mes relations avec les femmes.

J'ai beau essayer, je ne peux pas imaginer Leah me laisser, moi ou aucun autre homme, la contrôler. De ce que j'ai observé pendant ces mois, depuis qu'elle est venue travailler pour nous, c'est un esprit libre qui invente ses propres règles au fur et à mesure, ce qui fait qu'elle m'est diamétralement opposée.

Si nous n'étions pas des collègues de travail, je considérerais peut-être une aventure d'une nuit avec elle pour assouvir le besoin. J'envisagerais même une rencontre vanille pour la première fois depuis des années, juste pour écraser cette attraction comme une mouche qui bourdonne autour de nous. Mais même une seule nuit avec elle serait de toute évidence compliquée, ne serait-ce qu'à cause de sa relation avec Natalie, Flynn et Marlowe. Je tiens trop à mes rapports avec chacun d'entre eux pour risquer de tout foutre en l'air en m'envoyant en l'air avec elle.

Alors, je vais garder ma bite engourdie et battue dans mon froc quand Leah est dans les alentours, même quand la mouche continue à bourdonner autour de ma tête avec ses questions juridiques factices, ses nichons fermes et ses grands yeux bleus qui me regardent comme si j'étais le dernier homme sur Terre après l'apocalypse. Je vis un moment d'amusement quand je pense à la litanie de questions juridiques qu'elle m'a présentée. Elle n'est rien moins que tenace.

Ce qui pose un problème secondaire. Et si elle ne comprend pas qu'il faut s'arrêter et continue à se donner en spectacle – ainsi que moi par extension – devant nos collègues, qui sont aussi mes amis les plus proches ? Je pousse un grand soupir quand je me rends compte d'avoir fait une grande erreur tout à l'heure en admettant que je suis attiré par elle. Je n'ai pas su garder mon air impassible avec elle. Il faut dire que voir des seringues dans sa queue, ça fragilise - c'est ma seule excuse.

Mais il est vrai que j'ai aimé la sensation de ses doigts dans mes cheveux et le coussin de sa poitrine sous ma tête…

« C'est fait, M. Burke », dit l'urologue, joyeux.

Bien sûr, il est joyeux, lui. Personne ne lui enfonce des aiguilles dans la queue.

« Est-ce cassé ?

— Il nous faudra attendre que le radiologue lise les images pour être certains que la chirurgie n'est pas nécessaire. On devrait en savoir davantage dans l'heure. »

Le personnel médical m'aide à me lever de la table, me met dans un fauteuil roulant et me pousse jusqu'au box où Leah m'attend. Celle-ci se lève d'un bond quand elle me voit entrer et se dépêche de m'aider à me réinstaller sur le lit, tirant une couverture sur moi sans la laisser retomber sur mon entrejambes blessé.

Je suis épuisé par le calvaire, mais, incroyable mais vrai, ma queue se lance en avant avec joie – et douleur – à la vue de son doux visage inquiet.

Je suis baisé de plus d'une façon.

CHAPITRE 4

Leah

Les nouvelles sont bonnes. Pas de fracture, pas de sang dans l'urine. On donne à Emmett des antibiotiques pour tenir à distance toute infection potentielle et les ordres de se reposer pendant deux ou trois jours. Ne rien soulever, aucun effort et pas d'activité sexuelle jusqu'à ce que la douleur disparaisse. Cela le remettra en mode opérationnel pour Napa, ce qui est une excellente nouvelle pour mon plan d'action. J'envoie un texto rapide aux autres, qui attendent un mot, et suis bombardée de réponses exprimant leur soulagement.

Personne n'est plus soulagé qu'Emmett, qui a l'air complètement exténué quand nous sortons lentement des urgences.

« Tu veux que j'aille chercher la voiture ? »

Je montre du doigt l'endroit où elle est garée.

« Je peux marcher. »

C'est plus un boitillement qu'une marche.

Je tiens la porte du côté passager pour lui jusqu'à ce qu'il soit installé et puis je fais le tour jusqu'à la place du conducteur. Emmett n'habite pas loin de moi à Santa Monica, et ne demandez pas comment je le sais. Je n'admettrai jamais avoir fouiné là où je n'ai pas à fouiner pour savoir où il habite. C'est la seule fois où j'ai dépassé les bornes au travail à la poursuite de mon béguin, et je vis dans la peur absolue que quelqu'un apprenne ce que j'ai fait.

« On va où ? » demandé-je d'un ton du genre comment-pourrais je -savoir -où-tu-habites.

Il récite l'adresse, et même si je sais exactement où c'est, je lui demande quand même de me diriger.

« Ce n'est pas loin de chez toi.

— Ah bon ? »

Punaise, qu'est-ce que je suis bonne. Peut-être devrais-je parler à Hayden d'un rôle dans un des prochains films de Quantum. Je pourrais jouer l'assistante assidue d'une des plus grandes stars de Hollywood, ou quelque chose comme ça. Je suis compétente comme personne d'autre pour jouer ce rôle-là.

« Tu dis ça comme si tu ne savais pas exactement où j'habite. »

Laissez tomber le micro. Peut-être que je ne suis pas une aussi bonne actrice que je le pense.

« Comment je le saurais ?

— De la même façon que tu sais tout le reste sur moi. Tu as mémorisé mon numéro de sécurité sociale ?

— Non, parce que ce serait malsain. Je suis obsédée, pas malsaine.

— C'est quand, mon anniversaire ?

— Je ne sais pas.

— Menteuse. Tu as déjà admis que tu veux ce qu'il y a dans mon slip. Pourquoi commencer à mentir maintenant ?

— Je ne mens pas. »

Pas beaucoup. Le 18 juillet.

« Et P.-S., je ne veux pas ce qu'il y a dans ton slip quand le service trois pièces est cassé.

— Mon service trois pièces est affaibli mais pas terrassé. Il sera à nouveau en pleine forme dans quelques jours.

— Pourquoi me dis-tu cela alors que je suis la dernière femme au monde que tu laisserais jamais jouer avec tes précieux bijoux de famille ?

— Pas la *dernière* femme…

— OK, l'avant-dernière alors.

— C'est compliqué, Leah, dit-il avec un autre de ses longs soupirs que j'ai l'air d'extraire de lui de façon régulière. Je prends très au sérieux mon travail et mes amitiés. Les associés de Quantum ne me paient pas pour les exposer au fardeau de responsabilité des poursuites judiciaires. Ils me paient pour les en protéger. »

Je garde les yeux sur la route alors que tout ce que je veux faire, c'est le regarder, lui.

« Tu penses que je serais un fardeau de responsabilité ? »

Il pousse un grognement quand il rit qui me donne envie de lui mettre un coup de poing dans son service trois pièces cassé. Pas que je ferais jamais quelque chose pour abîmer davantage la splendeur de son trois pièces. Maintenant que je l'ai vu de très, très près et ai connu Emmett vulnérable et blessé, je le veux encore plus qu'avant, ce qui est plutôt effrayant.

« Toi, ma chérie, tu es la raison même pour laquelle le mot *responsabilité* a été inventé.

— C'est assez insultant », dis-je, même si je suis rayonnante d'avoir été appelée sa chérie.

Je veux être sa chérie et tout le reste, et après ce soir, je suis plus déterminée que jamais à faire en sorte que quelque chose arrive entre nous. Bien que, après avoir vu la splendeur de son service trois pièces, qui est magnifique même blessé, et avoir réalisé que je tiens en fait à lui, une nuit ne soit pas suffisante. C'est une pensée effrayante pour quelqu'un qui se considère bien trop jeune pour envisager une relation d'une importance quelconque avec un homme.

« Comme tu voudras, dit-il avec un dédain amusé. Qu'est-ce qu'il faudra pour te convaincre que ça ne pourra jamais marcher entre nous ?

— Une chance de prouver le contraire. »

Je m'agrippe plus fort au volant, ayant besoin de me tenir à quelque chose alors que je plonge tête la première dans la vérité.

« Ma chérie, tu es une gentille fille.

— Femme. En fait, je suis une femme *adulte et vaccinée,* putain.

— Tu es une douce, sexy, adorable femme adulte et vaccinée. »

Mon cœur ! Les compliments ! Mon lapin et moi allons nous en réjouir pendant des semaines.

« Tu ne me décourages pas exactement en étant gentil avec moi.

— Je ne suis pas le bon mec pour toi. Quelque part, il y a un gars qui célébrera toutes les façons dont tu es incroyable. Je ne suis pas ce gars-là.

— En tant que femme adulte et vaccinée, je n'ai rien à dire quand il s'agit de décider de quel genre d'homme je veux ?

— Bien évidemment, tu décides, mais…

— C'est bien. C'est toi que je veux.

— Tu ne me connais même pas.

— Je te connais assez.

— Non, tu ne me connais pas. »

Il me dirige vers un garage du bâtiment de condos de luxe où il habite et montre du doigt sa place de parking.

Je gare la voiture et appuie sur le bouton pour arrêter le moteur, mais je ne bouge pas pour sortir de la voiture, et lui non plus.

« Qu'est-ce qu'il me faut savoir d'autre ?

— Beaucoup de choses.

— Je suis peut-être plus jeune que toi, mais je ne suis ni une enfant, ni une vierge sans expérience, ni quelqu'un qui a besoin de protection. Comme je l'ai déjà dit, je suis une femme adulte et vaccinée et absolument capable de décider pour elle-même avec qui elle veut être.

— Pourquoi moi ? »

Je prends mon temps pour formuler ma réponse parce qu'il est très possible que je n'aie jamais rien dit de plus important que cela. En fixant toujours du regard le mur en béton morne du garage de stationnement, je mets une seconde à rassembler mes idées.

« Dès que je t'ai vu au mariage de Flynn et Nat, j'ai été intriguée. Après t'avoir parlé à mon premier jour de travail à Quantum, je voulais te connaître.

Je voulais tout savoir sur toi. Je n'ai jamais eu auparavant cette réaction avec un homme, jamais. »

En prenant mon courage à deux mains, je jette un coup d'œil dans sa direction.

« Je te regarde, et je te veux. Ai-je essayé de me dire que ce n'était pas une bonne idée ? Maintes fois. Suis-je consciente du fait que je ne semble que t'énerver alors que je veux t'attirer ? Absolument.

— Tu ne m'énerves pas *toujours*. »

Qu'une seule phrase puisse produire tant d'espoir m'étonne et me stupéfie.

« Non ? »

Ma voix est grinçante et aiguë, et c'est la dernière chose que je veux quand j'essaie de le convaincre que je suis une vraie adulte.

« Il me semble avoir prouvé le contraire à plusieurs reprises ce soir. »

Avec un rire doux, il secoue la tête.

« Et entre parenthèses, j'aimerais bien que tu ne fasses que m'énerver. »

Maintenant, ça commence à devenir intéressant. Je me tourne vers lui dans mon siège.

« Qu'est-ce que tu éprouves d'autre ?

— De l'attraction.

— Tu as pris des médicaments quelconques que je ne les ai pas vus te donner ? C'est de là que viennent ces confessions ? »

Il sourit, et c'est carrément *mortel*.

« Les choses que j'aimerais faire avec cette bouche fraîche que tu as…

— Comme quoi ? »

S'il ne me le dit pas, je vais mourir ici, sur le coup. J'ai déjà peur de laisser une marque humide sur son siège en cuir luxueux.

« Utilise ton imagination.

— Oh, crois-moi, je le fais. J'ai une imagination très vive en ce qui te concerne. »

Ses yeux magnifiques se concentrent sur ma bouche et s'enflamment d'un désir évident. Puis il fait une grimace.

« Je ne peux pas faire ça maintenant. Je me suis foulé la queue. »

Ce qui veut dire que sa queue participe à cette conversation. L'espoir s'accroît. Je suis si pleine d'espoir, je pourrais en éclater.

« On va t'installer.

— Je peux me débrouiller, maintenant.

— Ne me renvoie pas, Emmett. Laisse-moi m'occuper de toi.

— Je ne sais pas si je saurai faire face à ton style de soins pour l'instant.

— Je serai très sage. Je promets.

— Très bien », dit-il d'un ton démoralisé et abattu.

C'est OK. Je peux travailler avec quelqu'un de démoralisé et abattu, mais seulement si j'ai le droit d'entrer chez lui pour m'occuper de lui pendant que j'essaie de le convaincre de nous donner une chance. C'est tout ce que je veux – une chance de lui montrer que nous pourrions être incroyables ensemble – à court terme, bien sûr. Mais d'abord, il nous faut le guérir. Si j'arrive à le convaincre de me donner cette chance-là, nous allons avoir besoin que son attirail malmené soit en *parfait* état de marche.

Rien qu'à l'idée de ce que j'ai vu dans cette chambre d'hôpital, j'ai presque envie de jouir. Je n'ai jamais été avec un homme si bien monté avant, et j'ai hâte de savoir si la taille a vraiment de l'importance. Pendant qu'il boite jusqu'à l'ascenseur, je me rappelle que des promesses ont été faites et qu'il faut rester sage.

« Quel étage ? » demandé-je, même si je sais.

Il lève les yeux au ciel. J'adore qu'il voie clair dans mon jeu.

« Quatre. »

J'appuie sur le bouton et puis reste de mon côté de la cage d'ascenseur pour qu'il n'y ait aucune chance que je trébuche ou lui tombe dessus ou fasse quoi que ce soit qui empire sa situation. Je ne veux que l'améliorer. Que *tout* aille mieux. Je suis même partante pour l'embrasser jusqu'à soigner le bobo, si cela pouvait aider. Je suis très généreuse de cette façon-là. J'avale ma salive pour l'empêcher de déborder et couler le long de mon menton.

Quand nous arrivons au quatrième étage, je le suis tandis qu'il avance prudemment dans le couloir jusqu'à l'appartement tout au bout, du côté de l'océan. Bien sûr, je sais lequel lui appartient. C'est celui avec les meubles de terrasse en teck et les coussins à rayures beiges et rouges. Stylé mais masculin, j'avais pensé la première fois que je suis passée regarder son chez-lui de la rue en bas, quand je savais qu'il était en déplacement avec Hayden pour une réunion. Et maintenant, je vais bientôt être invitée chez lui. J'arrive à peine à retenir la joie enivrante qui veut s'échapper de moi par bonds comme une hyène qui aurait avalé de l'hélium.

Les bonnes manières, Leah. Tu lui as dit que tu étais adulte et vaccinée, alors agis en tant que telle maintenant.

« *Home, sweet home.* »

Il ouvre à clé la porte d'un espace contemporain fabuleux qui met complètement en valeur ce qui doit être de jour une vue imprenable de l'océan Pacifique et de la jetée de Santa Monica.

« On ne fouille pas. Tu m'entends ?

— Je ne ferais jamais ça. »

Je mens si mal.

« Si tu le dis, ma pitbull.

— Oh, tu me donnes des petits surnoms mignons. Est-ce que cela veut dire que nous formons un couple ?

— Cela ne veut absolument pas dire que nous formons un couple, et être comparée à un pitbull ne devrait pas te faire plaisir.

— Pourquoi pas ? Ils sont connus pour être tenaces, robustes, combatifs et déterminés. Je peux accepter cette comparaison. »

Il pousse un grognement.

« Tu me rends dingue. »

En choisissant d'ignorer cette dernière remarque, je décide que si je le rends dingue, autant y aller à fond.

« Puisque nous parlons de surnoms, j'ai beaucoup réfléchi à ce que devrait être notre nom de couple. Em-ah fait trop fille pour un gars costaud comme toi, alors je préfère Lemmett. »

Le regard absolument sauvage qu'il me lance me donne envie de hurler de rire. Je n'ai aucune idée de comment j'arrive à me retenir.

« Nous ne sommes pas en couple, et si jamais tu m'appelles par un de ces noms-là, j'obtiendrai une injonction restrictive. »

Je frissonne de manière exagérée.

« Cela me donne si chaud quand tu parles comme un avocat. Ton grand cerveau est presque aussi sexy que ton grand…

— *Leah* ! C'est ça que tu appelles être sage ?

— J'allais dire biceps. À quoi tu pensais ?

— Je pense qu'il vaut mieux que j'aille me coucher avant que soit je cède à l'envie brûlante de te donner la fessée, soit je flanche et me fasse encore plus mal. »

Deux références à la fessée dans une même soirée ? *Je. N'en. Crois. Pas. Mes. Oreilles.* Je signe où ? Retenant un besoin urgent de haleter comme une chienne en chaleur, je dis :

« Après toi. Je t'aiderai à t'installer et j'irai pioncer sur le canapé.

— Si tu insistes pour rester, tu vas dormir à côté de moi, pour que je garde un œil sur toi. Je ne te fais pas confiance pour ne pas aller fouiner.

— Oh, quelle déception. Il faut qu'on dorme ensemble ? Bon Dieu, c'est merdique. »

Même avec un séjour aux urgences pour couronner le tout, je ne me suis jamais autant amusée de ma vie avec un gars que maintenant que je discute sur des pointes d'aiguille. Je le lui dirais bien, mais je suspecte qu'il est encore sensible au mot *aiguille* après les événements de ce soir.

« Ça ne veut rien dire.

— Si tu le dis, mon étalon. »

Je le suis jusqu'à sa chambre, qui fait également face à la jetée et à l'océan. J'ai hâte de voir la vue demain matin – et pas seulement dehors. Je vais avoir la chance de voir Emmett au lit, le matin… Les endorphines qui montent en flèche en moi me font tourner la tête.

Pendant qu'il est dans la salle de bains, je m'assieds sur son énorme lit king size. Mon téléphone sonne en recevant un texto de Nat.

Où es-tu ?

En train de prendre soin de mon patient. Très BON soin de lui.

OMG, t'es chez lui ?

Peut-être…

Je crie !

Chut, tu vas réveiller Flynn…

J'aime tout ça, beaucoup.

Moi je veux l'aimer lui, beaucoup. En parlant de beaucoup, j'ai bien regardé ses bijoux de famille aux urgences. Oh. Mon. Dieu.

J'ajoute l'emoji du feu au cas où je n'aie pas été assez explicite.

Vas-y doucement avec le pauvre gars. Il est blessé.

Je sais. Pas d'amusement pendant quelques jours. Emoji de visage triste. *Cela devrait être assez de temps pour complètement infiltrer sa vie.*

LOL. J'ai presque de la peine pour ce pauvre Emmett.

Pauvre Emmett va remercier la sainte Leah sous peu.

Je n'arrive pas à croire que tu m'aies caché ça tout ce temps.

C'est difficile. Techniquement, je travaille pour ton mari.

Cela ne te rend PAS plus loyale envers lui qu'envers moi.

Ai-je mentionné combien j'aime Nat ?

Oui, Madame.

Un geignement venant de l'intérieur de la salle de bains fait que je me précipite à la porte.

« Tu vas bien ?

— J'essaie de pisser, et ça me *tue*, putain.

— Tu as besoin de mon aide ? demandé-je, toujours opportuniste.

— Non, je n'ai pas besoin de ton aide pour pisser. »

Je couvre ma bouche pour ne pas rire tout haut. Je ne pense pas que ce soit drôle qu'il ait mal, mais tout le reste dans cette situation est hilarant. Pas que je puisse jamais le lui montrer. Parce que je suis appuyée contre la porte de la salle de bains, je lui tombe presque dans les bras quand il ouvre soudainement la porte. Heureusement, j'arrête ma trajectoire avant d'avoir une collision avec ses parties blessées.

Il me lance ce regard sauvage auquel je commence à m'attendre.

« Que diable fais-tu ?

— J'attendais de voir s'il te fallait quelque chose.

— Je n'ai besoin de rien.

— Très bien. Cela te dérange si j'utilise les toilettes ?

— Non, cela ne me dérange pas, mais ne fouille pas dans mes tiroirs ou mon armoire à pharmacie.

— Pourquoi ? Qu'est-ce que tu as peur que je trouve ?

— Va aux toilettes, Leah, et ne touche à rien sauf le WC et le lavabo.

— Waouh, si méfiant. Je parie qu'il y a quelque chose de pas mal à trouver, comme du lubrifiant.

— T'aimerais bien savoir, hein ?

— Oui, en fait, j'aimerais savoir.

— Je vais au lit maintenant.

— J'arrive tout de suite, mon chéri. Ne commence pas sans moi. »

Je lui ferme la porte à la figure, gratifiée par son expression hésitante qui me dit qu'il ne me fait absolument pas confiance dans sa salle de bains. Même si la curiosité me consume, je reste dans les endroits que j'ai le droit de toucher et emprunte un pois de dentifrice pour me brosser les dents avec mon doigt. J'aimerais avoir des vêtements pour me changer ou un vêtement dans lequel dormir mis à part la robe que j'ai mise par-dessus mon bikini tout à l'heure, mais je n'ose pas lui demander si je peux emprunter quelque chose.

Il n'est déjà pas loin de me virer à coups de pied. Je me doute que la seule raison pour laquelle je suis encore ici, c'est parce que c'était plus difficile de se disputer avec moi que de me laisser rester. Je suis très consciente de ma tendance à être péniblement difficile par moments. Ma mère avait l'habitude de dire que quand je voulais que quelque chose soit fait d'une certaine façon, cela ne servait à rien d'en discuter avec moi.

Dieu, comme elle me manque. Pourquoi a-t-il fallu qu'elle meure alors que j'avais encore besoin d'elle ?

Ne pense pas à des choses déprimantes quand tu es dans la salle de bains d'Emmett Burke à deux doigts de partager son lit ! Mon regard fixe les portes en miroir de l'armoire à pharmacie. Je pourrais y jeter un tout petit œil, non ? Quelle est la pire chose qui pourrait arriver ? J'imagine la porte se défaire de ses gonds et se briser contre le lavabo. Avec les choses qui vont si bien entre nous, la dernière chose qu'il me faut, ce sont les sept ans de malheur qui viennent quand on brise un miroir.

Je résiste à la tentation, mais Dieu, c'est dur. Cette armoire à pharmacie m'appelle comme un amant, pleine d'informations qui s'ajouteraient à ce que je sais déjà sur Emmett.

« Qu'est-ce que tu fais là-dedans ? appelle-t-il. Sors de mon armoire à pharmacie ! »

Je sors de la salle de bains, pleine d'indignation, laissant une lumière allumée pour que je puisse trouver mon chemin dans le noir.

« Je ne suis pas dans ton armoire à pharmacie, fou paranoïaque, va.

— Bien sûr, dit-il, grognant en riant. Je suis complètement paranoïaque de penser que tu es peut-être en train de fouiner dans ma vie.

— Oui, tu l'es. Et tu es plutôt très imbu de ta personne, aussi. J'ai dit que je voulais te baiser, pas obtenir un doctorat en Emmett Burke. »

Et alors, si je veux les deux ? Il n'a pas besoin de le savoir.

« Ne parle pas de baiser quand je suis blessé.

— Pourquoi ? Cela te donne une petite érection ? Ou devrais-je dire une *grande* érection ?

— S'il te plaît, mets-toi au lit, ferme ta bouche et dors, d'accord ?

— Et moi qui pensais que tu allais peut-être me demander d'embrasser ton bobo. Je suis si déçue.

— Je vais t'étouffer dans ton sommeil. Peut-être que ça, ça te fera taire. »

Je me glisse de l'autre côté du lit et me tourne pour lui faire face.

« Tu ne m'étoufferas pas. Tu seras trop occupé à rêver que j'embrasse ton bobo pour qu'il aille mieux. T'ai-je jamais dit que j'ai appris la technique de gorge profonde au lycée ? »

En poussant un grognement, il vient poser une main sur son entrejambes et ferme les yeux.

« Je t'en prie, arrête de parler. »

Comme s'il n'avait rien dit, j'ajoute :

« Je ne suis pas sûre de pouvoir le faire avec ton truc à toi. C'est assez imposant. Mais, mmm, j'aimerais vraiment bien essayer.

— Il doit bien y avoir quelque chose par ici que je pourrais utiliser pour te bâillonner. »

Je ris à sa façon de le dire. Il est si sexy, même quand il est agacé. Peut-être surtout quand il est agacé, puisqu'il est agacé la plupart du temps quand je suis là.

« Tu aimerais bien, n'est-ce pas ?

— Tu n'as aucune idée d'à quel point. »

Je me traîne dans la vaste étendue du lit jusqu'à être tout près de lui.

Tout son corps se raidit.

« Qu'est-ce que tu fais ?

— Je ne peux pas m'assurer que tu vas bien de tout là-bas, et c'est pour ça que je suis ici. Si tu as besoin de quelque chose pendant la nuit et que je ne puisse pas t'entendre, parce que je suis *tout au bout*, là-bas ?

— Te laisser entrer chez moi est la plus grande erreur que j'aie jamais faite.

— Bah ouais. Tu viens juste de t'en apercevoir ? »

Je tends la main pour lui caresser les cheveux, et il sursaute, surpris par mon geste.

« Ne sois pas tendu. Calme-toi. »

J'effleure ses yeux de ma main, en espérant qu'il les ferme.

« Repose-toi. Tu te sentiras mieux demain matin.

— Retourne là-bas où je ne peux pas sentir ton odeur.

— Pourquoi ? Je pue ? »

Je renifle sous mes aisselles, mais je ne sens rien de mauvais.

« Non, tu ne pues pas, et c'est le problème. »

Je comprends lentement, et un sourire s'étend sur mon visage.

« Oh, alors tu penses que je sens *bon* ?

— Va-t'en, Leah.

— Je me sens plutôt bien, ici. »

Je retape mon oreiller et me mets complètement à l'aise juste à côté de lui, la chaleur de son corps m'émoustillant dans tous les endroits stratégiques. Je parie qu'il s'en dégage une chaleur sérieuse quand il s'active.

« Je suis désolée que tu te sois fait mal », lui dis-je, et je le suis.

Je le suis vraiment. Mais punaise, cette journée se termine de façon spectaculaire. Je suis dans le lit d'Emmett, à dormir près de lui. Si seulement son pénis n'était pas blessé ! Oh, tous les endroits où nous pourrions aller !

« Merci de… »

Je retiens mon souffle en attendant d'entendre ce qu'il va dire.

« M'avoir emmené à l'hôpital et d'être restée avec moi.

— Tout le plaisir est pour moi. »

Je ne peux pas m'en empêcher. Il est assez près pour que je le lèche. Alors je me soulève et me penche pour embrasser son épaule, en y mettant une toute petite touche de ma langue pour faire bonne mesure.

Maintenant, j'ai officiellement léché Emmett Burke. Une très bonne journée, en effet.

CHAPITRE 5

Emmett

Je suis en train de crever ici. Je suis terriblement dur depuis qu'elle a prononcé les mots « gorge profonde ». Et qu'est-ce qu'elle faisait à apprendre une chose pareille au lycée ? J'ai désespérément envie de poser la question, mais j'ai encore plus désespérément peur de l'encourager. *Mmm, peut-être aurais-tu dû y penser avant de l'inviter dans ton lit ?*

Je veux dire à mon subconscient de fermer sa gueule, même s'il a raison. À quoi je pensais, bordel, pour l'amener ici ? Elle est outrancière, complètement désinhibée et drôle. Elle est drôle à en mourir de rire, et inlassablement divertissante. Quand elle ne me les gonfle pas.

Puis elle m'embrasse l'épaule et est-ce que c'est… Je retiens un geignement en sentant sa langue contre ma peau, la sensation parcourant mon corps comme un courant électrique connecté directement à ma pauvre queue malmenée, qui n'en peut plus de cette journée.

Je dors d'un sommeil agité, conscient de la présence de Leah contre moi toute la nuit, surtout car elle marmonne des absurdités dans son sommeil, ce qui est trop mignon. Tout chez elle est trop mignon, si je dois être honnête avec moi-même – et j'essaie toujours d'être honnête avec moi-même car à quoi bon se mentir à soi-même ? Elle est mignonne, sexy et agaçante à souhait. Et drôle. N'oublions pas cela. Elle pourrait bien être la personne la plus drôle que j'aie jamais rencontrée.

C'est-à-dire quand elle n'est pas agaçante. Mes pensées tournent en rond dans ce cercle infini en plein centre duquel se trouve Leah dans toute sa splendeur sexy et agaçante.

Aux premières lueurs pâles de l'aube, je la regarde dormir et m'émerveille devant son air doux et innocent. Il n'y a pas de comparaison entre la Leah endormie et la Leah réveillée, et regarder ses lèvres bouger pendant qu'elle parle en dormant touche quelque chose au plus profond de moi-même qui lui résistait jusque-là.

J'ai toujours les mêmes réserves. Elle est trop jeune pour moi. C'est une collègue. C'est une fout-la-merde. Mais il y a quelque chose en elle qui m'émeut, même si je veux lui résister. C'est sa persévérance, tout comme son honnêteté directe. Si elle veut quelque chose – dans ce cas, moi –, elle le fait savoir. Malgré sa jeunesse relative, elle ne joue pas aux jeux que les autres femmes semblent savourer, et il y a quelque chose de carrément rafraîchissant en cela, même quand elle me rend dingue.

Je commence à me résigner à cette chose qu'elle pense se passer entre nous.

Même si je travaille pour tous les associés de Quantum, je rends compte à Kristian, le directeur général. Si je veux sortir avec elle, tout ce que j'ai à faire d'après la politique des relations au travail que j'ai rédigée, c'est de demander sa permission. Elle devra la demander à Marlowe.

Ni l'un ni l'autre ne refuserait la demande. J'en suis pratiquement sûr, mais j'hésite néanmoins. J'ai pris pour habitude d'éviter les relations compliquées, surtout celles qui pourraient affecter la carrière que je me suis cassé le cul à construire. Pas une fois je n'ai laissé quelque chose menacer mon statut professionnel à Quantum, et me lier à elle constituerait une menace.

Les gens au travail l'apprendraient.

Notre bureau est trop petit et trop uni pour des secrets, et d'ailleurs, je n'ai aucune illusion que Leah le garderait pour elle. Ce n'est pas comme ça qu'elle marche. Son visage expressif trahit chacune de ses pensées et émotions. Par exemple, cela fait des mois que je sais qu'elle a jeté son dévolu sur moi, et tous les autres l'ont probablement compris, aussi.

La petite casse-couilles.

J'aimerais l'avoir dans une salle de jeu, la pencher par-dessus un banc pour la fessée et lui montrer ce qui arrive aux filles qui jouent avec le feu. L'idée de son doux derrière souple et tout ce que je pourrais lui faire défile dans ma tête comme le film le plus érotique que j'aie jamais vu. Ma bite renaît des cendres du désastre, revenant douloureusement à la vie pour exprimer son approbation du film érotique qui joue dans mon cerveau. Alors que le reste de moi a mis du temps à la rattraper, ma queue aime Leah et cela depuis déjà un certain temps.

Si elle est dans la pièce, je bande. C'est aussi simple que ça et aussi frustrant. Une réunion de travail est maintenant quelque chose à endurer en état d'excitation rigide plutôt que l'interaction professionnelle que c'était avant que Leah se pointe. Les barbecues chez Flynn, les fêtes chez Hayden, les soirées en ville avec mes amis — tout maintenant les inclut, ma queue dure et elle.

Peut-être que si j'essayais avec elle, j'arriverais à me débarrasser de cette folie. Peut-être qu'une fois qu'elle aura fait l'expérience de combien je suis exigeant au lit, elle ne voudra plus rien avoir à faire avec moi. Une femme comme Leah ne voudra pas être dominée. C'est l'être humain le moins soumis que j'aie jamais rencontré. Si elle apprend ce qui m'excite, je résoudrai peut-être mon problème avec Leah.

Plus je tourne et retourne cette idée dans ma tête, plus elle me plaît. Et ma queue approuve de tout son cœur, aussi. En fait, elle est un peu *trop* enthousiaste au vu de notre calvaire hier soir. Je serre les dents et me lève pour utiliser la salle de bains. S'il y a une bonne nouvelle, c'est que pisser fait un peu moins mal qu'hier soir.

En neuf ans comme avocat principal à Quantum Productions, je n'ai pas pris un seul jour de maladie, mais il n'y a pas moyen de fourrer mon service trois pièces avec ses hématomes dans un pantalon de costume pour les huit ou dix heures à venir. Juste d'y penser, j'ai mal, et je n'irai pas au bureau en pantalon de sport. Ce n'est vraiment pas mon style.

J'envoie un texto à Kristian.

Je vais travailler de la maison aujourd'hui si c'est OK. Et j'ai besoin de te parler d'une affaire personnelle quand tu as le temps.

Il répond immédiatement.

Pas de problème. Comment allez-vous, Popaul et toi ? Je t'appellerai après avoir déposé les enfants à l'école.

Je m'émerveille de comment Kristian, l'un des célibataires les plus endurcis que j'aie jamais rencontrés, s'est adapté si bien à la vie de famille depuis qu'il a emménagé avec Aileen et ses gamins dans une nouvelle maison à Calabasas pendant l'été.

Popaul et moi, on a connu des jours meilleurs. Je te parle plus tard.

Kristian répond avec l'emoji qui fait la grimace. Ça résume plutôt bien les choses.

Je me brosse les dents, retourne à la chambre et me remets au lit pour attendre que Leah se réveille. Pendant que j'attends, je trace ma stratégie. Plus je pense à cette idée, plus je l'aime. Elle va se demander ce qui lui tombe dessus quand elle viendra faire un tour avec moi. J'irai mollo avec elle, bien sûr, parce que je ne voudrais jamais lui faire peur ou la traumatiser d'une façon quelconque, et je ne vais certainement pas avoir la conversation du genre « au fait, je suis dominant sexuellement » si tout ce que cela va être, c'est une nuit ensemble. Je peux lui donner un avant-goût de ce que je suis sans révéler tout ce qu'il y a sur le menu.

Une nuit. C'est tout ce que ce sera. Juste assez pour faire taire la mouche qui bourdonne autour de mon oreille et satisfaire son intérêt pour moi, ce qui sera mieux pour tous les deux à long terme.

Je laisse mon esprit vagabonder jusqu'à considérer comment j'utiliserai cette nuit unique. Je lui demanderai si elle a des limites à ne pas dépasser, quelque chose qu'elle ne peut pas ou ne veut pas faire, et puis je lui ferai choisir un *safe word* pour qu'elle puisse tout arrêter si elle en a besoin. Et puis je prendrai un malin plaisir à faire d'elle ce que je veux.

Je commencerai avec une fessée parce qu'elle avait l'air d'aimer cette idée quand je l'ai dit en blaguant — et il faut qu'elle sache dès le départ de quoi et de qui il s'agit. Je serai aux commandes. Elle se laissera conduire. L'idée de la dominer dirige tout le sang de mon corps encore une fois vers l'hémisphère sud.

La bonne nouvelle, c'est que l'érection ne fait pas tout à fait aussi mal qu'hier soir. Cela fait assez mal encore pour que je souhaite contrôler la bête en moi, mais mon esprit et mon corps ne collaborent pas pour l'instant. Mon esprit est en fête à imaginer Leah à ma disposition, ce qui n'est pas très solidaire du soldat blessé entre mes jambes qui est tenu par les caprices de mon imagination. Et mon imagination est fertile quand il s'agit d'elle. Je pourrais la baiser jusqu'à lui en faire perdre son insolence.

« Est-ce pour moi, ou est-ce une fête privée ? »

Sa voix sexy et rauque me donne des frissons. C'est comme ça, le son de sa voix le matin ? Je lui jette un coup d'œil et la trouve fixant du regard ma queue dure, qui est clairement visible sous la couverture.

« Je te donnerai une nuit. »

Elle roule sa lèvre inférieure pulpeuse entre ses dents.

« Mais j'ai des conditions.

— Quelles conditions ?

— On le fait à ma façon ou pas du tout. C'est moi qui commande. Et tu ne le dis à personne. Cela arrivera une fois, et ce sera la fin de cette petite fixation que tu as sur moi. Nous ne serons jamais un couple et il n'y aura pas d'ils vécurent heureux et eurent beaucoup d'enfants. On va baiser et on n'en parlera plus. »

Elle se lèche la lèvre, et ma queue devient plus dure à l'imaginer pratiquer ses techniques de gorge profonde sur moi. Que je brûle en enfer, mais je veux voir si elle peut vraiment le faire.

« Nous sommes d'accord ?

— Quand se déroulera cette nuit unique ?

— Le week-end prochain.

— Ce sera pendant le mariage. Si tu veux que personne ne le sache, ce ne sera peut-être pas le moment de le faire, avec tout le monde qu'on connaît autour de nous.

— Laisse-moi m'occuper de la logistique et tout le reste. Ton travail sera de faire exactement ce que je te dirai.

— C'est quoi, cette histoire de me commander, M. J'Ordonne ?

— C'est ce que j'aime.

— Alors, t'es…

— Dominant au lit ? Ouais. »

Euh, tu te rappelles, il y a cinq minutes, tu n'allais pas le lui dire ?

Elle avale sa salive. Ses yeux s'écarquillent, ses lèvres s'écartent, et bon sang, je veux la dévorer.

« T'as un problème avec ça ?

— N-non, pas de problème.

— Et tu es d'accord pour ne le dire à *personne* ?

— Pas même à Marlowe ? Je croyais qu'il me fallait l'accord de mon supérieur hiérarchique.

— Cela n'arrivera qu'une fois, alors ce n'est pas la peine d'en discuter avec elle. Ce sera fini avant que ça commence. »

Elle fait ce petit truc mignon avec ses lèvres remontées sur le côté, comme si elle y réfléchissait et essayait de se décider.

« Nous sommes d'accord ?

— Je ne suis pas sûre en ce qui concerne l'histoire de domination. Est-ce que je saurai à l'avance ce qui va se passer ?

— Nous en discuterons en détail au fur et à mesure. C'est comme ça que ça marche. Et il te faudra un *safe word*, un mot que tu peux utiliser pour tout arrêter à tout moment. Cette partie-là n'est pas négociable. »

Elle inspire à fond et expire doucement.

« Je n'avais aucune idée que tu avais…

— Des pratiques sexuelles spéciales ? Il y a beaucoup de choses que tu ne sauras jamais sur moi. Tu veux avoir des rapports sexuels. Nous aurons des rapports sexuels, et puis on passera à autre chose.

— Et ce ne sera pas bizarre quand nous passerons du temps ensemble avec nos amis communs ?

— Je peux me comporter en adulte. Et toi ?

— Bien évidemment que je peux. »

Ses yeux s'illuminent d'une indignation si adorable – et excitante.

« Alors, nous ne devrions pas avoir de problème.

— Et si, après avoir fait ça, tu veux plus qu'une nuit ? demande-t-elle.

— Cela n'arrivera pas.

— Et si cela arrive ?

— J'offre une nuit, Leah. C'est tout ce que j'ai à donner.

— Pourquoi ?

— Pourquoi quoi ?

— Pourquoi tu n'as qu'une nuit à donner ? Pourquoi ça ne peut pas être plus ? »

Couchée sur mon lit avec ses mains sous son visage, elle semble si adorable, jeune et innocente. Je me sens bizarrement protecteur envers elle. Je veux la protéger des choses qui peuvent lui faire du mal, y compris moi.

« Ce n'est pas ce que je veux.

— Du tout, ou ce n'est pas ce que tu veux avec moi ?

— Je ne le veux pas en général. Je ne suis pas comme mes amis. Je n'ai pas le gène homme de famille. J'aime être libre de faire ce que je veux quand je veux. Ça marche pour moi.

— Et l'amour ? Tu ne veux pas aimer quelqu'un et être aimé en retour ?

— J'aimais ma grand-mère et elle m'aimait. J'aime mes amis. Ils m'aiment. C'est bon.

— Je ne savais pas que tu étais si cynique.

— Je ne suis pas cynique.

— Si, tu l'es. Tu ne veux pas ce que Flynn a avec Natalie, ce que Hayden a avec Addie, ce que Jasper a avec Ellie, ce que Kristian a… »

Je l'arrête avec un doigt sur ses lèvres.

« Non, je ne veux pas ce qu'ils ont. Je ne l'ai jamais voulu. Quand je te dis que je ne suis pas capable d'être ce que tu veux, j'ai besoin que tu me croies. Je ne nierai jamais que je te trouve sexy et l'idée de te baiser est extrêmement excitante. Mais il n'y aura jamais rien d'autre entre nous, Leah. Et si tu ne peux pas accepter cela, refuse mon offre. Ne l'accepte pas en pensant que tu vas me changer ou me faire changer d'avis. Quand je te dis qui je suis, écoute-moi.

— J'ai besoin d'y réfléchir. »

Il me faut être honnête. Je ne m'attendais pas à ce qu'elle dise ça. Sur la base des impressions qu'elle me donnait et des choses qu'elle m'a dites, je m'attendais à ce qu'elle se jette sur mon offre d'une nuit ensemble.

« Pas de problème. Fais-moi savoir quand tu auras décidé. »

Je vérifie ma montre.

« Tu ne dois pas aller au travail ?

— J'ai dit à Marlowe que je prenais ma journée pour m'occuper de toi.

— Quand est-ce que tu lui as dit ça ?

— Hier soir. Elle a dit que je devais absolument le faire et qu'il n'y avait pas besoin de prendre un jour de congé. Mon travail aujourd'hui, c'est de m'occuper de toi.

— Je n'ai besoin de personne pour s'occuper de moi.

— C'est ce que tu as dit, mais je vais rester quand même. C'est comme ça. »

Elle se lève et s'étire, la robe courte se soulevant pour révéler des fesses sexy. Je jurerais qu'elle se tortille un peu plus en s'étirant parce qu'elle sait que je la regarde.

« Je vais rentrer vite fait à la maison pour prendre une douche et me changer. Je rapporterai le petit déjeuner. Tu veux du café ? »

Résigné à mon destin, je dis :

« Ouais. Avec de la crème et…

— Deux sucres, dit-elle, en faisant un clin d'œil pendant qu'elle se dirige vers la porte. Je sais. »

J'espère avoir l'opportunité de la baiser jusqu'à lui en faire perdre son côté petite garce.

Leah

Je prends l'ascenseur de l'appartement d'Emmett au hall d'entrée, où je me rends compte que je n'ai pas moyen d'entrer à nouveau dans le bâtiment. Si je pars, me laissera-t-il revenir ? Je lui envoie un texto pour lui poser la question – et non, il ne m'a pas donné son numéro. Je l'ai acquis. Ne me demandez pas comment.

C'est Leah. Me rouvriras-tu si je pars ?

Une minute entière s'écoule, puis je vois qu'il répond.

Ouais. Tape 4D sur le clavier dehors.

Il ne demande pas comment j'ai obtenu son numéro. S'il le demande, je dirai qu'Addie m'a dit qu'on encourage les assistants à avoir le numéro de portable personnel de chaque membre de l'équipe Quantum, puisqu'on ne sait jamais de quoi auront besoin ceux que nous servons.

Je me souris à moi-même. Je suis forte, quand même. Mais ensuite je me souviens de son offre d'une nuit, de sa révélation qu'il est dominant au lit, et que nous – lui et moi – n'aurons jamais rien de plus qu'une nuit ensemble. Je ne suis qu'un mélange confus d'émotions en ce qui le concerne. Oui, je suis complètement mordue de lui et l'idée d'une *minute* avec lui, ça le fait pour moi, alors l'idée d'une nuit entière à me gaver de lui… J'ai envie de dire ça oui, alors. *Oui, oui, oui !*

Alors, qu'est-ce qui m'empêche de sauter sur cette queue monstre pour le tour de manège de ma vie ? Je ne peux pas le dire. Même pas à moi-même. Si je le dis, il me faudra l'assumer et je ne peux pas. Je ne peux pas en vouloir plus avec lui, c'est tout. Mais je le veux. Voilà. Je l'ai dit. Ce n'est pas simplement du désir que j'ai pour lui. Je *l'aime bien*. Je l'aime vraiment bien, et je ne suis pas sûre de pouvoir passer une seule nuit avec lui sans vouloir plus.

Autant je veux cette nuit unique – et oh, mon Dieu, comme je la veux – autant je ne veux pas être dévastée après, et j'ai comme l'impression que je le serai. Qui s'y soumettrait de plein gré ? Et le pire, c'est que je n'ai pas le droit d'en parler à qui que ce soit. Il faut que je prenne cette décision moi-même, sans consulter ni Natalie, ni Addie, ni Aileen, les femmes qui sont devenues mes amies les plus proches depuis que je suis venue habiter à Los Angeles. Punaise, qu'est-ce que je raconte ? Ce sont les amies les plus proches que j'aie jamais eues, et les seules avec qui je considérerais discuter de quelque chose comme cela.

Cela ne me passe pas par la tête d'aller contre son gré et de demander l'aide de Natalie, parce que je veux qu'il pense que je suis adulte et non pas une petite fille qui court à son amie – la même amie qui, il se trouve, est mariée à l'un des patrons d'Emmett. Je fais entièrement confiance à Nat, mais je m'abstiens de l'appeler parce qu'il m'a dit de ne pas le faire.

Coincée entre le marteau et l'enclume, c'est dur. En parlant de choses dures… Il était énormément dur ce matin, et je ne peux m'empêcher de penser que c'était en mon honneur puisqu'il a proposé son offre une-fois-et-c'est-fini peu après mon réveil. Ce qui veut dire qu'il avait passé du temps à penser à moi de cette façon-là, et de penser à moi le rend dur. Je peux exploiter cela.

Je parcours la courte distance jusqu'à chez moi, et quand j'y arrive, je vais immédiatement à ma table de chevet, où je récupère Roger Rabbit. J'ai tellement de choses à lui raconter depuis notre dernière rencontre. J'ai passé la nuit avec Emmett, j'ai vu sa queue dure, il m'a offert une rencontre d'une nuit. L'orgasme est rapide et cataclysmique. Je viens plus fort que jamais de ma vie. Pendant des minutes après, je reste haletante sur mon lit, à fixer du regard le plafond. Si la *possibilité* d'être avec lui peut me faire jouir comme cela, que pourrait faire pour moi sa réalité ?

Même la probabilité de dévastation absolue ne peut noyer le désir de faire l'expérience de cette réalité, de passer cette nuit unique avec lui. Si c'est tout ce qu'il offre, ne serait-ce pas mieux que rien ?

Non. Ce ne serait pas mieux !

Les répliques de l'orgasme épique en disent autrement. Je me tortille à l'idée de cette grosse queue et de ce que me ferait Emmett. Il a fait allusion à la fessée. Quoi d'autre pourrait-il faire ? Je devrais probablement m'en informer avant de décider de quoi que ce soit. Je suis si excitée de penser à ce qui pourrait se passer avec Emmett que je pars pour un autre tour avec Roger. Le deuxième orgasme est plus intense que le premier, si la chose est possible. Je jouis si fort que je crois que je perds conscience pendant une seconde. Je suis tentée de passer la journée avec Roger, mais Emmett m'attend, alors j'emmène Roger dans la douche, nous lave tous deux vigoureusement, change mes vêtements et prépare un sac, au cas où Emmett aurait besoin que je reste aussi ce soir.

Une nana ne peut jamais être trop prête, et en tant qu'assistante championne de Hollywood, j'ai pris le pli d'être prête. Je balance dans le sac une tenue vestimentaire pour le travail demain, et comme Addie a déposé ma voiture pour moi hier soir, j'envoie un SMS à Emmett pour lui demander si je peux apporter ma voiture là-bas. Il répond avec le code du garage et me dit de me garer près de lui.

Si tu utilises ce code sans ma permission, je te donnerai la fessée jusqu'à ce que tu ne puisses pas t'asseoir pendant une semaine.

Ne sois pas parano.

Et pour quelle raison devrais-je être paranoïaque en ce qui te concerne, voyons ?

Très bonne question.

Dépêche-toi, j'ai faim et j'ai besoin de mon café.

Oh, est-il de mauvais poil le matin avant de prendre son café ? J'ajoute ce détail à la liste de choses que je sais sur lui. Cette liste a grandi exponentiellement depuis hier, jour qui dans mon histoire personnelle restera l'un des meilleurs jours de ma vie, même si c'était une extrêmement mauvaise journée pour lui et sa pauvre queue.

Oui, Monsieur. Je viens.

Je retiens un rire à l'idée de lui faire cette réplique. J'espère qu'il comprendra le double sens. J'ai vu les films. Je sais ce qui m'attend si j'accepte d'être dominée par Emmett, et alors que les relations sexuelles spéciales n'ont jamais eu d'attrait pour moi, *lui* m'attire comme aucun autre gars ne l'a jamais fait. Alors, avec lui, je suis disposée à y penser, mais ce n'est pas quelque chose que je rechercherais avec quelqu'un d'autre.

Je passe au café de mon pâté de maisons, prends du café et des *breakfast sandwiches* pour nous deux, et puis conduis jusque chez lui pour avoir ma voiture avec moi s'il arrive que j'aie quelque chose à faire pour Marlowe.

De retour à son bâtiment, j'entre le code qu'il m'a donné et que j'ai déjà mémorisé – bah, bien sûr que je l'ai mémorisé – et prends l'ascenseur jusqu'au quatrième étage. Je frappe à sa porte et attends qu'il me fasse entrer. Et puis il est là, debout à la porte, sans chemise, les cheveux ébouriffés, la mâchoire couverte de barbe. Avec tous ses muscles exposés, il ne ressemble en rien à l'avocat habillé avec minutie que je vois tous les jours au bureau.

« Tu me fixes du regard, dit-il.

— Tu es magnifique. »

Il s'écarte pour que je puisse entrer.

« Est-ce que chaque pensée que tu formules sort de ta bouche, ou est-ce juste une impression ?

— Tu te plains que quelqu'un te trouve magnifique ? »

Je pose le plateau de café et le sac de *breakfast sandwiches* sur le comptoir qui sépare la cuisine du salon.

« La plupart des gens ne laissent pas échapper des choses comme ça. »

Par-dessus mon épaule, mon regard rencontre le sien.

« Je ne suis pas la plupart des gens.

— Sans blague, vraiment ? »

Oh, le sarcasme. *J'adore* le sarcasme.

« Je ne mâche pas mes mots. Si je le pense, je le dis. Personne n'a jamais à se demander, eh bien, que pense Leah de moi, parce que Leah le leur dit. Cela te gêne ?

— Non.

— Hm, c'est à s'y tromper. »

Je lui passe un café et glisse un des sandwiches emballés par-dessus le comptoir, comme si je donnais à manger à un tigre et avais peur qu'il bondisse. Pas que j'aie vraiment « peur » qu'il bondisse, en soi…

« Peut-être seras-tu de meilleur poil une fois que tu auras mangé. »

Sa grimace vaut le coup – et bizarrement est sexy.

Mon téléphone sonne, un appel d'un numéro que je ne connais pas.

« Leah à l'appareil.

— Vous avez appelé à propos d'un groupe pour un mariage le week-end prochain ?

— Oui, merci de m'avoir contactée. Lequel êtes-vous ? »

Il me donne le nom du swing band qui a été recommandé par une amie d'Addie.

« On joue vendredi et dimanche, et on ne fait pas normalement trois concerts en un week-end, mais vous avez dit que c'est le mariage de Hayden Roth ?

— C'est cela, et le groupe prévu a eu un décès dans la famille, c'est pourquoi c'est vraiment à la dernière minute. »

Je vais aller en enfer pour les mensonges que j'ai dits pour Addie.

« Bon, on peut le faire.

— C'est vrai ? Oh mon Dieu ! Merci beaucoup. Les mariés seront ravis.

— Où devons-nous nous rendre et à quelle heure ?

— Le mariage est au domaine viticole de Quantum à Napa. Si vous nous envoyez votre contrat, j'organiserai le transport et le logement. »

Nous échangeons nos adresses mail, et je termine l'appel avec le poing brandi et un cri de joie.

« Que dirais-tu de vérifier un contrat de groupe de musiciens aujourd'hui ?

— Ce n'est pas un peu tard pour engager un groupe ?

— Ne pose pas de questions. Sois simplement reconnaissant que nous ayons trouvé quelqu'un.

— Il leur faudra signer un accord de confidentialité, aussi, dit-il.

— Je le leur ai dit quand j'ai passé le premier coup de fil. Depuis le temps, je connais la marche à suivre. »

J'appelle Addie.

« J'ai une bonne nouvelle, lui dis-je quand elle répond. Timeless est d'accord.

— Oh, Dieu merci. »

Son soulagement est si profond que je ris.

« Je t'avais dit qu'il ne fallait pas s'inquiéter.

— C'est sûr. Fallait pas s'inquiéter. Une semaine avant mon mariage, je n'avais pas de musiciens. Quel est mon problème, bon sang ?

— Rien. Tu n'as pas de problème.

— Je ne suis pas comme ça, moi. Je n'oublie pas les choses importantes. »

Elle a l'air si perturbée que je compatis de tout cœur avec elle.

« La seule chose qui ait vraiment de l'importance le week-end prochain, c'est Hayden et toi. Concentre-toi sur cela, et tout ira parfaitement bien. Je te le promets.

— Merci beaucoup, Leah, dit-elle en reniflant. Tu es une amie formidable. »

Le compliment est démesuré.

« Tenley, Marlowe et Natalie ont toutes leur robe ?

— Elles ont décidé de porter une robe noire longueur cocktail, ce qui rend les choses plus faciles que d'avoir à choisir quelque chose qui les mettrait toutes d'accord. Et Hayden et moi avons choisi les cadeaux pour le cortège hier soir et les faisons expédier en livraison rapide.

— Tu vois ? Tout va bien. Respire, zen, OK ?

— J'essaie.

— Où est Hayden ? Il est avec toi ?

— Il avait un rendez-vous de bonne heure à un des studios, et moi je suis en route pour le bureau.

— Fais attention sur la route. On ne peut pas laisser quoi que ce soit arriver à la mariée en cette semaine si importante.

— Cela va vraiment se faire, dit-elle doucement. Parfois je n'arrive toujours pas à y croire. Je l'aime depuis si longtemps. »

Ses mots adorables me font monter les larmes aux yeux.

« Il me semble que tu peux y croire. Appelle-moi plus tard et fais-moi savoir ce que je peux faire d'autre.

— D'accord. Merci encore, Leah.

— Heureuse de pouvoir aider. »

Je termine l'appel et envoie un SMS à Natalie.

Tu as parlé à Addie? Elle est super émue. Un peu inquiète…

Pendant que j'attends de ses nouvelles, je prends une gorgée de mon café et jette un œil sur Emmett, qui me regarde avec intensité.

« Quoi ? »

Je m'essuie le visage avec une serviette au cas où il y aurait de l'œuf dessus. Ce ne serait pas la première fois.

« Tu as été adorable avec elle.

— Tu as l'air étonné, dis-je en riant. Je peux être adorable quand je veux.

— C'est bon à savoir.

— Qu'est-ce que ça veut dire ?

— Rien de plus que c'est bon à savoir que tu peux être adorable quand tu veux. »

Je pose mon menton sur mon bras plié.

« Pourquoi ? Tu aimes ça, quand c'est adorable ?

— Certainement pas, » dit-il, moqueur.

Oh, nous y voilà.

« Et *ça*, qu'est-ce que ça veut dire ?

— Mange ton petit déjeuner et va au travail. J'ai des choses à faire.

— Mais ça commence à devenir intéressant ici. Pourquoi voudrais-je partir ?

— Parce que j'ai du travail à faire, et je suppose que toi aussi.

— J'ai dit à Marlowe que je m'occupais de toi aujourd'hui.

— J'ai des hématomes, je ne suis pas malade. Je peux m'occuper de moi-même.

— Et pourquoi voudrais-tu le faire quand je peux le faire pour toi ?

— Parce que, dit-il, sa voix plongeant à une octave qui me fait mouiller ma culotte, être auprès de toi n'aide en rien mon rétablissement. Ça l'empêche. »

Je glisse de mon tabouret et fais le tour du comptoir pour regarder longuement le mât de tente dans son pantalon de jogging, en prenant un malin plaisir à savoir qu'il est si facilement excité quand je suis là.

« Arrête avec tes grands sourires, dit-il brusquement. Et casse-toi de là.

— Tu sais, dis-je en me léchant les lèvres tout en continuant à le fixer, ce serait peut-être une bonne idée de vérifier que tout marche comme il faut. Je veux dire, après ce genre d'accident, on ne peut pas être trop prudent.

— De quoi tu parles, bon sang ? demande-t-il et il semble… s'étouffer un peu.

— Je pourrais, tu sais, t'aider avec… ta *situation*. »

Prenant mon courage à deux mains, je passe derrière lui et place mes mains sur ses épaules, massant la tension de ses muscles raides. J'attends qu'il me dise de dégager, mais il ne le fait pas. Je n'arrive pas à croire que je le touche et le caresse vraiment, et qu'il me laisse faire. Enhardie, je me penche et pose mes lèvres sur son dos, tirant de lui un cri qui devient un gémissement quand je le mordille.

L'entendre gémir comme cela à cause de quelque chose que j'ai fait me rend folle.

« Leah.

— Hm ? »

J'enroule mes bras autour de lui et aplatis mes paumes contre les muscles ondulés de son abdomen.

« Je ne pense pas que nous devrions… »

Je fais attention, très attention quand je passe ma main droite sous la ceinture élastique de son pantalon de jogging et effleure du bout des doigts sa queue dure.

Il souffle et laisse sa tête tomber pour venir se poser sur mon épaule.

« Putain de merde, murmure-t-il.

— Ça fait mal ? »

Puisque je suis si près de lui, je l'entends avaler sa salive avant qu'il secoue doucement la tête.

« Tu veux que j'arrête ?

— Non », dit-il, les dents serrées.

Et la victoire est à moi ! J'appuie mes seins contre son dos tandis que je continue à effleurer sa longueur d'acier. Bon Dieu, il est grand et dur. J'ai l'eau à la bouche à l'idée de la nuit unique qu'il m'a promise.

« Pourrais-je le faire d'une autre façon ? »

J'ai peur de faire ou dire quelque chose qui brise le moment et lui rappelle qu'il n'allait pas me laisser m'approcher.

« Comment ça ?

— Comme ceci. »

Je passe la langue sur l'extérieur de son oreille, et sa queue monte en flèche, devenant encore plus grande et plus dure.

Est-ce qu'il vient de gémir ? Savoir que je suis en train de l'atteindre me fait tourner la tête.

« Qu'est-ce que t'en dis ? »

Il attrape la main qui le caresse, la sort de son pantalon et me conduit jusqu'au canapé où nous nous réinstallons. Avant qu'il s'asseye, je défais son pantalon de jogging et regarde pendant qu'il passe ses hanches, s'accrochant à son érection rigide. Je fais attention à lui en libérant son pantalon pour révéler son membre couvert de bleus. Peut-être que ce n'est pas une bonne idée après tout.

« Emmett…

— Si tu t'arrêtes maintenant, je ne te le pardonnerai jamais. »

Sa voix est rauque et sexy, ses instructions claires.

J'attrape un oreiller du canapé et me mets à genoux devant lui, utilisant l'oreiller comme coussin. Après avoir vu les bleus, j'ai presque peur de le toucher. Le pire est à peu près à mi-hauteur, alors je me concentre sur le grand sommet, tamponnant le bout avec ma langue.

Il prend une soudaine inspiration profonde.

« Dis-le-moi si ça fait mal, murmuré-je. Je ne veux pas te faire mal. »

Je fais des cercles avec ma langue, en choisissant la douceur plutôt que la séduction, ou du moins c'est le but. À en croire la façon dont il devient plus gros et dur, la séduction opère malgré mes intentions.

Ses doigts s'enfoncent dans mes cheveux, et viennent agripper mon crâne.

Je le prends plus dans ma bouche. Il y a de quoi faire, entre le bout et la zone d'hématomes, alors je prends tout ce que je peux jusqu'à ce que la pointe cogne ma gorge. Je lève les yeux pour voir comment il va et le trouve en train de m'observer avec attention. Nos regards se croisent, et le sentiment qui s'empare de moi est comme un feu de désir et de passion, et puis toute autre chose, quelque chose que je n'ai jamais vécu auparavant. Pas comme cela, en tout cas.

Décontenancée, je baisse les yeux pour me concentrer sur ses abdominaux musclés. Je n'ai jamais été avec un gars qui avait le genre de forme qu'a Emmett. Avant lui, des abdominaux de rêve étaient quelque chose à vénérer à distance. Je m'éloigne de sa grosse queue, le caressant avec ma langue en partant, et accorde mon attention à ces abdos bien dessinés, faisant de ma fantaisie de le lécher une réalité en traçant le contour de chaque muscle avec le bout de ma langue tandis que sa bite pulse et goutte sur tout. Je lèche tout cela, aussi.

« Leah, geint-il, en tenant mes cheveux plus fort, suce-la. »

Punaise, ouais, je vais la sucer. Je vais lui donner ce qu'il veut – et ce que je veux, moi aussi. Je le suce fort et le prends le plus profondément possible, en contrôlant le réflexe nauséeux quand ma gorge se referme autour du gland.

Et puis il jouit, son corps entier convulsant d'un plaisir puissant.

J'avale chaque goutte et puis le fais revenir petit à petit sur Terre avec de douces caresses de ma langue.

Quand j'ose le regarder, je le trouve les yeux fermés, les lèvres écartées et la poitrine se soulevant avec sa respiration profonde.

« Eh bien, ça marche encore », annoncé-je quand j'arrive à parler de nouveau.

C'est une excellente nouvelle, en effet.

CHAPITRE 6

Emmett

Je suis détruit, anéanti, démoli. La meilleure pipe de ma vie, putain, haut la main. J'ai vu les étoiles, de vraies étoiles, quand j'ai joui. Et la façon dont sa gorge s'est refermée autour de ma bite… *Jésus-Christ, prends pitié*, je suis déjà en train de bander à nouveau, juste à y penser. Je me rends compte que mes doigts sont encore enchevêtrés dans ses cheveux et je relâche ma prise serrée. J'espère ne pas lui avoir fait mal. J'ai toutes ces pensées avant d'enregistrer son commentaire. Ça marche toujours. Dieu merci, ça marche toujours.

« Tu vas bien ? » demande-t-elle, sa voix sexy et rocailleuse après avoir avalé ma décharge.

Dieu, elle est libidineuse, et c'était probablement une énorme erreur de la laisser me tailler une pipe, mais je ne peux pas trouver moyen de le regretter.

« Ouais. Et toi ?

— Mmm, hm, dit-elle avec le sourire du chat qui vient d'avaler la souris.

— Bien contente de toi, n'est-ce pas ?

— J'ai fait du bon boulot, là. Même toi, tu es obligé de l'admettre.

— Je suis plus qu'heureux d'admettre que ton travail était exceptionnel. »

Je lui caresse le visage avec mon doigt, et regarde ses yeux s'adoucir avec l'affection que j'avais l'intention de décourager. Quand est-ce que j'ai commencé à l'*en*courager plutôt que de la *dé*courager ? Je pense encore que c'est une erreur monumentale d'entamer une relation avec elle, alors je me force à m'asseoir, remonter mon pantalon, prendre mes distances pendant que je peux encore le faire, même s'il me vient à l'esprit qu'un gentleman rendrait la pareille.

Je suppose que je ne suis pas un gentleman à l'instant, parce que je n'ose pas la toucher, encore une fois de peur de ne pouvoir m'arrêter sans aller jusqu'à me gaver. Ni ma queue, ni le reste de moi d'ailleurs, ne pourrait faire face au festin royal que serait Leah aujourd'hui, alors il faudra attendre. D'ici là, je suis content de savoir que le service trois pièces marche encore et à en croire l'avant-goût qu'elle m'a donné ce matin, je peux m'attendre à une nuit superbement chaude avec elle dans un avenir proche.

Et puis les choses pourront revenir à la normale, où elle sera simplement une collègue et de temps en temps une mouche gênante qui bourdonne autour de ma tête, me rendant dingue. Cela, je peux faire avec. Ceci… Je ne sais que faire des bizarres sentiments de tendresse et désir qu'elle suscite en moi. Je ne m'attendais pas à tenir à elle comme ça. Assez. Il s'agit d'une nuit entre nous, rien qu'une nuit.

Avant que je puisse lui dire qu'il est temps qu'elle s'en aille, elle dit :

« J'ai une question juridique pour toi. »

Oh, nom de Dieu. Sérieusement ?

« Comment peut-il te rester des questions juridiques après m'avoir embêté avec ça tous les jours pendant des semaines ?

— Celle-ci est une vraie question. »

J'adore qu'elle admette pratiquement que les autres étaient fictives. Comme si je ne le savais pas déjà.

« Très bien. Qu'est-ce que tu as comme question ? »

Elle me raconte qu'elle était sortie avec un gars à New York et que sa copie originale d'*Abbey Road* a disparu.

« Comment tu peux laisser quelqu'un que tu connais à peine emprunter quelque chose d'une valeur si inestimable ?

— Ne me fais pas la morale. Dis-moi juste comment je peux le récupérer.

— Envoie-moi un SMS avec son nom et son adresse et j'écrirai une lettre qui lui foutra une bonne trouille légale et d'ici sept jours, ton album te sera retourné.

— Vraiment ? demande-t-elle, le bonheur dansant dans ses yeux. Tu ferais ça pour moi ?

— Oui, Leah, dis-je en soupirant comme je le fais si souvent quand elle est là. Je ferais ça pour toi.

— Je te remercie beaucoup. »

Elle m'embrasse sur la joue, et je suis pris d'un étrange sentiment d'être à ma place, que je rejette immédiatement. Je ne veux pas me sentir à ma place avec elle. Je veux juste la baiser et mettre fin à la folie qui l'entoure.

« Je devrais, euh, retourner au travail. »

Je ne suis pas vraiment obligé de travailler aujourd'hui, mais comme je ne laisse jamais s'écouler un jour sans contacter le bureau, il me faut au moins faire cela.

Elle se lève, passe la main dans ses cheveux pour les remettre en place après que je les ai mis en vrac, se baisse pour reprendre l'oreiller qu'elle a mis par terre et le jette sur le canapé.

Je ne regarderai plus jamais de la même manière cet oreiller.

Elle remballe son *breakfast sandwich*, le remet dans le sac et prend son café.

« Je vérifierai comment tu vas plus tard.

— Leah. »

À la porte, elle se retourne en levant un sourcil.

« Oui ?

— Merci, pour, euh, tu sais… M'avoir aidé. »

Elle sourit jusqu'aux oreilles, contente d'elle.

« C'était un *plaisir*, Emmett. Un très grand plaisir. »

Oh, c'est une sale gosse. Je crève d'envie de la baiser à lui en faire perdre son culot, mais il va falloir que cela attende que le tuyau soit complètement remis. Elle disparaît, la porte se refermant derrière elle.

Je suis encore en train de regarder la porte, en pensant à la pipe épique, quand mon portable sonne quelques minutes plus tard. Je prends l'appel de Kristian.

« Salut, dit-il, désolé d'avoir mis si longtemps. Logan a oublié ses devoirs à la maison et s'en est rendu compte alors qu'on avait fait la moitié du chemin pour arriver à l'école. »

Je sais qu'il utilise le Bluetooth avec l'écho que j'entends sur la ligne.

La nouvelle vie de Kristian en tant qu'homme dévoué à sa famille m'amuse, mais dès qu'Aileen et ses enfants sont là, je ne peux nier qu'il semble plus heureux que je ne l'aie jamais vu.

« Et qu'est-ce qu'on fait dans ce cas-là ?

— Demi-tour et on fonce à la maison, et on les dépose à l'école tout juste à l'heure.

— Rigolo de commencer la journée comme ça, on dirait.

— Ça fait circuler le sang. »

L'expression me rappelle comment j'ai fait circuler mon propre sang ce matin et la raison pour laquelle j'ai besoin de lui parler.

« Alors, qu'est-ce qu'il se passe ? demande-t-il.

— T'es tout seul ? »

Parfois, Aileen et lui vont au travail ensemble, et je ne veux pas qu'elle entende ce que j'ai à lui dire.

« Ouais. Aileen a rendez-vous avec le médecin ce matin.

— Tout va bien ? » demandé-je, tout de suite inquiet.

Elle s'était bien remise cet été après avoir été récemment atteinte d'un cancer du sein, avant de déménager pour Los Angeles. Je retiens mon souffle, en espérant qu'il n'y a pas de problème.

« C'est un examen de routine.

— Cela te fait paniquer ?

— Chaque fois, putain, dit-il en soupirant. Mais elle me dit qu'il n'y a pas de quoi s'inquiéter, et j'essaie de suivre son exemple. On a encore quatre ans comme ça avant qu'elle atteigne la cible de cinq ans et qu'ils la considèrent en rémission.

— Je ne peux pas m'imaginer combien ça doit être stressant pour vous deux.

— J'essaie de ne pas y penser. La plupart du temps, ça marche bien, jusqu'à ce qu'il lui faille aller chez le médecin et le stress m'accable.

— Je suis désolé que tu aies à faire face à ça.

— C'est peu cher payer pour tout ce que nous avons ensemble.

— C'est une bonne façon de le voir.

— C'est la seule façon pour moi de supporter le fait qu'elle ait eu le cancer il y a peu de temps et que ça pourrait revenir et me la prendre. »

À l'écouter, je me sens idiot de penser que la situation avec Leah présente un « problème » quelconque. Quand on le compare à ce qu'il doit affronter, c'est presque inexistant.

« Bon, assez de tout ça. De quoi voulais-tu parler ?

— C'est tellement insignifiant, je me sens bête juste à le mentionner. »

Mais après ce qui s'est passé ce matin et la nuit unique que j'ai promise à Leah, il me faut le lui communiquer ou je risque mon travail, ce que je ne ferai jamais.

« Je suis intrigué, dit-il.

— Alors, il semblerait que je sois peut-être… Il se passe quelque chose…

— Waouh, dit-il en riant. Quoi que ce soit, ça fait bafouiller l'extrêmement posé Emmett Burke. Ça va être intéressant. Vide ton sac. »

Penser à elle me fait bégayer, et cela me rend complètement dingue.

« Leah.

— Oh, mince. Qu'est-ce qu'elle a ?

— Nous… Elle a décidé qu'elle veut, eh bien… »

Bon Dieu, c'est si bête. J'ai l'impression d'être à nouveau au lycée et d'essayer de ne pas me faire attraper en train de limer la fille d'à côté tandis que ma grand-mère dormait en haut. Gamin, j'ai passé plus de nuits chez elle que chez moi, et la vieille avait un sommeil de plomb, Dieu merci.

Kristian éclate de rire.

« T'es dans sa ligne de mire, n'est-ce pas ?

— On peut dire ça. »

Je m'éclaircis la voix et me force à le révéler pour que l'on puisse ne plus jamais avoir à en parler.

« Sur la base de la politique de fraternisation, je suis dans l'obligation de faire autoriser quelque chose comme cela par toi, alors c'est ce que je fais. Je demande l'autorisation.

— Tes propres mots qui te retombent sur la gueule, c'est ça ? »

Je ne sais que trop bien que c'est moi qui ai insisté pour que Quantum adopte une politique des relations au travail. Alors oui, c'est ma putain d'efficacité qui est à blâmer pour cette conversation affreusement gênante avec mon patron et ami.

« Ah, t'es content ? lui demandé-je, d'un ton plus irrité que je le voulais.

— Peut-être un peu, dit-il en riant. Il va me falloir vérifier avec les autres associés pour être sûr que c'est OK.

— *Sérieux, là* ? »

Ma voix est plus aiguë que celle d'un collégien préadolescent.

« Mais non, je te casse les couilles, c'est tout. Ah, pardon, Connor l'a déjà fait.

— T'es un connard.

— Je sais. »

Il est mort de rire, et je préfère toujours qu'il rie de moi plutôt qu'il panique à propos de la santé d'Aileen. Quand il retrouve la faculté de la parole, il dit :

« Tu sais que je fais confiance à ton jugement en toutes choses, Emmett, y compris la fraternisation avec Leah, mais je me demande simplement… Ah, laisse tomber, ça ne me regarde pas.

— Qu'est-ce que tu te demandes ?

— Si tu es prêt à aller jusqu'au bout avec elle. »

Dans notre monde, « jusqu'au bout » ne veut pas dire avoir des rapports sexuels. Cela veut dire le BDSM, la domination totale.

« Ce n'est pas prévu. Cela va être une fois et c'est tout. Rien d'important.

— Une fois et c'est tout ? Ça marche comment, exactement ?

— Elle veut s'amuser. Je ne veux pas que ce soit plus que ça, alors je lui ai dit qu'on pouvait le faire une fois. »

Il rit encore à en perdre les pédales.

« Tu crois vraiment que ça va arriver ?

— Oui, je le crois vraiment.

— Laisse-moi te dire quelque chose que je sais pour sûr : si tu prends la peine de m'en parler, ce n'est déjà plus du domaine d'une fois et c'est tout.

— Ce n'est pas vrai ! Je suis obligé, de par la politique des relations au travail, de t'en informer.

— Aux chiottes le manuel des employés, Emmett. Tu sais que ce que je dis est vrai. Si tu n'étais pas *intéressé* par elle, tu ne me l'aurais jamais mentionné.

— Je ne suis pas intéressé par elle. Elle me fait tourner en bourrique.

— C'est comme ça, l'amour. Une minute tu veux la baiser, la suivante tu es en train d'acheter une maison avec sa petite clôture blanche.

— *L'amour* ? Qui a parlé *d'amour*, putain ? Je parle d'une nuit de sexe, Kristian, et tu as réussi à me faire regretter de l'avoir jamais mentionnée.

— Demande à Hayden, Flynn et Jasper ce qui s'est passé après une nuit de sexe avec Addie, Nat et Ellie. Bon sang, après une nuit avec Aileen, je voulais lui donner tout ce qui m'appartenait et l'épouser tout de suite pour qu'il n'y ait aucune chance que je merde assez pour la perdre. »

Ses mises en garde font naître en moi un sentiment de panique, le sentiment que quelque chose de majeur a déjà changé dans ma vie, sans ma permission, et qu'il n'y a pas de retour aux choses telles qu'elles étaient *avant*. Putain de merde.

« Ce n'est pas ce qui arrivera avec Leah et moi. On n'est pas comme ça.

— Continue à te le dire, ajoute-t-il en riant encore.

— Heureux d'avoir pu t'amuser ce matin.

— C'est vraiment le cas.

— Tu es le pire patron que j'aie jamais eu.

— Je suis le *seul* patron que tu aies jamais eu. »

Flynn et Hayden ne comptent pas. On a été trop proches pendant trop longtemps pour qu'ils puissent franchement me « commander », bien qu'ils aient essayé de temps à autre.

« Et tu es nul. »

Il repart pour un tour de rigolade.

« Ne va pas raconter tout ça aux autres. Je suis sérieux, Kris. Je ne veux pas que ce soit sur les lèvres de tout le monde au bureau. J'ai un travail à faire pour toi et je ne peux pas le faire si tout le monde parle du fait que je me tape l'une des employées administratives.

— Je garderai le silence.

— T'as intérêt ou je te poursuivrai en justice.

— Oh, je t'en prie. Tu ne me poursuivras pas en justice.

— Si tu le dis à quelqu'un, *c'est sûr*, je te poursuivrai en justice.

— Je ne vais pas en parler, mais comment comptes-tu t'assurer que *l'autre* partie de ta nouvelle relation garde cela pour elle ? »

Cela me met la peur au ventre. Je vais lui envoyer un texto dès que je termine cette conversation infernale avec Kristian pour lui rappeler de garder cela pour elle.

Ma sonnette retentit, et je me demande si Leah est revenue. Et pourquoi est-ce que ma queue éprouve un petit frisson de joie à l'idée de son retour ? Probablement parce qu'elle a aimé comment c'était d'avoir le bout de sa gorge enveloppé autour d'elle. *N'y pense pas !* C'est sûr, comme si cela n'allait pas être *la seule chose* à laquelle j'allais penser dans l'avenir prévisible.

« Il faut que j'y aille. Il y a quelqu'un à la porte.

— C'est elle ?

— Au revoir, Kris, et ferme ta bouche.

— Je te dirais bien de faire pareil, mais cela irait à l'encontre du but. »

Je mets fin à l'appel au son de son rire, et ouvre la porte au concierge, qui tient un énorme panier gourmand.

« Livraison pour vous, M. Burke. »

Je le lui prends des mains.

« Merci, Jay.

— Vous allez bien ? » demande-t-il, m'observant avec curiosité.

Cela fait longtemps que je le connais, j'ai joué avec lui au basketball quelques fois.

« Ouais, pourquoi ?

— Ce n'est pas votre genre d'être encore à la maison à cette heure-ci un jour de travail, et maintenant il y a des gens qui vous envoient des cadeaux.

— J'ai eu un petit accident hier soir, mais ça commence à aller mieux.

— Oh, mince. Je suis content que ça aille mieux. Appelez-moi si vous avez besoin de quoi que ce soit.

— Je le ferai. »

Je prends bien soin de lui et des autres employés de mon bâtiment à Noël, alors je n'éprouve pas le besoin de lui donner un pourboire maintenant.

« Merci de l'avoir monté.

— De rien. »

Je ferme la porte et emporte le panier de fromage, crackers, vin et chocolats au comptoir de la cuisine, où j'en extrais la carte.

M. Emmett, nous sommes désolés de vous avoir blessé en faisant les voyous dans la piscine. Nous espérons que vous vous sentirez mieux bientôt. Bisous, Connor et Mason (et Annie, Hugh et Garrett).

Eh bien, c'est gentil de leur part. J'envoie vite fait un texto à Annie.

Merci pour le panier. Il ne fallait pas. Je me sens mieux aujourd'hui.

Dieu merci, répond-elle. *Je me sens si mal pour toi, et Hugh se sent encore pire.*

Elle ajoute des emojis qui rient et des emojis d'aubergines.

Haha, c'est à peu près sa couleur.

AÏE. OMG. Je voulais les tuer hier soir. Je suis toujours en train de leur dire que quelqu'un va se faire mal quand ils chahutent.

Ne vous inquiétez pas, et pas de dommages permanents, heureusement ! Ce sont de super gamins. J'adore jouer avec eux.

Ce sont de super gamins quand ils dorment ! Accroche-toi ! Oups. Probablement pas la meilleure chose à dire.

D'autres emojis de visages qui rient. J'ai l'impression que les blagues sur ma blessure ne font que commencer. J'envoie le texto à Leah pour lui rappeler de garder privé notre « arrangement ». Elle répond avec un seul mot : *Voyons.* Elle me fait rire même quand elle n'est pas là.

Je prends un appel d'un numéro local que je ne reconnais pas. C'est l'infirmière de l'urologue qui m'a traité hier soir, pour voir comment je vais.

« Ça va.

— La douleur est comment ?

— Mieux qu'avant.

— C'est une bonne nouvelle. Il aimerait vous voir demain au bureau pour le suivi. Vous pouvez venir pour 14 h 30 ? »

J'essaie de me souvenir de mon calendrier et il ne me semble pas avoir un empêchement demain après-midi.

« Cela devrait marcher. »

Elle me donne l'adresse et me dit qu'ils me verront alors.

Super, d'autres manipulations de ma queue, et pas de la bonne sorte.

Je réponds au groupe de chat de Quantum, où tous me demandent de les tenir au courant de mon état de santé. Je leur fais savoir que cela va mieux aujourd'hui, et que je serai de retour au bureau demain, même si la perspective de fourrer mon service trois pièces dans un vrai pantalon ne sera probablement guère plus agréable d'ici là.

Hayden envoie une rangée d'emojis d'aubergines.

Annie a déjà fait cette blague-là.

On ne se lasse jamais d'aubergines, dit Hayden. *T'as qu'à demander à Addie.*

Ferme-la, Hayden, dit Addie.

Tout le monde envoie des emojis de visages qui rient.

Contente que tu te sentes mieux. Bisouxxx, dit Natalie.

Elle est adorable. Non seulement je l'aime beaucoup, mais je la respecte complètement pour avoir survécu à un passé qui aurait détruit une personne de moindre qualité. Elle s'est adaptée à la folie qu'est la vie en tant que femme de Flynn avec la grâce et l'aplomb qui lui valent l'admiration de tous les amis de Flynn.

J'allume mon laptop, accède au serveur du bureau et m'occupe de mon travail. Comme toujours, il y a beaucoup de choses qui demandent mon attention, des contrats à considérer aux accords de licence, ou encore les transactions immobilières. J'épuise toutes ces merdes, m'attardant sur les détails pour mes clients, qui, il se trouve, sont aussi mes amis les plus proches. Travailler pour eux est un boulot de longue haleine, et il n'y a littéralement rien que je ne ferais pas pour eux.

J'ouvre un mail du procureur général adjoint de l'État du Nebraska qui supervise la poursuite en justice du père de Natalie. Il est accusé d'avoir tué l'avocat qui a organisé la nouvelle identité de Natalie après qu'elle a été violée à l'âge de quinze ans par le gouverneur de l'État – qui était l'ami le plus proche de son père. C'est une histoire sordide, à tous points de vue, et chaque fois que j'en entends parler davantage, je suis épaté de comment Natalie a persévéré lors d'une adversité inimaginable.

Son père a tué l'avocat, non pas parce qu'il a failli ruiner la vie de Natalie en divulguant son vrai nom, mais parce que l'avocat a terni la réputation de son précieux ami Oren. Toute l'histoire me dégoûte. Je ne peux m'imaginer comment Natalie se sent en sachant qu'il lui faut revivre encore une fois le cauchemar au procès à venir.

Le procureur confirme la date pour que Natalie aille au Nebraska pour témoigner au procès de son père. Je transfère le mail à Natalie et lui dis de me faire savoir si elle a des questions.

Je ne la représente pas dans cette affaire, je la soutiens plutôt. Elle n'a pas besoin de représentation légale pour témoigner, et elle a certainement assez d'expérience en tant que témoin après avoir mis en prison ce monstre de Stone quand elle était encore adolescente. Mais je ferai tout ce que je peux pour lui rendre les choses plus faciles. Nous souhaiterions tous qu'elle n'ait pas à le faire du tout, mais le procureur m'a dit qu'il était prêt à l'assigner à comparaître si elle n'y allait pas de son plein gré.

Comme si elle n'avait pas déjà été assez persécutée par son père et son « ami » décédé. Quand j'ai entendu que ses parents étaient du côté de Stone plutôt que de leur propre gamine après qu'il l'a attaquée et violée… Je ne peux toujours pas croire que cela soit vraiment arrivé. Je déteste qu'il lui faille le revivre, sans parler du fait qu'il lui faudra revoir son père pour la première fois depuis huit ans.

Flynn en est stressé. Je sais qu'il l'est, même s'il ne dit pas grand-chose. Et maintenant que Natalie est enceinte, je suis certain que cela ne fait qu'ajouter à ses inquiétudes. Nous avons tous hâte que ce soit fini. Nous partons pour le Nebraska deux jours après le mariage de Hayden et Addie et y resterons moins de vingt-quatre heures. On arrive et on repart. C'est le plan, en tout cas.

Pour le déjeuner, je mange un peu de fromage, des crackers et de la saucisse fumée – choix intéressant vu la raison du cadeau – qui sont arrivés dans le panier d'Annie, et je travaille à plein pot pendant un après-midi productif. Autour de 17 h, je me lève et bouge un peu, en essayant de décider si j'ai envie d'une séance d'entraînement. Le haut du corps, peut-être, car mes parties inférieures sont toujours endolories et irritées. Après avoir mis mon short de gym, je descends à la gym au sous-sol et m'inflige une séance rigoureuse pour les bras et la poitrine qui me laisse en sueur, épuisé et ayant grandement besoin de prendre une douche.

Quand l'ascenseur arrive à mon étage, je sors pour trouver Leah assise devant ma porte, flanquée de sacs de courses. Elle est plongée dans son téléphone et ne me remarque pas immédiatement. Je la regarde longuement, et les souvenirs de ce qu'elle m'a fait tout à l'heure m'assaillent. J'essaie de penser à quoi que ce soit d'autre, pour ne pas bander comme un âne quand je l'approche. Cela a été une journée de montées et descentes, parce que chaque fois que je pense à cette pipe de classe mondiale, je deviens dur.

Je m'éclaircis la voix et elle lève les yeux, souriant en me voyant dans un débardeur mouillé de transpiration avec une serviette de bain autour du cou.

Qu'est-ce que cela révèle sur ma campagne de prise de distance que je sois vraiment heureux de la voir ?

CHAPITRE 7

Oh mon Dieu, il est tout en sueur après une séance de gym, et j'ai toujours envie de le lécher.

« Leah ? »

Je réalise qu'il m'a dit quelque chose pendant que j'étais occupée à l'observer et à penser à le lécher.

« Hein ?

— Qu'est-ce que tu fais ici ? »

Oh. Ça. OK.

« Je me suis dit que j'allais te faire à manger ce soir. »

Heureusement, il ne mentionne pas que j'ai utilisé son code de garage pour avoir accès au bâtiment. Je suppose que je devrais dire accès *non autorisé* puisqu'il ne m'a pas donné la permission explicite de l'utiliser. J'attends qu'il me dise non merci, qu'il a tout organisé, qu'il ne veut pas de moi ici, mais il ne dit rien. Il ouvre simplement sa porte avec sa clé et attrape un des sacs.

Je me lève et le suis à l'intérieur, où son laptop et un tas de papiers sont sur le comptoir de la cuisine près d'un énorme panier.

« Qu'est-ce que c'est ?

— Un cadeau d'Annie, Hugh et ses garçons pour mes jumelles et moi.

— C'est gentil de leur part.

— Oui. Elle est mortifiée que ses enfants m'aient transformé en gonzesse, bien qu'elle se soit amusée à mes dépens avec l'emoji d'aubergines. »

J'essaie de ne pas rire, mais un grognement passe malgré tout mes lèvres.

« Ce n'est pas drôle, dit-il sévèrement.

— C'est un petit peu drôle.

— Il n'y a rien de petit en ce qui le concerne.

— Je sais. J'y ai pensé toute la journée.

— Arrête », dit-il.

Je vais à lui, pose mes mains à plat sur son torse moite et lève les yeux vers les siens.

« Est-ce que cela veut dire que toi aussi, tu y as pensé toute la journée ?

— Pas du tout.

— T'es vraiment menteur comme avocat. »

Je jette un œil à la bosse évidente dans son short.

« *Vraiment* menteur. »

Je veux me mettre à genoux et répéter pour lui mon exploit.

« Tu sais à quoi d'autre j'ai pensé aujourd'hui ?

— J'ai peur de deviner.

— Que j'ai eu ta bite dans ma bouche, mais je ne t'ai même pas embrassé. »
Je me concentre sur ses lèvres.

« Je me suis dit qu'il nous faudra corriger cela à un moment donné.

— J'ai dit une nuit, Leah. C'est tout ce que ça va être. On n'est pas en couple.

— Tu peux juste me rappeler encore une fois pourquoi cela ne peut durer qu'une nuit ? »

Son soupir exaspéré fait que je m'approche encore de lui. Je m'en fiche qu'il ait transpiré. Je veux juste qu'il me donne plus de lui.

« Nous travaillons ensemble, et je ne donne pas dans les situations inextricables ou compliquées, et ceci a le potentiel d'être les deux.

— Ah oui ? » demandé-je, remplie d'un espoir enivrant puisqu'il pense que je pourrais être compliquée – et inextricable.

J'adorerais être inextricable pour lui.

« Tu le sais bien.

— Tu sais ce que je sais d'autre ?

— J'ai presque peur de demander…

— Que tu ne fais rien de mal en t'abandonnant à une attirance que nous ressentons tous les deux, et n'essaie pas de me dire que tu ne la sens pas aussi. »

Je place doucement la paume de ma main sur son érection, ne voulant pas lui faire de mal pour valider mon argument.

« Nous ne faisons rien de mal, Emmett.

— Tu ne me connais pas du tout, dit-il, les dents serrées.

— Mais si.

— Non, vraiment pas.

— Alors, dis-moi ce qu'il me faut savoir, mais n'essaie pas de me dire que tu n'es pas aussi attiré que moi.

— Je ne nierai pas mon attirance.

— C'est une bonne chose, parce que j'aurais horreur d'avoir à te rafraîchir la mémoire avec la preuve du contraire. »

Je plie ma main un tout petit peu pour lui rappeler que je lui tiens encore la queue, juste au cas où il aurait oublié.

Il me retire la main.

« Tiens-toi bien, pitbull. »

J'adore vraiment ce surnom.

« Et pourquoi donc ? Je suis seule avec un gars avec qui je veux être, qui vient d'admettre qu'il veut aussi être avec moi. Pourquoi bien me tenir ?

— Parce que. Il y a des choses… Des choses que tu ne sais pas.

— Quelles choses ?

— Je ne veux pas en parler.

— Tu sais ce qu'il y a de vraiment drôle avec toi ?

— J'ai hâte de l'entendre.

— Tu t'es convaincu toi-même que je suis bien trop jeune pour toi, mais ce n'est pas moi qui tourne autour du pot maintenant et qui agis comme quelqu'un de quinze ans qui ne sait pas comment se comporter avec les femmes. »

J'adore l'accès de colère qui enflamme ses beaux yeux.

« Ce n'est pas ce que je fais.

— Ah, non ? De quoi as-tu si peur ?

— Je n'ai peur de rien.

— J'aurais pu m'y tromper. »

Je lui tourne le dos et commence à déballer les provisions que j'ai achetées.

« J'espère que tu aimes le poulet à la carbonara. C'est une de mes spécialités. »

Je commence à fouiller dans les tiroirs et les placards, de façon générale faisant comme chez moi dans sa cuisine tout en faisant semblant d'ignorer le fait qu'il se tient encore là, toujours en train de me fixer du regard, toujours sexy à en crever et bandant comme un âne.

Il m'est venu à l'esprit, maintes fois ces derniers mois depuis que mon béguin excessif pour Emmett a pris racine et s'est épanoui comme une mauvaise herbe incontrôlable, que j'aurais pu et aurais probablement dû viser un homme plus accessible. Mais ce n'est pas comme si j'avais consciemment décidé de m'attaquer à lui. C'est arrivé comme ça, le premier jour au bureau de Quantum. Je l'ai rencontré au mariage de Flynn et Nat et me souviens l'avoir trouvé incroyablement attirant, mais en fait ce n'est que quand on a eu une conversation sur l'accord de confidentialité que j'ai commencé à penser à le lécher.

« Si tu veux aller prendre une douche, il me faut environ une demi-heure pour préparer ça. »

Il reste là encore une seconde ou deux avant de se tourner et s'en aller.

J'expire profondément et me verse un verre du vin que j'ai apporté, en essayant de ne pas penser à lui tout nu, mouillé et savonneux dans la douche. Cela demande toute la volonté que je parviens à rassembler pour que je reste dans la cuisine alors que je veux être dans cette douche avec lui plus que je désire mon prochain souffle.

Patience, me dis-je. *Aie de la patience.*

Je n'en ai pas du tout en ce qui le concerne. Je me reconnais à peine dans cette situation. La plupart du temps, c'est *moi*, le gars dans mes relations avec les hommes. Je me sers d'eux et je les quitte. Je ne m'investis pas. Je ne *tiens pas assez* à eux pour en prendre la peine. Mais avec Emmett, tout est différent, et je ne peux même pas dire pourquoi. C'est comme cela, c'est tout. Je le regarde et je le veux, et pas seulement physiquement. Je suis attirée par ce gros cerveau qu'il a, tout autant que par ses autres grosses parties. Je veux savoir ce qui le motive. Je veux connaître sa famille, son enfance, sa vie avant que je le rencontre. Je veux tout savoir.

Et cela me fait peur, en quelque sorte. À tout moment je m'attends à ce qu'il me dise de partir et de ne pas revenir. C'est évident qu'il est à parts égales excité et irrité par ma présence. Et si l'irritation devait gagner ? C'était tellement plus facile quand je m'en fichais. Une partie de moi voudrait pouvoir revenir à cette existence apathique, quand je ne prenais pas le risque de poursuivre ce que je voulais.

Avec Emmett, j'ai l'impression de tout risquer – le nouveau travail que j'aime, ma nouvelle vie et mon équilibre mental. Mais même en sachant cela, il semblerait que je n'arrive ni à contrôler ni à contenir le besoin urgent qu'il se donne davantage à moi – d'ailleurs, je ne veux pas le contrôler ou le contenir. Je veux m'y laisser aller et me gorger complètement de sentiments que je n'ai jamais ressentis avec autant de force avant de rencontrer Emmett.

J'ai passé du temps avec Addie au bureau aujourd'hui, ai entendu un peu plus sur comment elle a fini avec Hayden et combien elle s'est battue pour le *happy end* qu'ils auront ce week-end quand ils échangeront leurs vœux et commenceront leur vie ensemble. Elle a fait allusion au fait que c'est une longue histoire et qu'elle n'a pas tout partagé avec nous, mais elle en a dit assez pour que je comprenne qu'elle avait poursuivi ce qu'elle voulait et que cela avait rapporté gros pour elle, même si elle n'est qu'une boule d'inquiétude en ce qui concerne le mariage même.

Bien que son histoire m'ait donné bon espoir et ait renforcé ma conviction que je le dois à moi-même de voir où les choses pourraient mener avec Emmett, je suis en fait un peu inquiète de voir combien elle est stressée – et de ce que m'ont dit les autres, Hayden est comme moi.

Hayden

Quelque chose ne va pas. Notre mariage est dans quelques jours, et Addie est une loque. Mon Addie à moi n'est jamais une loque. Elle est l'image même de la compétence dans toutes les situations. La regarder craquer à mesure qu'approche le jour de notre mariage me rend fou. On aurait dû faire une fugue comme l'ont fait Flynn et Natalie la première fois qu'ils ont échangé leurs vœux, mais elle ne voulait rien en savoir. Elle veut le grand mariage blanc, et puisque je veux tout ce qu'elle veut, j'ai accepté. Maintenant, je me dis que j'aurais dû insister pour faire quelque chose de plus simple.

Elle est émotive, introvertie et ne dort pas. Pire que tout, elle ne me parle pas de ce qui ne va pas, alors je commence à penser au pire. Est-ce qu'elle veut me quitter et ne sait pas comment me le dire ? Ouais, j'en suis là, et ce n'est pas un bon état d'âme, surtout cette semaine quand on est supposés être plus heureux que jamais.

Elle n'est pas heureuse, et du coup, moi non plus.

J'arrive à la maison que nous partageons à Malibu et vais la chercher, et je la trouve dans son bureau penchée sur son carnet de mariage omniprésent. Je voudrais avoir insisté pour prendre une organisatrice ou un organisateur de mariage pour qu'Addie ne porte pas le fardeau du stress de l'organisation, mais elle voulait le faire elle-même, alors j'ai cédé. Elle ne m'entend pas entrer, alors je profite de l'opportunité pour m'imprégner d'elle. Moi qui, il fut un temps, pensais ne pouvoir aimer aucune femme, en suis venu à l'aimer plus que ma propre vie. Si elle veut sa liberté, je ne sais honnêtement pas ce que je ferai. J'ai tellement peur de cette possibilité que je ne peux presque pas me forcer à même aborder le sujet.

Mais il me faut savoir ce qui ne va pas, ne serait-ce que parce que la regarder souffrir est en train de me tuer.

« Salut, ma chérie », dis-je doucement pour ne pas l'épouvanter.

Elle lève la tête vers moi et je suis alarmé par ses yeux gonflés, ses cernes et un sentiment de fatigue générale qui me brise le cœur.

« Oh. T'es rentré.

— J'ai besoin que tu fasses quelque chose pour moi.

— Quoi donc ? »

Je lui tends la main.

« Viens avec moi.

— J'ai un million de choses à faire ce soir.

— S'il te plaît ? »

Je sens sa réticence quand elle se lève de sa chaise, fait le tour du bureau et tend la main pour prendre la mienne. Sa bague de fiançailles brille dans la lumière du jour qui descend, qui entre par les fenêtres qui font face à l'océan.

Je referme mes doigts autour des siens et la conduis à la terrasse, m'asseyant sur la chaise longue double que je lui ai achetée pour son anniversaire après qu'elle a dit qu'elle aimerait que nous puissions nous asseoir ensemble sur la terrasse qui donne sur le Pacifique et non pas dans des fauteuils séparés. Parce que le fond de l'air est frais en ce soir d'octobre, je tire une couverture sur nous et blottis Addie contre moi.

« Parle-moi, Addison. Dis-moi ce qui se passe.

— Il ne se passe rien. C'est notre mariage dans six jours, et il y a encore beaucoup à faire.

— Ce n'est pas ça, et si tu ne me dis pas ce qu'il y a, je vais avoir peur que peut-être tu ne veuilles pas vraiment m'épouser après tout, et si c'est le cas... »

Je ne peux même pas le dire. Rien que l'idée est assez pour me donner l'impression que c'est la fin du monde.

Je suis choqué et horrifié quand elle se met à pleurer.

« Addie, ma chérie... »

Je veux me lever et partir en courant pour ne pas avoir à entendre ce qu'elle a à me dire. Si je ne l'entends pas me dire que c'est fini, alors ce n'est pas fini. C'est bien ça, non ? Je ne sais pas comment marchent ces choses-là. Je n'ai jamais été amoureux auparavant, avant qu'elle se fraye de force un chemin dans ma vie avec une détermination féroce qui m'a laissé incapable de faire quoi que ce soit d'autre que de tout lui donner. Si elle reprend son amour...

« Tu ne veux pas te marier ? »

Elle ne fait que pleurer plus fort.

Je me meurs. Le sentiment d'être sans défense qui m'envahit me rappelle bien trop les quatre fois où ma mère a fait une overdose. Alors, comme maintenant, je n'avais aucune idée de quoi faire ou comment l'aider. Pour quelqu'un qui est fier de contrôler tous les aspects de sa vie, le dérapage est la pire des situations.

Je lui caresse les cheveux et le dos, en espérant qu'elle se calme assez pour me dire ce qui l'a tant bouleversée. Mais plus que tout, je veux entendre qu'elle n'a pas changé d'avis sur moi et la vie que nous sommes supposés partager.

Elle pleure en hoquetant et ses sanglots sont comme des coups de couteau dans mon ventre. Si elle a mal, j'ai mal. C'est à ce point que je l'aime, et je décide que quoi qu'elle dise, je ne renoncerai pas à elle sans me battre.

« Addison, parle-moi. »

Je passe les doigts dans ses cheveux blonds soyeux.

« Dis-moi ce qui ne va pas. Laisse-moi t'aider.

— Je ne sais pas ce qui m'arrive, dit-elle entre deux sanglots.

— Est-ce le mariage ? Est-ce que tu veux toujours m'épouser ? »

Elle secoue la tête.

Mon Dieu, à quelle question répond-elle ?

« Bien sûr que je veux t'épouser. »

Le soulagement me submerge, à me faire tourner la tête et me couper le souffle. Je la tiens plus fort, m'accrochant à la femme qui a changé ma vie de toutes les façons possibles.

« Je suis désolée si tu as pensé que je ne voulais pas. Cela n'a rien à voir avec toi. C'est moi… Et… Ma maman. »

Sa mère est morte il y a plus de quinze ans d'une crise cardiaque, quand Addie avait douze ans.

« Quoi à propos de ta maman ? demandé-je, confus.

— Depuis qu'elle est morte, il y a eu ce vide dans ma tête à la place qu'elle occupait avant. Je ne me souvenais pas de grand-chose sur elle, et ces derniers jours, tout est revenu à flots. Je me rappelle de *tout*, et j'ai l'impression de tout revivre. Suis-je en train de devenir folle ? »

Mon cœur se brise pour elle.

« Non, mon amour, tu n'es pas en train de devenir folle.

— Pourquoi est-ce que cela m'arrive maintenant ?

— Probablement parce que tu la veux avec toi à notre mariage, alors ton cerveau libère les souvenirs.

— Tu crois, vraiment ? »

Elle lève vers moi ses grands yeux bleus remplis de pleurs qui m'arrachent les tripes.

J'essuie les larmes de son visage.

« Je ne peux pas en être sûr, mais cela semblerait une possibilité, non ?

— Je préfère ça à penser que je perds la tête. J'ai été dans tous mes états, à en oublier des choses. J'ai oublié de réserver des musiciens ! Je n'oublie pas les choses, Hayden. Ce n'est pas moi, ça !

— Respire, ma chérie. Tu te mets tellement la pression. La seule chose qui compte samedi, c'est toi et moi et les personnes qu'on aime. Qu'est-ce qu'on en a à foutre, bordel, si on n'a pas de musiciens ? »

Elle s'effondre encore, et cela me fait regretter d'avoir parlé si durement. Mais elle est certainement habituée à ma façon de parler depuis le temps. D'habitude, elle lève les yeux au ciel en me disant d'arrêter. Elle ne pleure pas, pas comme ça en tout cas.

« Tu veux que j'appelle ton père ? »

Elle secoue la tête.

« Ça lui mettrait la frousse.

— Lui et moi pourrions avoir la frousse ensemble, alors.

— Je suis désolée de te faire ça.

— Ne t'excuse pas. Je vais parfaitement bien du moment que tu veux encore m'épouser. »

Elle me sourit à travers ses larmes.

« Comment pourrais-tu te le demander après tout ce que j'ai fait pour me rendre indispensable à toi ?

— Tu as réussi de façon spectaculaire à m'être indispensable. L'idée d'une seule journée sans toi me rend dingue. Tu te rends compte que tu ne peux jamais me quitter, n'est-ce pas ?

— Où est-ce que j'irais ? Le seul endroit où je veux être, c'est avec toi. »

En entendant cela, je peux respirer à nouveau, mais que faire de ces souvenirs qui reviennent la hanter ? Et de toutes les semaines, il fallait que ce soit celle-ci ?

« Qu'est-ce que je peux faire pour t'aider ? »

Elle enfouit sa tête dans mon torse.

« Ça, ça m'aide. »

Je la tiens aussi fort que je peux.

« Je veux que samedi soit le plus beau jour de ta vie, Addison. Je ne veux rien qui te rende triste ou malheureuse. Ta mère ne le voudrait pas non plus.

— Je sais.

— Peut-être devrions-nous prendre ça comme un cadeau. Elle est revenue à toi à ce moment important dans ta vie pour s'assurer d'être avec toi.

— C'est une jolie façon de le voir. Elle m'a toujours manqué, tu sais ?

— Bien sûr.

— J'aurais tellement voulu qu'elle te rencontre. Elle t'aurait adoré.

— Comme ton père ? » demandé-je en riant.

Simon York et moi avons réussi à mettre de côté nos divergences parce que nous aimons tous deux Addie et voulons son bien, mais nous ne serons jamais les meilleurs amis du monde.

« Elle aurait aimé comment tu me regardes, tout comme mon père l'aime.

— Il a dit ça ?

— Plus d'une fois.

— Ah. C'est surprenant.

— Que pourrait vouloir de plus n'importe quel père pour sa fille qu'un mari qui l'adore comme tu m'adores ?

— Il est vrai que je voue un culte à Addison York Roth. C'est une certitude. »

Elle pleure encore.

« C'est la première fois que j'entends mon nouveau nom.

— La première d'une longue série.

— Mon papa m'a dit il y a longtemps que je pouvais faire tout ce que je voulais parce que j'étais intelligente, pleine de ressources et belle. Il m'a dit que je n'étais pas obligée de me marier pour être heureuse, mais que si je décidais que c'était ce que je voulais, mon mari aurait intérêt à être quelqu'un de gentil avec moi. Personne n'a jamais été aussi gentil envers moi que toi, sauf mon père bien évidemment. »

Elle place sa main sur mon visage.

« Il t'aime, et ma maman t'aurait aimé aussi.

— C'est moi qui vais pleurer si tu n'arrêtes pas. »

Elle m'embrasse.

« J'ai hâte de t'épouser.

— Moi aussi. Je n'avais jamais pensé que j'allais me marier jusqu'à ce que tu me montres le contraire. Je n'ai jamais eu quelqu'un qui m'appartienne rien qu'à moi comme toi, Addison. Je pensais que tu allais me dire que tu ne voulais pas aller jusqu'au bout, et je n'étais pas sûr de pouvoir y survivre.

— Je ne te ferai jamais ça. Jamais, jamais. »

Soulagé et plus amoureux d'elle que je ne l'ai jamais été auparavant, je l'embrasse et essuie les larmes qui restent.

« Parle-moi de ta maman. Dis-moi ce dont tu te souviens. Je veux tout savoir. »

Elle se relaxe contre moi et commence à partager ses souvenirs.

CHAPITRE 8

Leah

La carbonara sent merveilleusement bon, mais il faut dire que je vote toujours en faveur de tout ce qui contient du bacon. J'ai une super chance, d'après ce que me disent toutes mes amies, de littéralement pouvoir tout manger et ne pas grossir d'un gramme. Je me suis toujours demandé si c'était dans la famille d'avoir un bon métabolisme. Comme j'ai été adoptée, c'est une des nombreuses choses que je ne sais pas. Bien que j'adore pouvoir manger tout ce que je veux sans prendre de poids, j'aimerais avoir les rondeurs généreuses qu'ont Natalie et Addie. Que ne donnerais-je pas pour de plus gros seins et un peu de fesses !

Ma silhouette a été décrite comme « garçonne », ce qui n'est pas exactement un compliment, surtout quand on essaie d'attirer l'attention d'un vrai étalon comme Emmett. Bien que j'aie vu les preuves amplement suffisantes de son attirance pour moi, j'ai assez d'insécurité sur mon manque de rondeurs pour me demander si je peux être ce qu'il veut ou ce dont il a besoin.

Il dit qu'il m'accordera une nuit.

Je veux tellement plus que cela avec lui.

Mon téléphone retentit avec un texto d'un numéro que je ne reconnais pas.

Tu me manques. Je voudrais que tu me donnes une autre chance.

Qui est-ce ? demandé-je, alors que je me doute de la réponse.

Tom.

Berk ! Je l'ai bloqué il y a des semaines, et c'est pourquoi il utilise un autre numéro.

Je t'ai dit d'arrêter de me contacter. Je ne suis pas intéressée.

Tu ne m'as jamais donné une chance.

Bloqué.

Je l'ai rencontré sur Tinder la première semaine que j'étais en ville et je suis sortie avec lui deux fois. J'ai fait l'erreur monumentale de dormir avec lui la deuxième fois, bien que nous n'ayons pas exactement dormi. Nous sommes allés chez moi et nous avons baisé une fois. Après, je lui ai demandé de partir, regrettant de m'être laissée aller à une petite panique à propos d'être dans une toute nouvelle ville dans un travail avec un degré élevé de pression et dans lequel je ne voulais pas merder. Stupide.

Et maintenant il refuse de s'en aller ou de me laisser tranquille.

J'entends la douche se mettre en route dans la chambre d'Emmett et essaie de ne pas penser à lui tout mouillé et sexy pendant que je m'occupe du dîner. Il me vient à l'esprit que s'il ne s'était pas fait mal le soir d'avant, je ne serais même pas là. Je lève mon verre en un toast silencieux au panier cadeau qu'a envoyé Annie, remerciant les garçons qui ont blessé Emmett et m'ont donné cette opportunité d'être avec lui. Pas que je veuille qu'il ait mal, ça non. Mais à cheval donné on ne regarde pas les dents, ni la bite pleine de bleus.

Mon téléphone sonne avec un autre texto, et mon cœur s'arrête pendant une seconde jusqu'à ce que je voie que cela vient de Nat.

Alors, comment ça s'est passé avec Emmett hier soir ?

Bien. Je suis chez lui en train de lui préparer le dîner.

Formidable ! Ça, c'est du progrès.

Alors que c'est vrai que j'ai progressé avec lui les deux derniers jours, j'ai toujours l'impression que si cela ne tenait qu'à lui, je ne serais pas ici.

C'est une bonne chose ? demande Nat.

Je suppose qu'on verra…

Elle renvoie l'emoji renfrogné.

Je te trouve bien pour lui. Il a besoin de se détendre un peu, et il n'y a personne de mieux que toi pour ça.

Je sais qu'elle veut me faire un compliment. Elle me dit tout le temps que je suis la personne la plus drôle qu'elle ait jamais rencontrée, et je suis parfaitement consciente de mon irrévérence. Les gens – les professeurs, patrons, parents – ont utilisé ce mot pour me décrire aussi loin que je me souvienne. Mais je veux qu'Emmett me prenne au sérieux et ne pense pas à moi en tant que fille bête qui fricote avec un mec qui est beaucoup trop bien pour elle, même s'il est *beaucoup* trop bien pour moi.

C'est un avocat brillant, à succès, sexy à en crever avec un travail formidable, une belle maison, une voiture sympa et une vie qui lui convient bien. Sans parler du fait qu'il pourrait avoir toutes les femmes qu'il veut, alors que ferait-il d'une femme irrévérente qui, vue de profil, a l'air d'un garçon ? Ce matin, je lui ai fait une petite démonstration de ce que cela lui apporterait, mais tout de même… Je ne veux pas que mes aptitudes de gorge profonde soient la seule raison pour laquelle il me tolère.

C'est profondément déprimant de penser qu'il n'y a probablement pas de bonne raison pour que je sois là autre que le fait qu'il est trop poli pour me dire de dégager.

M'attardant sur cette pensée dérangeante, je touille la carbonara et mets une casserole d'eau à bouillir.

J'ai acheté la salade toute faite et un petit pain italien. Si j'étais seule chez moi, je préparerais du pain à l'ail, mais ici je le beurre simplement et le mets une minute sous le grill sans ail parce que, bah…

Qui est-ce que je cherche à tromper ? Qu'est-ce que je fais ici ? Pourquoi est-ce que je me jette sur un gars qui a l'air de ne pas vouloir avoir quoi que ce soit à faire avec moi ? Berk, et pourquoi est-ce que je me permets cette crise d'insécurité, qui n'est pas non plus mon style ? C'est lui, et l'effet qu'il a sur moi. Tout est de sa faute.

Mon téléphone sonne et c'est encore un numéro que je ne reconnais pas. J'ai l'estomac qui se retourne en refusant l'appel.

« C'est qui ? » demande Emmett quand il sort de la salle de bains, fraîchement rasé, les cheveux mouillés, portant un short de basketball et un T-shirt gris qui moule chaque bosse et creux de ses muscles bien dessinés.

Je deviens imbécile à sa vue, ce qui ne m'est jamais arrivé avec un autre gars que lui. Je ne suis jamais comme les autres filles qui deviennent gaga avec les hommes. Je les aime bien. J'aime leur compagnie. J'aime avoir des relations sexuelles avec eux. Mais je n'en deviens pas stupide – ou je ne le faisais jamais, en tout cas, jusqu'à ce que je rencontre celui-ci.

Quand il me passe la main devant le visage, je réalise que je suis en train de le fixer. Et puis l'odeur de… *son corps*… me frappe comme une gifle à la figure, et je veux me noyer dedans. Ce n'est probablement rien de plus qu'un gel douche exotique, mais je me penche malgré moi pour en prendre une bouffée.

« Es-tu en train de me sentir ?

— Mmm, tu sens vraiment bon.

— T'es vraiment pas nette, dit-il, bien que cela ait l'air de l'amuser.

— Je sais. Désolée. J'adore un homme qui sent bon, et tu sens vraiment incroyablement bon. Tout le temps, mais alors en sortant de la douche… »

Je pousse un soupir tremblotant.

« Vraiment bon.

— Content que tu approuves. »

Il me regarde, l'air de penser que je suis timbrée, ce qui est probablement le cas. Mais que puis-je dire ? Il me fait de l'effet.

Le téléphone sonne encore.

Je refuse vite l'appel parce que je ne reconnais pas le numéro.

« Qui t'appelle ?

— Ce n'est personne. »

Je plonge les pâtes dans l'eau et tourne la carbonara.

Le téléphone sonne encore.

« Bon sang, murmuré-je en l'éteignant.

— Que se passe-t-il, Leah ? » demande-t-il du même ton que l'avocat que je vois tous les jours au bureau.

Il est très professionnel.

« Ce n'est rien. Ce gars avec qui je suis sortie deux ou trois fois quand je venais d'emménager ici n'accepte pas que je lui dise "non".

— Bloque-le.

— Je l'ai déjà fait. Deux fois. Il revient sans cesse.

— Rallume le téléphone. »

Il est tout à fait sérieux, et un frisson me parcourt le corps quand je me rends compte qu'il est passé en mode protecteur.

Pitié, Jésus-Christ, mais Emmett le protecteur est le plus sexy des Emmett que j'aie jamais vus.

« C'est bon, je peux m'occuper de lui.

— Rallume le téléphone, Leah. »

Quelque chose dans son ton autoritaire me pousse à faire ce qu'il me dit, chose rare pour moi. Le téléphone n'arrête pas de sonner avec des messages dans la boîte vocale – dix, de deux numéros différents. C'est quoi, ça, putain ?

« Comment s'appelle-t-il ?

— Tom.

— Rappelle-le. »

Je passe l'appel, le mets sur haut-parleur et place le téléphone dans la main tendue d'Emmett.

« Est-ce Tom ? demande-t-il.

— Qu'est-ce que ça peut te faire ?

— Écoute-moi bien. Si tu appelles ou tu contactes Leah par un moyen quelconque encore une fois, je me rendrai chez toi avec les flics en cadeau. Tu m'as compris ? La dame a dit non. Respecte son souhait ou tu le regretteras.

— Dit qui ?

— Ne t'occupe pas de qui. Occupe-toi de faire ce qu'on te dit, ou t'auras affaire à moi. Fais-moi confiance, tu ne voudras pas avoir affaire à moi. »

Mes ovaires explosent. L'écouter prendre ma défense comme ça est incroyablement excitant et me touche profondément, dans une partie de moi qui n'a rien à voir avec le sexe ou l'attirance ou aucune des choses qui m'ont poussée vers lui à l'origine.

Emmett raccroche et me rend le téléphone.

« Bloque ces numéros. »

Je bloque les numéros et puis lève les yeux vers lui pour le trouver en train de me regarder avec intensité.

« Merci.

— Si tu as encore de ses nouvelles, je veux que tu me le dises.

— OK.

— J'insiste, Leah. Ce n'est pas une blague, c'est sérieux. On ne badine pas avec les hommes qui n'acceptent pas qu'on leur dise "non". Si tu le vois ou si tu as de ses nouvelles encore une fois, tu me le dis immédiatement, et nous ferons appel aux flics.

— J'ai compris, et je te le dirai. Avec un peu de chance, tu lui as fait peur. Moi, j'aurais peur si tu m'avais dit ça.

— Tu ne devrais laisser aucun homme te faire peur – jamais.

— Si seulement tous les hommes pensaient comme toi.

— Je n'ai aucune patience avec les hommes qui doivent intimider les femmes pour se sentir comme de vrais hommes. C'est vraiment de la connerie, et tu ne devrais jamais le tolérer. »

Je ne peux que le fixer du regard dans toute sa gloire sexy, qui est devenue encore plus glorieuse pendant que je l'écoute défendre la gent féminine entière.

« Pourquoi tu me regardes bouche bée ? demande-t-il d'un ton bourru.

— Je pense que tu es simplement… formidable. »

Il fronce les sourcils.

« Parce que je n'aime par les harceleurs ?

— Ça, et comment tu as flanqué la trouille au gars qui m'emmerde. »

Je frissonne de manière exagérée.

« Très sexy. »

Emmett lève les yeux au ciel.

« Il ne faut pas grand-chose pour mettre ton moteur en route, n'est-ce pas ?

— Quand tu es là ? Non. Pas grand-chose du tout.

— Y a-t-il la moindre pensée que tu n'éprouves pas le besoin de partager avec moi ?

— J'ai eu pas mal de pensées dont tu n'as pas connaissance, mais je serais contente de te mettre au courant, si tu en as envie.

— C'est bon, dit-il en riant. Je peux utiliser mon imagination. »

J'adore le faire rire. Comme il vient de le dire, il ne me faut pas grand-chose en ce qui le concerne. Je me tourne à nouveau vers la cuisinière pour vérifier les pâtes.

« Je ne suis pas certaine que ton imagination soit suffisamment vive. »

Il vient derrière moi, glisse un bras autour de ma taille et me tire à son corps excité.

« Mon imagination est *extrêmement* vive. »

Je suis tellement choquée – et ravie – que je ne trouve rien à redire.

« Qu'est-ce que c'est que ça ? T'as pas réponse à tout ? Tu perds la main ? »

Je pose ma tête contre son torse et le regarde dans toute sa hauteur, et j'ai l'impression de tomber dans quelque chose de si profond et si vaste que je n'en ressentirai jamais toute la profondeur. Je ne suis pas sûre de savoir comment cela arrive, ni si je pourrai même recréer le moment quand j'y repenserai plus tard, mais une minute je lève les yeux vers lui et il baisse les siens vers moi, et celle d'après il me retourne et m'embrasse – et quand je dis qu'il m'embrasse, je veux dire qu'il me dévore. Lèvres, langue, dents, mains. C'est un événement pour le corps entier, et je m'y donne *entièrement*. Ses mains enveloppent mon cul et puis il me soulève – sans effort. J'enroule mes mains et mes jambes autour de lui parce que je veux que ce baiser ne se termine jamais.

Et puis l'eau des pâtes déborde, punaise – excellente métaphore, au fait – et nous sommes obligés de nous défaire l'un de l'autre. Avant que je puisse prendre ne serait-ce qu'une inspiration profonde et me recentrer, il arrête les deux feux et reprend là où nous nous étions arrêtés. Une de ses mains s'enroule autour de ma fesse et l'autre s'enfonce dans mes cheveux, alors je ne peux rien faire d'autre que de continuer à l'embrasser. Et pour information, il n'y a rien au monde que je veuille plus que de continuer à l'embrasser.

Il me pose sur le comptoir et glisse ses mains jusqu'à mes seins, les moulant et les caressant et de manière générale me rendant dingue lorsque sa langue fait de moi son esclave – ou devrais-je dire, son esclave en chaleur, parce que je le veux *en moi* tout de suite.

« Doucement, murmure-t-il en soupirant contre mes lèvres quand je pousse contre son érection. Il est encore blessé. »

Je ne suis pas fière de comment je gémis quand je me rappelle que cela ne va pas arriver, pas ce soir en tout cas. Mais il y a tant d'autres choses qui, elles, *peuvent* arriver…

Emmett

C'est dingue. Je n'ai aucune idée de comment je suis passé de vouloir me débarrasser d'elle à l'embrasser comme si ma vie dépendait de ce qu'elle me donne encore davantage. Ce n'est pas comme ça que je marche. Je ne fais pas les choses involontairement. Tous les aspects de ma vie sont planifiés, contrôlés, organisés, ordonnés. Tous les aspects sauf un, apparemment, parce qu'elle m'embrasse aussi comme si sa vie à elle dépendait de ce que je lui donne davantage de moi-même, et putain, je ne peux m'empêcher de profiter de ce qu'elle offre si librement et de manière adorable.

Jusqu'à ce que je connaisse mieux Leah, adorable n'était pas un mot que j'aurais utilisé pour la décrire. Insolente, audacieuse, grande gueule, hilarante. Je n'ai découvert que dernièrement qu'elle était adorable en plus. Qu'elle me dise qu'un type la harcèle, c'était comme appuyer sur un interrupteur en moi. Je méprise ceux qui pratiquent l'intimidation et les hommes qui abusent des femmes parce qu'ils pensent pouvoir s'en tirer. Tous mes instincts protecteurs se sont emballés quand j'ai vu qu'elle avait peur de ce type. Elle a essayé de l'ignorer en disant que ce n'était rien, mais j'ai vu la peur dans ses yeux, et cela m'a trop rappelé…

Non. N'y pense pas. C'est tout. Les souvenirs me reviennent malgré mon désir ardent d'oublier, et je vacille, perds le nord pendant une seconde, juste assez pour que Leah me reprenne.

« Qu'est-ce qui ne va pas ?

— Rien. »

Je tends les bras vers elle, lui prends le visage, l'approchant pour continuer. Peut-être que si je me noie en elle, je ne penserai plus aux choses qui devraient appartenir au passé. Cela m'a pris des années pour accepter les choses que je ne peux pas changer. Je ne peux pas retourner en arrière. Aller de l'avant, c'est la seule option, et Leah avance certainement en enveloppant sa langue autour de la mienne et se frottant à moi.

J'enroule mes mains autour de sa taille et la soulève sans interrompre le baiser.

La seule sensation dans ma queue maintenant est mon désir pour elle. La blessure pourrait aussi bien ne jamais être arrivée, tant je veux me perdre en elle et oublier tout sauf elle pendant quelques heures. Je ne peux pas le faire ce soir – sur ordre du médecin – mais il y a d'autres trucs que je *peux* faire. Si elle veut s'en prendre à la bête en moi, il est peut-être temps que je la lui montre sous son vrai jour.

Le temps que je la porte jusqu'à ma chambre, elle s'est enroulée jambes et bras autour de moi alors que nous continuons le baiser le plus sexy du cours de l'histoire. Qui aurait su que Leah embrasserait comme une star du porno ?

Tu le savais. Mon subconscient choisit les moments les plus fous pour donner son avis, mais il n'a pas complètement tort. L'une des raisons pour lesquelles j'ai fait mon maximum pour éviter Leah est que je me doutais que les choses pourraient dégénérer avec elle, de plus d'une façon. Il se trouve que je n'avais pas tort. C'est déjà si incontrôlable, ce n'est même pas drôle, et ça ne fait que commencer. Si seulement Kristian m'avait dit de garder mes putains de mains et toutes les autres parties de moi loin d'elle. Pourquoi ne pouvait-il pas faire ce qu'il aurait dû en tant que mon employeur ? S'il l'avait fait, rien de tout cela ne serait en train d'arriver.

Je la couche sur mon lit et me pose sur elle, avec attention pour m'assurer que ma queue ne s'abîme pas plus. Elle est contente, pressée fort contre la chaleur de sa chatte, qui est comme un coussin chauffant qui soigne ses blessures. Mon pauvre Popaul veut s'installer et se mettre à l'aise.

Bon sang, d'où c'est venu, ça ? Je ne me mets pas à l'aise avec les femmes. Je me rends *in*confortable le plus souvent possible, et je ne joue pas aux situations inextricables ni romantiques ni rien de merdique comme ça. Je ne suis simplement pas fait pour ça. La plupart du temps, même si on me payait, la seule chose qui m'intéresserait serait le plaisir sexuel que je donne à ma partenaire et puis que je prends pour moi. Ce n'est jamais plus que cela pour moi, mais ceci, avec Leah, est forcément compliqué à souhait. C'est la raison pour laquelle je devrais y mettre fin pendant que je le peux encore.

Si cela nous explose à la figure, ce qui sera certainement le cas, nous ne serons pas les seuls à être affectés. Cela s'infiltrera dans ma vie professionnelle, et ce serait un désastre infini pour nous deux.

C'est presque douloureux de me retirer du baiser le plus sexy de toute l'histoire documentée, mais je m'éloigne doucement et baisse les yeux pour voir ses joues rouges, ses lèvres enflées et ses grands yeux. Ces yeux me tuent, putain. Elle me regarde comme si j'avais décroché la lune.

« Ne fais pas ça, grogné-je, les mots m'échappant avant que je puisse prendre le temps de considérer ce que je dis ou comment je le dis.

— Ne fais pas quoi ?

— Me regarder comme ça.

— Comment je te regarde ?

— Comme... *ça.* »

Elle est sans défense contre son fou rire qui a un effet bizarre sur mes entrailles. Peut-être que j'ai des gaz. Qu'est-ce que cela pourrait bien être d'autre ?

Elle rit si fort que des larmes coulent le long de ses joues.

« C'est *toi* qui es vraiment pas bien.

— *Moi*, pas bien ? C'est la poêle qui se moque du chaudron…

— Si, t'es vraiment pas bien. C'est une bonne chose que je sois attirée par les gens bizarres, ou il me faudrait rentrer à la maison. »

Je lui fais une grimace et ça la fait rire encore. Que faisons-nous sur mon lit à nous peloter comme des obsédés ? Ce n'était pas censé arriver. Je commence à m'éloigner d'elle, mais elle ne veut rien savoir – tout comme ma queue, qui profitait bien du traitement de chaleur thérapeutique. Ses bras et ses jambes se resserrent autour de moi.

« Ne t'en va pas en courant de peur.

— Je n'ai pas peur.

— Si, tu as la trouille. »

Elle passe sa main sur mon visage, et bon sang, je sens la tension qui quitte ma mâchoire.

« Je ne suis pas à craindre tant que ça. »

Elle est terrifiante.

« J'aime t'embrasser, et il m'a semblé que tu aimais m'embrasser, toi aussi. »

Doucement, elle lève ses hanches contre l'évidence du plaisir que j'ai eu à l'embrasser.

« Alors pourquoi tu te dégonfles comme ça avec moi ? »

Me dégonfler ? Je vais lui donner la fessée jusqu'à ce que son cul soit si rouge qu'elle ne pourra pas s'asseoir pendant un mois. Je m'aperçois que cette pensée m'est passée par la tête au moins une douzaine de fois ces deux ou trois derniers jours.

Elle frissonne de façon dramatique.

« T'es si féroce quand t'es énervé.

— Alors, je dois être féroce quatre-vingt-dix-neuf pourcent du temps quand je suis avec toi. »

Cela provoque plus de rires, ce qui me rend furieux. Je ne l'intimide absolument pas, ce qui me blesse à plusieurs niveaux, principalement au niveau dominant.

« Est-ce que tu es en train de me supplier de te donner la fessée ?

— Serai-je obligée de supplier ? Comment ça marche ? »

La bouffée de désir sexuel que ces mots suscitent en moi fait que ma tête se vide.

« Est-ce que tu dis que…

— Que je veux que tu me donnes la fessée ? *Oui, punaise*, c'est ce que je dis. On peut faire ça maintenant ?

— Non, dis-je les dents serrées. Nous ne pouvons pas faire cela maintenant.

— Pourquoi pas ? »

La petite arsouille se tortille sous moi, en appuyant sa chaleur intense contre ma queue, qui est si dure qu'elle souffre – pour Leah.

À cet instant précis, je n'arrive pas à penser à une seule raison de ne pas le faire. Elle est ici, elle est consentante, et depuis quand est-ce que je dis non à une opportunité de donner la fessée à un cul disponible et volontaire ? Je ne dis jamais non à cela. *Et tu allais lui montrer la bête en toi…* Pour une fois, mon subconscient est complètement de mon côté.

En utilisant mes bras pour me lever, je bouge vite, avant qu'elle puisse changer d'avis ou que je puisse en faire de même. Elle porte un jean si serré, c'est comme une deuxième peau. Je défais le bouton, et elle s'immobilise complètement quand je baisse sa fermeture éclair et ôte vite son pantalon, le passant par-dessus ses hanches minces et ses longues jambes.

Le minuscule morceau de soie qui couvre sa chatte est trempé.

Savoir que je l'ai rendue si mouillée me donne envie de hurler. Cela me donne envie de chanter : *à moi, à moi, à moi.* Je la retourne pour qu'elle soit à moitié sur le lit et à moitié en dehors, son cul pleinement exposé. Je lèche mes lèvres devenues sèches et tends la main pour lui prendre sa fesse surprenante de souplesse.

Elle pousse un cri et lève les hanches, à la recherche de plus.

L'odeur de son excitation me stimule comme rien d'autre.

Ne le fais pas. Ne la touche pas. N'y va pas. Non, non, non. J'ai finalement mon subconscient à bord, et mon meilleur jugement m'emmerde royalement. J'ai les deux mains sur son cul adorable, et je suis comme un drogué qui assouvit sa dépendance. Je touche une fois et je ne peux pas m'arrêter. Je ne m'arrêterai pas.

Même la possibilité de destruction ne pourrait m'empêcher de prendre ce qu'elle offre si ouvertement.

Elle gémit et se tortille, cherchant plus.

« Il nous faut un mot qui mette fin à tout si c'est trop.

— Ce ne sera pas trop. »

Putain de merde.

« Pas de mot, pas de jeux. Ce n'est pas négociable. »

Le regard provocant qu'elle me lance par-dessus son épaule me donne envie de rugir d'envie de tout lui faire, chaque petite chose à laquelle je peux penser, putain.

« Qu'est-ce que ça va être ?

— Quantum. »

Le mot est un choix intéressant. Il faut le reconnaître. Entendre ce mot au milieu d'une scène servirait de rappel des maintes raisons pour lesquelles je n'aurais pas dû la toucher dès le départ.

« Ça marche.

— Tu vas me donner la fessée maintenant ? »

Ses yeux brillent d'une excitation qu'elle n'essaie ni de cacher, ni de déguiser.

Tout ce qu'elle veut et désire est aussi évident que les taches de rousseur qui parsèment son visage. Il serait si facile de profiter de ce genre d'honnêteté, et cela me fait mal de penser combien il serait simple de briser son esprit. Je ne le ferais jamais, mais quelqu'un d'autre le ferait peut-être, ce qui est une autre raison de la garder près de moi. Je la protège, du moins c'est ce que je me dis. En réalité, je suis un connard égocentrique parce que l'idée de lui mettre une fessée me fait tellement bander que je goutte abondamment.

Je tiens plus fort ses fesses, les serrant et leur donnant des formes.

« C'est ce que tu veux ?

— Je crois l'avoir déjà dit.

— Pourquoi tu le veux ?

— Parce que je ne l'ai jamais fait, et que cela m'excite, surtout parce que ce serait toi qui le ferais. »

Je prends l'inspiration profonde dont j'ai désespérément besoin parce que ses mots me font tourner la tête avec la sensation subite de chaleur et de sang à ma queue. Apparemment, celle-ci n'a pas reçu le mémo disant qu'elle était blessée et mise sur la touche. Elle veut participer *tout de suite, putain.*

« Baisse la tête et ne dis pas un traître mot sauf si je te pose une question directe. Tu comprends ?

— Oui, Emmett. Je comprends. »

Mon Dieu, sa vénération volontaire est presque aussi excitante que la vue de son derrière nu qui attend d'être frappé. Et moi qui pensais qu'elle ne pouvait être soumise ! Je devrais lui imposer de m'appeler Maître, mais j'adore le son de mon prénom quand elle le prononce, alors je le lui permets. Pour l'instant. Je n'ai aucune intention de laisser cela procéder plus loin que des fessées ordinaires et une pénétration un peu épicée, alors il n'y a nul besoin de l'endoctriner davantage. Du moment qu'elle a un *safe word* et n'a pas peur de l'utiliser, c'est suffisant pour l'instant.

Je continue à caresser sa chair tendre, la regardant tandis que le torrent de désir passe son slip pour couler à l'intérieur de ses cuisses. Me penchant sur elle, je lape son humidité avec ma langue.

Elle devient rigide, son corps entier se raidissant pendant que je lèche d'un côté à l'autre.

« Tu es salissante.

— Ce n'est pas moi qui salis. »

Sa voix est plus aiguë que d'habitude, étouffée.

« C'est toi.

— Chut. Ne parle pas à moins que je te pose une question directe. »

Plus je lèche, plus elle mouille.

« Tu n'as pas intérêt à laisser une tache mouillée sur ma couette. »

Elle geint, et le son est comme un fil sous tension connecté directement à ma bite.

J'écarte ses fesses et m'y plonge, la léchant à travers la soie mouillée qui couvre sa chatte épilée.

Elle devient folle sous moi, sa sensibilité me rendant plus fou que je ne l'étais déjà.

« Emmett… »

Je frappe sa fesse gauche – fort.

Elle jouit, tout son corps convulsant d'un orgasme qui la fait crier.

« Quelle vilaine fille. »

Je me bats pour nous contrôler, mon désir brûlant et moi, de venir.

« Qui a dit que tu avais le droit de faire cela ?

— *Le droit* ? Comment suis-je supposée l'arrêter ?

— Tu es supposée te contrôler. »

Je frappe sa fesse droite et puis frotte les marques de mes mains sur les deux côtés jusqu'à ce qu'elle geigne intensément.

Elle est parfaite, soumise, joueuse, consentante. Attrapant l'élastique de son string, je le descends, passant ses fesses, et puis écarte celles-ci pour tourner ma langue autour de son anus.

« Jésus, oh putain », murmure-t-elle.

Je lui donne la fessée, deux coups sur chaque fesse, avant de lui donner encore ma langue, tournant encore et encore autour du cercle serré de son cul.

« Est-ce que quelqu'un a jamais joué avec toi ici ?

— Non », dit-elle en faisant un son qui ressemble à des pleurs.

Entendre qu'elle est vierge là ne fait que me rendre encore plus dingue que je ne le suis déjà. C'est comme si une force extérieure avait pris le contrôle de mon corps. Même si chaque once de bon sens qu'il me reste me dit que cela va mal finir, je me retrouve à ouvrir le tiroir du chevet, ouvrir la bouteille de lubrifiant et en verser une bonne dose sur mon index et mon majeur.

« Que… Que fais-tu ? demande-t-elle, ce qui lui vaut une autre fessée qui lui rappelle mes instructions.

— Quel est ton *safe word* ?

— Qu-Quantum.

— Tu en as besoin ? »

Elle secoue la tête.

« Des mots. Il me faut des mots.

— Je n'en ai pas besoin. »

Je passe le lubrifiant sur son anus.

« En as-tu besoin maintenant ?

— N-non. »

J'enfonce un doigt dans son passage serré.

« Et maintenant ? »

Je remarque qu'elle tient à poings fermés la couette comme s'il lui fallait se tenir fort pour tout ce qui va arriver. C'est bien. Elle a intérêt à se tenir, parce que je ne suis pas près d'en avoir fini avec elle. Elle est si serrée qu'il me faut y aller doucement pour ne pas lui faire de mal, ce qui n'est pas le but ici. Je réalise que j'ai un doigt dans son cul et que je n'ai pas encore touché sa chatte. L'idée me fait sourire car je ne peux que m'imaginer ce qu'elle doit se dire.

« Pousse contre moi. Laisse-moi entrer. »

Elle gémit, et Dieu, ce son… Ce que cela me fait. Je veux la faire gémir pendant des heures.

Me penchant au-dessus d'elle, je mords sa fesse rose et pousse mon doigt plus loin en elle. Elle a de petits orgasmes, l'un immédiatement après l'autre. Je retire mon doigt et en ajoute un deuxième, les enfonçant en elle pendant qu'elle se bat pour rester immobile.

« As-tu besoin de ton *safe word* ?

— Non », grogne-t-elle.

C'est bien, ma nana. Attends. Ce n'est pas ma nana. *T'as tes doigts dans son cul. Elle n'est peut-être pas ta nana, mais elle est quelque chose pour toi, et il est probablement temps que tu l'admettes.* Non. Je ne l'admettrai pas. L'idée me met en colère contre moi-même, et je m'en prends à elle, la pénétrant plus fort avec mes doigts tandis qu'elle se tortille sous moi, frottant frénétiquement son clito contre la couette. Je pense qu'on peut présumer sans crainte de se tromper qu'il y aura une tache mouillée.

« Tu veux venir ?

— Dieu, oui, halète-t-elle. *Je t'en prie.*

— Pas encore. »

Pendant que je continue de l'enculer sans pitié avec mes doigts, je frappe sa fesse gauche à maintes reprises.

Elle crie et jouit si fort que ses muscles internes me cassent presque les doigts. J'ai tellement hâte que cela arrive quand j'aurai ma queue coincée dans son cul.

Cette pensée suffit à me finir, moi aussi.

CHAPITRE 9

Leah

Putain de merde. Qu'est-ce qui vient de m'arriver, bordel ? Il a fichu ses doigts dans mon cul et m'a donné le plus grand orgasme que personne ne m'ait jamais donné. Je ne savais même pas que c'était possible de venir si fort ou que j'allais aimer ce qu'il m'a fait. Ce n'est pas comme si un gars n'avait jamais essayé de me toucher à cet endroit-là. C'est juste que je ne l'ai jamais permis.

Jusqu'à ce qu'Emmett me dise qu'il voulait le faire, et que je n'aie pas le cœur de l'arrêter.

Je suis complètement démolie après cet orgasme épique, et je redescends de la plus grande euphorie pour réaliser que ses doigts sont encore en moi. Je suis empalée, absolument lessivée et ruinée pour tout homme autre que mon Emmett bourru, sexy et distant.

« Tu veux plus ? demande-t-il d'un ton sexy à en crever que je ne l'avais jamais entendu employer avant qu'il me porte à son lit et change ma vie, une fessée, un coup de doigt à la fois dans un endroit où personne ne m'a jamais touchée.

— Oui, je veux plus.

— J'ai tellement envie de te baiser.

— Je n'arrive pas à croire que tu l'admettes tout haut. »

Sa main s'abat sur mon cul douloureux.

« Ta bouche, là, va t'attirer de gros problèmes.

— Mmm. J'adore ton genre de *gros* problèmes.

— Tu ne devrais pas partager chaque pensée qui te passe par la tête », dit-il en glissant langoureusement ses doigts dans mon cul et les ressortant de ce dernier, qui s'est étiré pour accueillir ses doigts larges.

Une fois que cela a cessé de faire mal, cela a commencé à faire beaucoup, beaucoup de bien. Qui aurait cru qu'être touchée à cet endroit-là m'exciterait comme cela ? Pas moi, c'est sûr.

« Pourquoi ?

— Parce que. Cela rend les choses trop faciles pour les gens qui veulent profiter de toi.

— C'est ce que tu fais ? Tu profites de moi ?

— Ce n'est pas ce que je veux faire.

— Tout ce que tu fais, je le veux aussi, Emmett. »

Il se penche sur moi, son front sur mon dos tandis que ses doigts entrent et sortent de moi.

Je sens un autre orgasme commencer à se former. Il grandit et se multiplie avec chaque pénétration profonde de ses doigts, aidé par les poils de son torse qui se frottent contre la peau ultra-sensible de mes fesses.

« Tourne-toi, dit-il d'un ton bourru.

— Euh, comment je fais ça avec tes doigts… là ?

— Lance-toi, je te suivrai. »

Je bouge avec précaution, ne sachant pas à quoi m'attendre en me tournant sur le dos. Comme prévu, quand je bouge, il vient avec moi, ses doigts encore enfouis profondément en moi.

« Si sexy », murmure-t-il, utilisant sa main libre pour balayer les cheveux de mon visage.

Je ne peux m'imaginer à quoi je ressemble après deux énormes orgasmes. Il soulève mon haut, défait mon soutien-gorge, prend mon téton dans la bouche et le suce. J'enfouis mes doigts dans ses cheveux, ayant besoin de me tenir à quelque chose pendant qu'il joue de mon corps comme un maestro, comme s'il était fait pour moi et moi pour lui.

Ne serait-ce pas formidable ?

Il descend en embrassant le devant de mon corps, d'un geste écartant encore davantage mes jambes, ce qui est presque impossible avec le string emmêlé autour de mes cuisses. Il me l'arrache, et j'en jouis presque encore parce qu'aucun homme ne m'a jamais tant désirée qu'il m'en arrache les sous-vêtements pour atteindre ce qu'il y a entre mes jambes.

Emmett se met à genoux au bord du lit.

« Accroupis-toi plus près du bord. »

Encore une fois, je me demande comment je suis supposée faire cela avec ses doigts enfoncés en moi.

Il s'en occupe pour moi, me bougeant sans effort, fléchissant ses énormes muscles saillants. Puis il baisse la tête jusqu'à ma chatte et me détruit avec sa langue. Il suce fort sur mon clito, et je me brise, criant, pleurant et lui tirant les cheveux. Je suis complètement incontrôlable comme je ne l'ai jamais été auparavant. Après, je suis un désastre frissonnant, tremblotant, pleine de morve, une épave de la femme que j'étais.

Et il ne m'a même pas encore baisée.

Emmett

Elle est incroyable – réactive, adorable, sexy et apparemment prête à tout. La goûter une fois, c'est être complètement ruiné et je meurs d'envie d'en avoir plus. Je la ramène sur Terre lentement, la calmant avec des caresses plus douces de ma langue et mes doigts jusqu'à ce qu'elle cesse de trembler et s'enfonce dans le matelas, totalement épuisée. Sa poitrine se soulève avec les inspirations profondes qu'elle continue de prendre pendant qu'elle se remet.

Au moment où je me retire d'elle, je suspecte qu'elle est à moitié endormie. Je me lève et vais à la salle de bains pour me laver les mains et changer mon short. Je passe un gant de toilette sous l'eau chaude et reviens à la chambre pour m'occuper d'elle. Quand je presse le tissu chaud contre sa chair sensible entre ses jambes, ses yeux s'ouvrent d'un coup, et l'impact de son regard qui percute le mien me laisse sans souffle.

La surcharge émotive est inattendue. L'émotion ne fait jamais partie de ma routine habituelle, qui est à propos de plaisir physique et rien de plus. Tout ce qui concerne cette rencontre est différent, néanmoins, et cela dérange quelqu'un qui ne veut pas de relations stables avec les femmes. Je la nettoie, et elle s'installe sur son flanc, me regardant avec ses grands yeux confiants.

Au vu de qui elle est vis-à-vis de nos amis et collègues communs, il me faut faire extrêmement attention à comment je procède ici. La dernière chose que je veux ou dont j'ai besoin, c'est que tout le monde m'en veuille parce que je lui ai fait du mal. Je ne veux pas lui faire de mal. Malgré ses nombreuses façons de m'agacer, je l'aime bien et je me soucie d'elle, mais je ne peux pas être ce qu'elle veut ou ce dont elle a besoin.

Je ne suis tout simplement pas fait pour la permanence ou pour l'éternité, ce qui est la raison pour laquelle elle ne devrait pas me regarder comme si elle avait vu la terre promise et que c'est moi.

Je lui donne une gifle sur le cul qui la surprend et la sort de l'état de langueur dans lequel elle s'en est allée à la dérive.

« J'ai une grosse faim. Allons manger. »

Je sors, vais dans la cuisine et verse une bonne dose d'Absolut Citron sur de la glace que je bois presque d'un seul grand coup, laissant la bouteille sur le plan de travail. Je n'ai aucun doute que je vais vouloir et avoir besoin de me resservir avant peu. À la cuisinière, je rallume les feux que j'avais éteints quand ça chauffait à mort dans la cuisine. Rien que d'y penser, ma queue revient à la vie. Mon pauvre Popaul est supposé être affecté à des tâches légères alors qu'il travaille très dur aujourd'hui, ce qui est totalement de la faute de Leah.

La bonne nouvelle, c'est que ma queue marche encore comme avant qu'un petit pied la détruise presque. Je ne veux plus jamais de ma vie entendre les mots « fracture du pénis ». Je me portais tellement mieux avant de savoir qu'un pénis pouvait se casser. Grimaçant au souvenir d'une douleur et d'une peur innommables, je remplis à nouveau mon verre, et j'ai bien entamé ma deuxième boisson quand Leah sort de la chambre, se déplaçant comme un marin ivre après une escale particulièrement agitée. Je prends un plaisir pervers à réaliser que c'est moi qui l'ai mise dans un tel état, mais je ne sais pas comment je me sens de l'avoir apparemment rendue sans voix.

La Leah que je connais n'est jamais sans voix.

Elle se rend à la cuisinière pour s'occuper des pâtes et de la sauce carbonara tandis que j'essaie de ne pas fixer du regard le soupçon de fesses roses qui pointe sous l'ourlet de mon T-shirt à moi qu'elle porte. Ses bouts de sein se tiennent au garde-à-vous, ses lèvres sont enflées et ses cheveux emmêlés. Je veux l'attraper et la traîner jusqu'à la chambre pour recommencer.

Couché, me dis-je à moi-même et à mon braquemart, qui est en faveur du plan traîner-à-la-chambre. Bien sûr qu'il serait pour. Il adore les chambres, baiser et les femmes consentantes qui feraient tout ce qu'on imagine, aussi pervers que ce soit. Savoir que Leah pense comme nous le fait goutter rien qu'à l'idée de s'enfoncer pour de bon dans sa chaleur serrée – et elle sera serrée. Je n'en ai aucun doute.

« Tu veux un verre ? » lui demandé-je.

Elle me jette un œil par-dessus son épaule.

« OK. Ce que tu bois. »

Je verse de la vodka sur des glaçons, la lui donne et puis me recule pour regarder bouger Leah. Je fais cela beaucoup. La regarder bouger. Je le fais au bureau et quand nous sommes à des fêtes et autres rencontres. Il n'y a pas de mal à regarder, du moins c'est ce que je me disais. Maintenant, je l'ai touchée, et elle est devenue silencieuse, ce qui est tellement inhabituel pour elle.

« Qu'est-ce qui ne va pas ? »

Voilà une question que je n'ai jamais posée à une femme auparavant. La plupart du temps, je ne suis pas là pour me soucier d'elle. Je suis là pour baiser. Je baise, elle jouit, cela s'arrête là pour ce jour-là – ou cette nuit-là. C'est comme ça qu'on garde les choses simples. Poser des questions telles que « qu'est-ce qui ne va pas ? », c'est prendre la route des complications.

« Quoi ? Tout va bien.

— Tu es silencieuse. Tu n'es jamais silencieuse.

— Je suis parfois silencieuse.

— Non, tu ne l'es pas.

— Parce que tu me connais si bien que ça ? »

Et la voilà. La réplique insolente ressemble bien mieux à la Leah que je connais et que j'aime. *Oh là. Arrête.* En avalant une autre grande gorgée de vodka, je me ressaisis et rassemble mes pensées, prenant une seconde pour regagner le contrôle avant que je dise quelque chose qui ne pourra être rétracté.

« Je te connais assez bien pour savoir que silencieuse n'est pas un mot que quiconque utiliserait pour te décrire. »

Je me pousse pour être derrière elle, mes bras longeant ses flancs, mon corps appuyé contre le sien.

« Les choses sont devenues plutôt intenses là-dedans, et maintenant t'es devenue silencieuse avec moi, ce qui me pousse à me demander ce qui ne va pas. Et si tu ne me dis pas ce que c'est, je vais penser que je t'ai poussée trop loin et que tu n'as pas aimé.

— Ce n'est pas ça.

— OK, je vais mordre. »

Je me penche pour grignoter doucement son épaule, et elle devient toute rigide avant d'appuyer ses fesses contre ma bite.

« Qu'est-ce que c'est, alors ? »

Elle se tourne pour me faire face et lève vers moi ses grands yeux qui voient à travers mes conneries. Je commence à avoir peur qu'elle puisse voir en mon for intérieur.

« J'ai aimé. Beaucoup. Je n'ai jamais eu ce genre de sexe, et j'ai hâte qu'on puisse, tu sais… »

Elle se lèche les lèvres et je me raidis de désir.

« Faire tout. »

Je veux lui expliquer que ce ne sont pas des mots à dire, putain, à un gars comme moi, mais je me tais parce que je suis un connard égoïste en chaleur, qui a hâte de faire tout ce qui est possible avec elle.

Elle met ses mains à plat sur mon torse et les glisse jusqu'à mon cou, me tirant doucement pour m'approcher assez pour pouvoir m'embrasser. Je ne lui résiste aucunement, ce qui devrait sonner des alarmes de toutes sortes, mais je suis trop occupé à me perdre en elle pour penser à résister. Alors que je devrais l'éloigner de moi, je l'amène plus près.

C'est officiel, je ne contrôle pas la situation.

Leah

Mon béguin a explosé et est devenu quelque chose de bien plus grand que prévu. Je suis amoureuse. Si c'est comme cela que Nat se sent à propos de Flynn, ce n'est pas étonnant qu'elle ait abandonné sa vie à New York pour être avec lui. Je vibre des caresses d'Emmett et de comment je me sens grâce à lui ; il a fait de moi un chaton endormi. Je veux ronronner de satisfaction et me frotter à lui jusqu'à ce qu'il me donne davantage.

Je veux tout, et après ce soir, je suis encore plus déterminée que jamais à tout avoir avec lui.

« Est-ce que cela veut dire qu'on est en couple maintenant ?

— Nous ne sommes *pas* en couple.

— Alors, je peux faire ce qu'on vient de faire avec tous ceux que je veux ? C'est bon à savoir.

— Avec qui d'autre veux-tu le faire ? demande-t-il, ses yeux devenant étroits pour me lancer un regard sinistre qui me fait rire. Et qu'est-ce qu'il y a de si drôle, bordel ?

— Toi. Tu ne veux pas admettre que nous sommes ensemble, mais je n'ai pas intérêt à faire une partie de jambes en l'air avec quelqu'un d'autre.

— Avec toute l'attention que tu me donnes, comment tu trouves le temps de t'intéresser à d'autres gars ? »

Je me rends compte que je ne le laisse pas indifférent, alors je fais semblant d'être nonchalante pendant que je touille la sauce.

« Il y a vingt-quatre heures par jour. Je ne suis au travail que huit d'entre elles.

— Tu te fous de moi, là ?

— Je ferais ça, moi ? »

De derrière moi, son bras vient m'enlacer et d'un geste il me soulève jusqu'à ce que je ne touche plus le sol.

Je pousse un cri peu élégant de surprise et d'indignation.

« Pose-moi !

— Avec qui d'autre tu fais des galipettes ?

— Personne que tu connaisses.

— Je ne partage pas, Leah, dit-il en un grognement qui fait vibrer mon clito et toutes les autres parties importantes de mon corps. Pendant que tu fais ça avec moi, tu ne le fais avec personne d'autre, t'as compris ?

— Hm, l'exclusivité impliquerait que nous sommes en couple, et puisque tu viens de dire que nous ne le sommes pas, je suis plutôt confuse. »

Le grognement qui vient de lui devrait me faire peur, mais, au lieu de cela, me fait rire.

« Arrête d'être si ridicule et pose-moi. Je croyais que tu avais faim. »

Essayant de me libérer, je me tortille contre le dur bâton de son érection, appuyé fort contre mon cul.

« Arrête. »

J'arrête. Mais seulement parce que j'adore l'impérieux ton de voix qu'il utilise quand je l'exaspère et qu'il essaie de reprendre le contrôle de la situation. J'aime bien le laisser penser qu'il a pris le dessus. Il a l'air d'avoir besoin d'être le patron, ce qui ne me dérange pas. Son style d'autorité m'a conduite au genre d'orgasmes que je ne pensais possibles que pour les unicornes.

Pendant très longtemps, il ne fait que me tenir, son visage enfoui dans mes cheveux tandis qu'il semble respirer mon essence. Je suis confuse, touchée et absolument dingue de lui. Être dans ses bras, enveloppée de sa force évidente et de son désir pour moi, est un sentiment puissant. Il ne veut peut-être pas admettre que quelque chose se passe entre nous, mais il n'y a pas besoin d'avoir inventé la poudre pour déduire que nous sommes combustibles ensemble. Il le sent tout autant que moi. J'en suis si certaine que je me laisse aller à son étreinte, aussi soulagée qu'excitée.

Bon, ce ne sera pas facile, mais je peux le faire. Je peux faire que cela devienne réalité, même s'il pense que ce n'est pas ce qu'il veut. La dure poutre de chair logée entre mes fesses est la preuve qu'il me veut, même s'il pense que ce n'est pas le cas. Ouais, je sais. C'est difficile de suivre les tours et détours de mon esprit, mais essayez de suivre. Je le veux. Il me veut. Que du bon !

« Pose-moi par terre, Emmett. »

Il prend tout son temps en me laissant glisser le long de l'avant de son corps. Je me tourne pour lui faire face, mes mains autour de son cou.

« C'est OK.

— De quoi tu parles, maintenant ?

— C'est OK d'admettre que tu m'aimes bien et que tu aimes être avec moi. Cela ne fait pas de toi une mauvaise personne ou un mauvais employé ou un mauvais avocat. Cela te rend humain. »

Oh, mon Dieu, j'adore son regard féroce et sauvage. Il n'est de toute évidence pas habitué aux femmes qui le forcent à affronter ses sentiments. Ou peut-être n'est-il tout simplement pas habitué à avoir des sentiments. C'est probablement cela, et nous avons cela en commun. Je ne sais pas pourquoi je suis si calme devant ces sentiments envahissants, mais plus il est tendu, plus je suis calme.

« Je pensais qu'il y aurait à manger. On m'avait promis de la bouffe. »

J'embrasse ses lèvres qui font la moue et je retourne sauver le dîner. Je suis sûre que les pâtes seront trop cuites, et la sauce carbonara était parfaite il y a une heure. Mais comment m'inquiéter pour des choses si triviales quand j'ai des choses bien plus importantes dont me soucier ? Par exemple, comment vais-je vivre jusqu'à ce que son pénis blessé se remette et que nous puissions nous mettre sérieusement au travail ?

Emmett

La sauce carbonara est bonne – sérieusement fabuleuse. Ou peut-être que c'est simplement parce que je suis affamé et que c'est de la bouffe. Non, ce n'est pas ça. C'est vraiment bon. Et elle l'est aussi. Quelle merde, cette vie. C'est de la faute de Connor. S'il ne m'avait pas donné un coup de pied dans le service trois pièces, on ne serait pas ici, maintenant, à manger ses pâtes délicieuses pendant que j'essaie de faire semblant qu'elle ne s'est pas enfouie complètement dans ma peau ces vingt-quatre dernières heures.

Cela a commencé bien avant, ma fichue conscience me rappelle ; quelle emmerdeuse, celle-là. Je ne me souviens pas du moment exact où j'ai réalisé que chaque fois que Leah était dans la pièce, j'étais attiré par elle, alors même que je me disais que je ne le devrais pas.

Je mords dans le poulet qui fond dans la bouche.

« As-tu déjà été amoureux ? » demande-t-elle.

La question me surprend, et je me demande si je devrais mentir ou dire la vérité. Je choisis la vérité.

« Une fois.

— Que s'est-il passé ? »

Que ne s'était-il pas passé ?

« Ça n'a pas marché.

— Moi aussi, je n'ai été amoureuse qu'une fois. »

Ne demande pas. Ne demande pas.

« Que s'est-il passé ? »

Je prends une gorgée de vin blanc du vignoble de Quantum que j'ai ouvert pour boire avec le dîner.

« Je ne le sais pas encore. J'attends de voir comment ça se passe. »

Je m'étouffe avec le vin. Fils de pute. Qu'est-ce qu'elle est en train de dire, bordel ? *Tu sais ce qu'elle dit. T'as plus qu'à fermer ta gueule !*

Elle saute de sa chaise et me tape dans le dos.

« Respire. »

J'ai du vin dans mes sinus. Et laissez-moi vous dire, c'est presque aussi amusant que des seringues dans le pénis. Quand j'arrive à nouveau à respirer, je lève une main pour la dissuader.

« Ça va. »

Je me mouche et essuie mes yeux, qui brûlent à cause… du vin.

« Elle a vraiment dû t'en faire voir, dit-elle une fois que nous nous remettons à manger.

— Qui ?

— Celle dont tu étais amoureux.

— Pourquoi tu dis ça ? demandé-je, même si je sais que je ne devrais pas.

— La possibilité que je sois amoureuse de toi te fait t'étouffer.

— Tu n'es pas amoureuse de moi. »

Elle rit.

« Tu aimerais pouvoir contrôler comment je me sens. Cela t'arrangerait bien, n'est-ce pas ? »

Je me concentre sur porter les aliments à ma bouche, pour ne pas dire quelque chose qui rendrait tout cela pire, si c'est possible de le faire. Elle n'est pas amoureuse de moi. Elle a le béguin. Elle aime les orgasmes. C'est tout ce que c'est. On peut faire confiance à une femme pour transformer le sexe en amour.

« Tu ne me connais même pas.

— J'adore que tu continues à le dire, et P.-S., je te connais.

— Ah, non. »

Elle s'appuie contre le dos de la chaise, croise les bras par-dessus sa poitrine dont je sais maintenant qu'elle est ferme et très sensible.

« Qu'est-ce que je ne sais pas ?

— Que j'aime ça brutal et pervers. »

Bon sang, ses yeux brillent avec intérêt et excitation.

« Et alors ? C'est supposé me couper l'appétit ? Si oui, cela a eu l'effet contraire. Il va falloir trouver quelque chose de mieux que ça. »

Je secoue la tête et émets un rire bourru.

« Tu n'as aucune idée de quoi tu parles. Si tu savais, tu partirais en courant à toutes jambes.

— C'est supposé me faire peur ?

— Oui ! Si tu avais un peu de bon sens, tu aurais peur.

— Bah, je n'ai pas peur, alors qu'est-ce que t'as d'autre ?

— Cela devrait être suffisant. »

Elle lève les yeux au ciel, se met debout et amène nos deux assiettes à l'évier pour commencer à nettoyer la cuisine.

Qu'est-ce qu'elle a ? Je lui dis que je suis un connard pervers qui aime ça à la dure, et elle ne fait que lever les yeux au ciel et continue à vaquer à ses occupations comme si ça n'avait aucune importance.

« Tu sais ce que ça veut dire d'être avec un gars qui a des goûts sexuels spéciaux ?

— J'en sais assez.

— Non, alors. »

Elle n'en a pas la moindre idée, putain.

« Comment tu sais que je ne sais pas ? T'es pas le premier gars avec qui je suis sortie ou avec qui je me suis amusée au lit. »

Pourquoi est-ce que l'idée qu'elle s'amuse avec d'autres gars me donne envie de frapper quelque chose – à savoir, les autres gars avec lesquels elle s'est amusée ? Je ne peux me permettre de penser trop à pourquoi c'est le cas, ou je serai peut-être forcé d'admettre que je l'ai *profondément* dans la peau, là où je ne veux certainement *pas* qu'elle soit.

« Et arrête de me lancer des regards noirs. Je ne sais pas ce que tu espères accomplir avec tous ces regards fixes et ces grognements, mais cela ne me coupe pas l'envie de toi non plus. »

Elle savonne une lavette et nettoie mon plan de travail et la cuisinière, et puis charge le lave-vaisselle.

« Tu as des boîtes hermétiques quelque part ? Il y a assez de restes pour un autre repas.

— Tiroir du bas. »

Ce serait le bon moment pour lui dire que ça ne sert à rien qu'elle apprenne où vont les choses dans ma cuisine. Elle ne va pas revenir. Voilà où j'ai fait ma première erreur : quand je l'ai laissée entrer hier soir et encore une fois ce soir. Si elle n'était pas ici, je ne pourrais pas l'avoir dans la peau.

Elle range le reste de nourriture dans le frigidaire et lave les casseroles à la main.

Tout ce temps, mon regard est scotché à elle. Je me régale de la voir quand il n'y a personne autour pour me voir la fixer et quand elle me tourne le dos, comme ça elle non plus ne le sait pas.

Elle n'est absolument pas mon style de femme. J'aime les femmes avec des formes, avec de la chair sur l'os. Leah est grande, mince et peu généreuse en matière de formes, en d'autres mots, pas mon genre. Et pourtant… Me voici, me régalant à la voir, regardant comment elle bouge et excité encore une fois par le soupçon de fesses roses. Cela n'a aucun sens pour moi. Je ne *veux pas* bien l'aimer ou la désirer, et pourtant je la fixe du regard. Encore une fois.

Il me vient à l'esprit que j'aurais dû me proposer pour aider à nettoyer puisqu'elle a fait la cuisine. Si elle n'avait pas été si détachée à propos de mes goûts spéciaux, peut-être que mon cerveau serait arrivé à cette conclusion avant qu'elle ait presque fini. Je suis con. Mais je le sais déjà. Il serait probablement bon qu'elle s'en aperçoive sous peu.

Quand elle a fini, elle s'essuie les mains sur un torchon qu'elle plie en deux et accroche à la poignée du four. Depuis huit ans que j'habite ici, ça ne m'est jamais venu à l'esprit que je pouvais accrocher un torchon à cette poignée et que cela donnerait à la cuisine un look chaleureux et confortable en quelque sorte.

« Tu veux que je m'en aille ? demande-t-elle, encore une fois si droit au but et détachée alors que je suis beaucoup plus habitué aux femmes qui feraient n'importe quoi pour rester, même s'il est évident que je veux qu'elles partent.

— Tu n'es pas obligée. »

Si, elle l'est. Il lui faut partir pour que les choses redeviennent normales ici.

« Peut-être que je devrais y aller quand même. T'es de mauvaise humeur.

— Non, je ne le suis pas.

— Si, tu l'es. »

Elle me regarde droit dans les yeux de sa façon honnête et inébranlable qui me fait honte de moi-même parce que je suis tellement *moins* qu'elle.

« Écoute, je t'aime bien. Je ne l'ai pas caché. C'était sympa ce soir, mais je ne veux pas être ici si on ne veut pas de moi.

— Il me semble qu'il était amplement évident tout à l'heure qu'on voulait de toi. »

Elle hausse les épaules.

« C'était incroyable, mais depuis, tu as été, disons… salaud. »

Je n'ai jamais rencontré quelqu'un comme elle, et je connais beaucoup de gens. Il n'y a pas une once de prétention ou d'artifice en elle. Et si je suis honnête avec moi-même, et j'essaie toujours de l'être, il y a quelque chose de tellement rafraîchissant à propos d'elle qui me touche. Je me lève et vais à elle, entoure sa taille d'un bras et la tire d'un coup sec vers moi.

« *Salaud* ? » demandé-je de mon ton de voix le plus sinistre, celui qui n'a aucun effet du tout sur elle.

Elle me regarde droit dans les yeux, sans peur et magnifique.

« Ouais.

— Dire à un dom qu'il est salaud peut causer beaucoup de problèmes à une petite soumise.

— Quelles sortes de problèmes ? » demande-t-elle, ses yeux encore une fois brillants d'excitation.

La plupart des gens ont un ou deux « signes révélateurs ». Avec Leah, tout son visage est révélateur. Il offre une voie directe vers ses sentiments les plus profonds, et savoir qu'elle se sent comme cela à propos de moi…

« Du genre qu'il lui est difficile de s'asseoir pendant une semaine. »

Elle vient tout près de mon visage, si près que son nez touche presque le mien.

« Tu. Es. *Salaud*. »

Je passe de pas dur à assez dur pour enfoncer des clous en un rien de temps, et bordel de merde, ça fait mal.

« Je veux changer mon *safe word*.

— Pour lequel ?

— Salaud. Dans le sens *salaud* quand tu n'as pas ce que tu veux. »

Je ne veux ni rire ni sourire, mais elle me fait faire les deux. Beaucoup. Encore une chose à laquelle il faudra penser plus tard, une fois que je lui aurai montré qui commande dans cette relation ou cette chose que nous faisons. *Ce n'est pas une relation.* Ça ne peut pas l'être parce que je ne le veux pas. Mais elle, je la veux, assez pour défier peut-être l'avis médical et me la faire avant de crever de trop d'érections, bordel. Si je me la fais, peut-être que les choses entre mes jambes se calmeront assez pour que je puisse vraiment guérir.

Pendant que je la porte à la chambre, je me souviens que j'avais l'intention de la faire partir, et voilà que nous sommes de retour à la chambre, où je vais lui donner une leçon sur l'insolence envers son dom. Qu'est-ce qu'ils disent sur les plans, même les mieux préparés : qu'ils peuvent rater ? Moi, je ne vais pas la *rater* dans la chambre.

Je la mets debout près de mon lit et la déshabille complètement.

Elle participe en levant les bras quand je le lui dis. Me mettant à genoux devant elle, j'aplatis les paumes de mes mains sur l'arrière de ses jambes et les monte jusqu'à lui serrer les fesses, et oui, j'ai conscience d'être à genoux devant elle et non le contraire. Mais en inspirant le parfum épicé de son désir, je ne peux me résoudre à me soucier de ce que je devrais faire. Pas quand tout cela est si bon et, putain de merde, j'ai l'impression qu'on est faits *l'un pour l'autre*.

Ce n'était pas supposé se passer comme ça.

Mais ceci… *Ceci* est en train d'arriver.

CHAPITRE 10

Leah

Le voir à genoux me fait quelque chose. Mon cœur s'emballe et mes genoux à moi faiblissent quand il me touche avec tant de révérence. Et pourtant, je peux encore sentir le conflit qui sévit en lui. Il me désire. Mais il ne *veut* pas me désirer.

Je passe mes doigts dans ses cheveux en attendant de voir ce qu'il va faire. C'était supposé être une punition, mais il me semble qu'il s'agit plus de plaisir que de punition. J'adore le faire marcher et voir ses yeux s'enflammer de désir ainsi peut-être que d'une touche de colère parce que je l'affecte comme je le fais. Tout cela me donne de l'espoir – même la colère veut dire qu'il ressent *quelque chose*. Si ce n'est qu'une infime partie de ce que je ressens pour lui, alors cela doit être complètement bouleversant pour quelqu'un qui ne pratique pas l'émotion, les sentiments ou les relations.

Et pourquoi est-ce le cas, exactement ? Il me faudra peut-être creuser un peu pour trouver la réponse s'il ne me la dit pas lui-même.

Je me couche sur le lit et le regarde ôter ses vêtements, grimaçant dans ma tête à la vue de son pénis meurtri, qui est si dur qu'il goutte. Est-ce que cela fait mal ? Je veux savoir, mais je n'ose briser l'entente fragile pour le lui demander. Il garde tout le temps son regard fixé sur mon visage, étudiant chacune de mes réactions.

Si c'est comme cela qu'il compte me punir, je suis prenante. Je suis si excitée que je me tortille, cherchant à me soulager.

« Tiens-toi tranquille », dit-il, se caressant avec des mouvements qui sont probablement bien plus doux que d'habitude.

La plupart des gars aiment qu'on les caresse avec force et vite. J'imagine qu'il est pareil, mais il ne peut probablement pas supporter la force ou la rapidité pour l'instant.

« Est-ce que c'est bon ? lui demandé-je.

— Pas autant que d'habitude.

— Laisse-moi le faire.

— Pas cette fois.

— Pas même avec ma bouche ? »

Ses yeux s'enflamment de désir et d'attention.

« Si tu veux.

— Je veux bien. »

Je me dépêche de me mettre à genoux et tends les bras pour le rapprocher de moi. Je n'aime pas l'angle.

« Assieds-toi sur le lit. »

Apportant un oreiller avec moi, je me mets à genoux devant lui sur l'oreiller. C'est bien mieux. De près, les hématomes sont bien plus prononcés que je ne pensais.

« Tu es sûr ? Je ne veux pas te faire de mal.

— Ça va. Sois douce, c'est tout.

— Mmmm, dis-je laissant vibrer mes lèvres contre le large gland. Je peux être douce. »

Il prend une inspiration rapide et profonde.

Et puis j'avale une fois et prends toute sa longueur, le faisant crier de plaisir.

« *Putain*, Leah. *Putain, Jésus-Christ !* »

Ses doigts s'enfoncent dans mes cheveux. Il se cramponne comme si sa vie en dépendait.

Je le fouette de ma langue et respire par le nez tandis que ma gorge se resserre autour du gland. J'ai appris il y a longtemps à contrôler mon réflexe nauséeux, et mon entraînement passé me sert bien maintenant. C'est le gars le mieux monté avec lequel j'ai jamais été, alors ce n'est pas facile de le prendre comme cela, mais je le fais quand même parce que je veux lui faire plaisir et lui donner du bien-être. Normalement, je le taquinerais et le tourmenterais jusqu'à ce qu'il me supplie de le laisser venir, mais par respect pour sa queue blessée, je décide de faire avancer les choses en prenant ses boules dans le creux de la main et en pressant le bout du doigt contre le point derrière elles qui déclenche un plaisir explosif.

J'avale chaque goutte et puis lentement glisse contre sa longueur, qui est encore dure même après un orgasme épique.

« C'était assez doux pour toi ? » demandé-je, ma voix plus rauque que d'habitude.

Il retombe sur le lit, les mains couvrant son visage tandis que sa queue continue à frémir.

Je monte à quatre pattes sur le lit près de lui, posant ma main sur son torse où je sens son cœur qui bat à toute vitesse. Je tire une satisfaction énorme de savoir que je l'ai épuisé.

Un bon moment plus tard, il enlève les mains de son visage et tourne la tête pour me regarder.

« Mais où nom d'un chien as-tu appris à faire ça ?

— Je te l'ai dit : au lycée.

— Raconte-moi le reste. »

J'essaie de ne pas me tortiller. Je ne parle pas de ces trucs-là. Jamais. Mais son regard d'acier me fait comprendre qu'il ne va pas lâcher prise.

« Les autres filles étaient vaches avec moi, alors je taillais des pipes à leurs copains et faisait en sorte qu'elles l'apprennent. C'est en forgeant qu'on devient forgeron.

— Elles étaient *vaches* avec toi ? Pourquoi ?

— Les gars m'aimaient bien. Ça faisait chier les filles. Je ne sais pas. Ce n'est pas comme si on avait jamais eu une vraie conversation à ce propos. »

Elles étaient trop occupées à transformer ma vie en enfer, en personne et sur les réseaux sociaux.

« Comment elles s'en sont rendu compte ?

— Je leur ai dit.

— Alors, tu es carrément allée les voir et leur as dit "j'ai taillé une pipe à ton copain" ?

— Non, j'ai pris des photos et les leur ai envoyées par SMS. C'était plus rigolo comme ça. »

Son visage devient blanc de stupeur.

« Tu as pris des photos de *toi*… Faisant *ça* ?

— Ouais. »

J'espère qu'il ne se prépare pas à me faire la morale sur toutes les façons dont ces photos pourraient se retourner contre moi. Jusqu'à présent, elles ne l'ont pas fait. Mais cela ne veut pas dire qu'elles ne le feront jamais.

« Leah…

— Garde la morale pour toi. Je sais que c'était stupide, mais cela a bien servi mes objectifs à l'époque.

— Qui étaient ?

— D'apprendre aux filles vaches ce qui arrive quand on est une connasse.

— Cela a marché ?

— Non, c'étaient toujours des connasses, mais je me sentais certainement mieux. »

Pendant un temps, en tout cas, jusqu'à ce que les garçons se mettent à faire les mauvaises langues et que les choses se soient en fait empirées. Mais il n'y a guère besoin d'en parler.

« C'était il y a très longtemps. Cela n'a plus d'importance. »

Oh, mais comme cela avait de l'importance à l'époque. Dieu, l'importance que cela a eue.

« Où étaient tes parents pendant que tu taillais des pipes à toute l'équipe de foot ?

— Mon papa travaillait tout le temps, et ma maman était ivre d'habitude quand je rentrais de l'école. Ils s'en fichaient, de ce que je faisais. Ma maman est tombée dans les escaliers quand j'étais au lycée et est morte sur le coup en se brisant les cervicales.

— Leah… Mon Dieu, je suis tellement désolé.

— Ne me regarde pas comme ça. Je ne veux pas de ta maudite pitié.

— Je n'offre pas de pitié.

— Quoi que ce soit alors, garde-le pour toi. C'était la merde. J'y ai survécu, et puis je suis partie à l'université et le passé, c'était fini.

— Tu avais des frères et sœurs ?

— Non, que moi. Ils m'ont adoptée quand ils étaient dans la quarantaine. Je ne suis pas sûre que ma maman se soit jamais remise de ne pas pouvoir avoir d'enfants à elle. Je crois que c'est pour ça qu'elle buvait. »

Assez de ces absurdités sentimentales.

« Je croyais que tu m'avais amenée là pour me punir ?

— Oui, mais tu m'as ensuite époustouflé en me taillant une bavette – et une pipe.

— Alors, c'est tout ? T'es tout essoufflé ? Je sais que tu es plus vieux que moi, mais je ne t'avais pas pris pour un patient gériatrique. »

J'ai à peine fini ma phrase qu'il se jette sur moi, et je crie de surprise quand il me soulève sans effort et drape ses genoux de mon corps, m'installant la face vers le sol pour que mes fesses soient exactement où il les veut.

Ce qui est si excitant, putain, c'est sa force incroyable, et alors que je protesterais normalement à l'idée de me faire « arranger » par un homme, quand c'est lui qui le fait, c'est sexy à en crever.

« Quel est ton *safe word* ? demande-t-il de ce ton autoritaire et bourru que j'aime tant.

— Salaud, comme dans la phrase "tu es souvent *salaud*". »

Ses mains s'abattent sur ma fesse – fort. Assez fort pour me faire venir les larmes aux yeux. Il le fait encore et encore et encore jusqu'à ce que je sois dans tous mes états – sanglotant de besoin et de désir si cinglant que cela me coupe le souffle. Aplatissant sa main sur mes fesses, il caresse la zone qu'il a frappée jusqu'à ce que la douleur se transforme en plaisir. Ses doigts se glissent de derrière dans ma chatte, l'angle étant différent mais aucunement moins excitant que ce à quoi je suis habituée. Il est exceptionnellement doué pour trouver mon point G et appuie dessus jusqu'à ce que j'explose.

« Je ne me souviens pas t'avoir donné la permission de venir.

— Si tu ne voulais pas que je jouisse, dis-je en haletant, tu n'aurais pas dû faire ça.

— Faire quoi ? »

Il le fait à nouveau.

« Ça ?

— Arrête !

— Tu n'aimes pas ?

— J'adore, mais si tu ne veux pas que je jouisse, ne fais pas ça ! »

Son rire profond me fait sourire parce que c'est un son si rare, et j'adore savoir que je l'ai fait rire. Il continue à s'acharner sur moi jusqu'à ce que je vienne encore, plus fort que la première fois, si cela est même possible.

Je suis comme une chiffe molle quand il me soulève et me pose sur le lit, balayant mes cheveux de mon visage. Je grimace quand mon cul abusé entre en contact avec la couette.

« Regarde-moi. »

J'ouvre les yeux pour trouver ses beaux yeux marron m'observant avec inquiétude.

« Tu vas bien ? demande-t-il.

— Oui, oui. Et toi ?

— Ouais, je vais bien. »

S'il va bien, je vais bien.

« J'ai tellement envie de te baiser. »

Pour certaines femmes, cela est peut-être la chose la moins romantique qu'elles puissent jamais entendre de la bouche d'un homme. Pour une femme comme moi, qui a désiré cet homme pendant si longtemps, ce sont les mots les plus romantiques que j'aie jamais entendus.

« Qu'est-ce qui t'en empêche ?

— Je ne suis pas sûr d'y arriver.

— Tu veux essayer ?

— Tellement, putain. »

J'écarte mes jambes, m'offrant à lui.

« Prends ce que tu veux.

— Tu ne devrais pas me dire ça quand tu ne connais pas toute l'étendue de ce que je veux.

— Explique-moi. »

Il bouge de façon à se mettre sur moi, son poids important me clouant au lit.

« Je veux tout.

— D'accord.

— Tu ne sais pas ce que cela comporte, tout.

— Je suppose que tu vas me montrer ? »

Il reste immobile pendant un long moment sans prendre son souffle, me regardant de toute sa hauteur à sa façon féroce et intense, avant de sembler prendre une décision.

« Ouais, je te montrerai.

— Tu me traiteras peut-être de folle, mais *tout* va prendre plus qu'une nuit.

— Tu te crois vraiment maligne, hein ?

— Non, c'est juste que je sais à quoi tu joues, et tu détestes ça, n'est-ce pas ?

— Tu es incroyablement naïve.

— Non, je ne le suis pas. Je te fais confiance, c'est tout.

— Tu ne devrais pas. »

Pendant qu'il parle, sa queue glisse sur l'humidité entre mes jambes et vient pousser contre mon clito.

C'est la meilleure sensation du monde.

« Pourquoi pas ?

— Tu ne me connais même pas.

— Tu n'arrêtes pas de le dire, mais tu ne me dis pas ce qu'il me faut savoir.

— Quand je te dis que j'ai des goûts sexuels spéciaux, cela veut dire que je veux t'attacher, te rendre dingue avec des jouets et des fouets et t'enculer, pour commencer. »

Un frisson parcourt tout mon corps comme une vague qui vient s'échouer sur la plage.

« OK.

— OK, c'est tout ? »

Je soutiens avec confiance et certitude son regard incrédule. Je le veux – de quelque manière que ce soit.

« OK, c'est tout. »

Et puis il m'embrasse, me consomme avec de profondes caresses de sa langue.

« Les mains au-dessus de ta tête », dit-il avant de revenir à la charge pour en avoir plus.

Il plaque mes mains au-dessus de ma tête et me pince le sein si fort que cela me met les larmes aux yeux et me fait soulever mes hanches, le cherchant. J'ai tellement envie de sentir ma chair s'étirer avec douleur pour accueillir la sienne, j'en bave presque d'imaginer comment ce sera de prendre cette grosse queue.

« On a besoin d'une capote ? demande-t-il. Je suis en bonne santé et je peux le prouver.

— Non, on n'en a pas besoin, et je suis en bonne santé aussi.

— Tu es sûre en ce qui concerne la contraception ? Je ne veux pas de surprise, Leah. Je suis sérieux.

— Je suis sûre, et crois-moi, je ne suis d'aucune façon prête à être la maman de quelqu'un. Je prends la pilule depuis mes quinze ans et je ne l'ai jamais oubliée une fois. »

Il s'enfonce en moi et cela fait un mal d'enfer.

Je me mords la lèvre pour ne pas crier.

« Ah, bon Dieu, murmure-t-il d'un ton bourru contre mon oreille, la chair de poule faisant irruption sur mes bras et jambes. T'es si serrée, putain. »

Il se retire.

« Attends. »

Une partie de moi est soulagée et l'autre partie perdue parce qu'il s'est arrêté. Où est-il allé ? Il entre dans l'énorme dressing et revient avec quelque chose sous le bras. Il prend le lubrifiant qui est encore sur la table de chevet de la fois d'avant.

Je suis sans souffle à attendre de voir ce qu'il va faire.

D'abord, il applique le lubrifiant à ses doigts et les glisse en moi, répartissant le liquide partout. Il chauffe au contact de mon corps, et le désir qui coule dans mes veines brûle encore plus. Et quand je pense que cela ne peut pas devenir plus sexy, il sort un grand godemichet qu'il couvre de plus de lubrifiant avant de le pousser contre mon ouverture. Il est grand, mais pas aussi grand qu'Emmett.

Bon Dieu…

Il utilise le jouet pour m'étirer, le glissant en moi et puis le retirant, faisant cela encore et encore jusqu'à ce que je pleure et le supplie de me donner la chose réelle. Après avoir lubrifié sa queue, il pousse encore contre moi, et cette fois-ci mon corps donne assez pour le laisser entrer.

« Ah, *oui*, dit-il en soupirant longuement. Voilà, on y est. C'est bien, ma chérie. »

Je veux tellement être sa chérie, lui appartenir et savoir qu'il est à moi – et à moi seule. Je le veux tant que je pourrais m'enflammer du profond désir qui remplit mon cœur et mon âme. Je pourrais le rendre heureux. Je sais que je pourrais, et s'il était à moi, je ne manquerais de rien d'autre pour le reste de ma vie. Et oui, je réalise complètement que c'est une très grosse affaire pour quelqu'un qui pensait qu'elle n'était pas prête pour l'éternité. Si l'éternité veut dire chaque jour avec lui, je peux me faire prête.

Même avec la préparation et le lubrifiant, c'est encore une bataille de le recevoir tout entier, et il prend son temps à cause de sa blessure. Le temps qu'il me pénètre complètement, j'ai un orgasme après l'autre. La surcharge émotive est presque aussi bouleversante que la surcharge physique. Je suis emportée par lui, entourée, remplie, consommée. Une caresse profonde à la fois, il me ruine pour toute autre personne.

Son visage se contracte d'une tension que j'aimerais calmer, mais avec les mains immobilisées au-dessus de ma tête, je ne peux qu'accepter ce qu'il me donne.

« Cela te fait mal ? lui demandé-je.

— Pas trop.

— Arrête-toi si cela te fait mal. »

Son rire bourru est en train de devenir un de mes sons préférés.

« M'arrêter, c'est la dernière chose que j'ai envie de faire. »

Il lâche mes mains.

« Garde-les là-haut. »

Passant ses mains sous moi, il m'attrape les fesses et me lève pour améliorer l'angle de la pénétration.

Nous nous emboîtons si étroitement que chaque fois qu'il s'enfonce en moi, je crie sous l'impact et l'étirement presque douloureux de ma chair qui accueille la sienne. J'ai entendu dire que plus c'est grand, mieux c'est, mais jusqu'à lui je n'avais jamais fait l'expérience de combien cet adage était vrai. Tout est différent avec lui, peut-être parce que je l'aime. Malgré ce qu'il dit, je vois que cela n'est pas complètement confortable pour lui, alors je resserre mes muscles internes et tire de lui un profond geignement. Je le refais encore et encore jusqu'à ce qu'il vienne avec un cri de plaisir qui déclenche encore le plaisir en moi.

Je n'ai jamais eu autant d'orgasmes de ma vie qu'avec lui, et j'ai le sentiment de n'avoir vu qu'une fraction de ce dont il est capable. J'ai hâte de tout faire avec lui.

Emmett

C'est de la folie, et il faut que ça s'arrête. J'ai dit que je n'allais pas la toucher, alors comment ai-je fini nu sur elle après avoir joui en elle, une chose que je ne fais jamais de la vie sans capote ? C'est comme si elle avait jeté un sort quelconque sur moi et tout mon bon sens m'a laissé en plan. Mais, Dieu, même avec une bite meurtrie, c'était le paradis de m'enfoncer dans sa chatte chaude et mouillée. Je peux honnêtement dire que le sexe le plus pervers que j'aie jamais eu n'était rien à côté de ce que je viens de faire avec elle, même avec ma bite douloureuse qui protestait tout le temps.

Je me retire d'elle et atterris sur le lit, mon bras sur mes yeux tandis que j'essaie de reprendre mon souffle.

« Tu vas bien ? » demande-t-elle.

La question m'énerve. Bien sûr que je vais bien. Pourquoi n'irais-je pas bien ? Sauf que je n'arrive pas à ralentir mes battements de cœur à cent à l'heure qui me laissent sans souffle. Cela n'aide en rien que le son de sa voix éveille ma queue pour le deuxième round.

L'entendre dire qu'elle a été intimidée en tant qu'adolescente et l'écouter parler de comment elle a eu sa vengeance a brisé quelque chose en moi. L'idée de ces salopes qui étaient vaches avec elle me donne envie de tuer les petites connasses qui ont fait de sa vie un enfer. Bien sûr que les garçons l'aimaient bien. Regardez-la, bon sang. Elle est le rêve érotique de tous les gars. Elle est certainement le mien et ça depuis déjà pas mal de temps.

« Tu veux que j'y aille ? » demande-t-elle.

Je me rends compte que je ne lui ai pas répondu quand elle a demandé si j'allais bien.

« Tu n'es pas obligée. »

Si, elle l'est ! Tu te rappelles comment on voulait que les choses redeviennent normales ? Ça ne peut pas arriver si elle est là. J'essaie de me souvenir d'à quoi ressemblait la normalité avant la journée d'hier, avant que je la touche et me condamne à ce besoin fou qui ne semble que se multiplier de façon exponentielle chaque fois que je suis près d'elle.

Tout ce que je sais, c'est que je ne veux pas qu'elle parte. Je veux la garder près de moi pour que rien ne puisse la blesser ou lui faire mal, surtout après avoir entendu qu'il y a un gars dans la ville qui n'accepte pas qu'elle lui dise non. Ça me fait froid dans le dos pour des raisons que je garde enfouies loin dans ma mémoire entre les visites que je rends à Elena, la seule femme que j'aie jamais aimée. Elle a été si sauvagement battue par son petit ami qu'elle a souffert de lésions cérébrales irréversibles. Depuis que ses parents sont devenus trop vieux pour s'occuper d'elle à la maison, je paie pour qu'elle vive dans un des meilleurs établissements à Pacific

Palisades. Je lui rends visite le premier dimanche de chaque mois et puis passe le reste du temps à essayer de ne pas penser à ce qu'aurait pu être la vie pour elle – et pour moi – si seulement elle m'avait choisi moi au lieu de ce connard qui a détruit son existence.

Dieu, pourquoi est-ce que je pense à cette merde ? J'essaie très dur de ne jamais penser à ce qui lui est arrivé, sauf pendant ces quelques heures chaque mois où je suis forcé de faire face à combien je lui ai fait défaut.

Voilà pourquoi je ne devrais pas laisser Leah infiltrer mon monde. Elle est en train de réveiller toutes sortes de merdes auxquelles je préférerais ne pas penser.

Alors, dis-lui de partir. Tu ne lui dois rien juste parce que tu l'as baisée.

Je commets l'erreur de la regarder. Elle m'examine, les sourcils froncés par l'inquiétude.

« T'es sûr que ça va ?

— Je vais très bien. »

Je vais très bien, putain. C'est ce que je me dis chaque jour, bordel, pour arriver à survivre un jour de plus. Les seuls plaisirs que je me permets sont ceux que je prends à la gym et aux clubs qui appartiennent aux associés de Quantum à Los Angeles et New York. Là, je peux être totalement moi-même et laisser libre cours aux démons intérieurs qui me tourmentent jusqu'à ce que je sois perdu dans une scène qui demande toute mon attention. C'est ce que je connais et comprends.

Ceci, avec elle… Je ne veux pas le comprendre. Ça fait quinze ans qu'une femme ne m'a pas fait *ressentir* quoi que ce soit, et je ne peux pas faire face aux sensations anxieuses et stressantes qui accompagnent le fait de tenir à quelqu'un. Je me souviens trop bien de comment c'était d'aimer une femme qui aimait quelqu'un d'autre, qui l'avait choisi lui, et puis a payé ce choix d'une blessure du cerveau qui la suivra toujours et a changé ma vie à moi, aussi.

« Je vais y aller », dit-elle et elle commence à se lever.

L'idée de ce gars qui peut-être l'attend fait que je lui attrape le bras.

« Reste. »

Je ne veux pas l'avoir dans la peau, mais je veux qu'elle soit en sécurité, et la seule façon pour moi d'assurer sa sécurité, c'est de la garder ici avec moi.

Puis elle me sourit, et je réalise à quel point je suis complètement, totalement, baisé.

CHAPITRE 11

Emmett

Je me réveille à 5 h, comme d'habitude. Néanmoins, avoir Leah qui m'enlace n'est rien d'habituel. Ma queue réagit à sa proximité, et je retiens un grognement. Cela me fait plus mal aujourd'hui qu'hier, et je parie que je sais pourquoi. Mais cela en valait vraiment la peine. Je bouge en faisant attention, me défais d'elle et me lève pour m'adonner à la gym avant le travail.

Je passe une heure à infliger à mon corps la routine éreintante qui le garde tonifié et au meilleur de sa forme. J'ai l'esprit bien plus aiguisé et je suis bien plus concentré au travail après une bonne séance de gym que je ne le suis sans. Avant de retourner chez moi, je passe vite fait au café dans le hall d'entrée et prends des cafés, l'un avec plus de crème comme l'aime Leah, et des scones. Dès que je passe le seuil de la porte, je sais qu'elle est partie. C'est comme si la force de vie avait été enlevée de l'endroit, ou quelque chose d'aussi ridicule que ça.

Je passe ma tête dans la chambre pour confirmer. Le lit est fait avec soin, et il n'y a aucun signe qu'elle ait jamais été là si ce n'est son parfum persistant qui embaume l'air. Je suis bizarrement déçu qu'elle soit partie, tandis que je me dis que je devrais être soulagé. Son départ m'épargne les conneries gênantes du matin d'après, même si je suspecte que cela n'aurait pas été gênant avec elle. Cela aurait probablement été amusant.

Je prends une douche, me rase et mets un des costumes de Savile Row sur lesquels Flynn et Hayden aiment me charrier. Je fais deux voyages à Londres par an pour avoir la crème de la crème. Alors oui, j'aime les costumes de qualité, et je préfère avoir l'air professionnel au travail, même si mes collègues portent des jeans et des T-shirts la plupart du temps. Ils font comme ils veulent. Chacun son truc. Mon costume aujourd'hui est gris avec de fines rayures subtiles que j'assortis à une chemise blanche et une cravate violette et grise à carreaux. J'enfile des mocassins Ferragamo noirs et attrape mon téléphone qui se chargeait, soulagé que porter un pantalon ne me fasse pas mal.

Il y a du progrès.

J'emporte le café et le scone que j'ai achetés pour Leah et bois mon propre café sur le chemin du bureau. Dans le parking, je remarque que sa voiture est déjà là, et mon cœur fait un petit bond de bonheur de savoir que je vais la revoir. Bientôt.

Je suis *mal barré*. Je le sais, mais Dieu, c'est si *bon*. Elle est si chaude et prête à tout, sans oublier honnête. Elle est tellement honnête, putain, et ouverte, et me rappelle à l'ordre sur tout. De plein de façons, elle semble bien plus mature que ses vingt-quatre ans, probablement à cause de tout ce qu'elle a subi étant enfant.

Je n'arrête pas de penser aux choses qu'elle m'a dites hier soir, et comment elle était détachée des choses qui ont dû la dévaster à l'époque. Ses parents l'ont adoptée mais ne se sont jamais remis de ne pas avoir eu un enfant biologique, et puis sa mère est morte soudainement d'une chute tragique qui a certainement dû la bouleverser. Cela n'a pas été facile pour elle, ça, c'est sûr.

Pour moi non plus, bon sang, mais ma situation était plutôt du genre le-pauvre-petit-garçon-riche-dont-les-parents-étaient-trop-occupés-pour-se-soucier-de-lui. Les deux travaillaient comme cadre supérieur pour l'un des grands studios, et je ne les voyais pas pendant des jours entiers en fait, ce qui était bien pendant l'adolescence quand j'avais le droit de faire la foire avec des amis comme Flynn et Hayden. Ma grand-mère maternelle était la seule qui tenait un peu à moi, ou du moins il me semblait. Je vois rarement mes parents de nos jours, ce qui nous convient à tous.

Comme Leah, je suis enfant unique, mais je suis avec Flynn et Hayden depuis l'école primaire. Pour moi, ce sont les frères que je n'ai jamais eus. Je garde leurs secrets depuis aussi longtemps qu'ils gardent les miens. Il n'y a rien au monde que je ne ferais pas pour l'un comme pour l'autre, c'est pourquoi ils m'ont embauché dès que j'ai fini mes études de droit et m'ont permis d'apprendre l'industrie du spectacle à leurs frais. Nous sommes frères de toutes les façons possibles à l'exception du sang. Plus tard, nous avons ajouté Jasper et Kristian à notre groupe, et Marlowe est avec nous depuis si longtemps que je ne me souviens plus des jours où elle ne l'était pas. Sebastian, l'un des amis d'enfance les plus anciens de Hayden, fait également partie de la famille Quantum et est le manager de notre club de Los Angeles.

Nous formons une véritable famille les uns pour les autres, ce qui marche bien. Mis à part Flynn, la plupart d'entre nous venons de familles plutôt dégénérées. La famille Godfrey fait certainement exception à la règle hollywoodienne, et la plupart d'entre nous voient Max et Stella comme les parents que nous aurions voulu avoir, et ils nous aiment tous comme leurs propres enfants. Dieu merci, je les avais quand j'étais gamin. Parfois, je me dis que Max Godfrey est la seule raison pour laquelle je n'ai pas fini en prison au lieu de la faculté de droit. Je ne voulais jamais le décevoir, ce qui est bizarre, je le sais. C'était l'ami de mon père, mais il avait une présence plus grande que nature dans nos vies à nous tous, et il était l'exemple qui a fait de nous les hommes que nous sommes aujourd'hui. Je suis certain que Flynn et Hayden diraient la même chose, et Kristian aussi, lui qui lui est reconnaissant d'avoir donné à un gamin de la rue l'opportunité d'une meilleure vie. Et regardez-le maintenant, c'est le meilleur producteur de Hollywood.

Je place ma main sur le scanner pour l'ascenseur qui va aux bureaux à l'étage. L'ascenseur tout au bout à droite m'emmènerait en bas au club. D'abord le travail, l'amusement plus tard. J'essaie d'imaginer Leah au club, attachée à la croix de Saint-André pendant que je la taquine et la tourmente. Aimerait-elle cela ? Ou préférerait-elle une pièce privée où nous pourrions nous adonner à une grande variété de plaisirs ?

Je ne peux pas penser à cela ici ou j'arriverai au bureau en bandant. Je me force à penser au travail qui m'attend – les contrats sans fin dans lesquels je peux me perdre pendant des heures.

Les portes s'ouvrent et la première personne que je vois, c'est Hayden.

« Salut, dit-il. T'es revenu. Comment va le petit frère ? »

Derrière le bureau d'accueil, Aileen essaie de masquer son rire.

« Très drôle. Il va bien.

— T'en es sûr ? » demande Hayden en grimaçant.

Il porte un jean si délavé qu'il est presque blanc, et une chemise bleu ciel par-dessus qui a grand besoin d'un coup de repassage.

— Tous les systèmes ont été testés et sont pleinement opérationnels.

— Remercions Dieu pour les petites faveurs, hein ? »

Je lui fais un grand sourire confiant.

« Rien de petit, là.

— Bon sang, je t'ai vraiment tendu la perche. »

J'éclate de rire à voir la tête qu'il fait.

« Qu'est-ce que tu fais ici ? T'es pas supposé être en train de te préparer pour un mariage ?

— On prend l'avion pour Napa plus tard dans la journée. Addie avait besoin de venir au bureau faire quelques petites choses de dernière minute pour Flynn, et puis elle sera à moi pour les trois semaines qui viennent.

— Je suis extrêmement envieux du voyage que vous avez organisé. »

Ils ont loué un yacht avec tout le personnel et vont lever les voiles dans l'Adriatique.

« J'ai hâte. Je n'ai pas pris de vacances aussi longues depuis des années. »

Je lui serre la main.

« Profite de chaque instant. Tu mérites tout le bonheur du monde, c'est sûr.

— Merci », dit-il d'un ton bourru, conscient que je sais personnellement combien il le mérite.

Le pauvre gars avait une famille affreuse qui donnait l'impression que la mienne était The Brady Bunch.

« Je te retrouve là-haut à Napa ?

— Oui, et tout beau. »

Je fais partie du cortège, avec Flynn qui est son témoin, ainsi que Jasper, Kristian et Sebastian.

« Ça va être un week-end super.

— Le meilleur de ma vie, dit-il en montant dans l'ascenseur. À bientôt.

— Bonjour, dis-je à Aileen.

— Bonjour. Comment te sens-tu ? »

Bien qu'elle ait ri du commentaire stupide de Hayden, son expression est pleine d'empathie et d'inquiétude, ce qui est une nette amélioration par rapport aux blagues prévisibles de Hayden.

« Bien mieux, merci.

— Je suis tellement contente de l'entendre. »

Elle me donne du courrier.

« J'ai mis le courrier d'hier sur ton bureau.

— Merci. »

Je rencontre Flynn dans le couloir. Il porte un short de basketball et un T-shirt de festival de musique qui était déjà dépassé il y a quinze ans. Vous voyez ce que je veux dire sur le code vestimentaire dans notre bureau ? Le ton au sommet – le sommet étant nos associés fondateurs Flynn et Hayden – n'est pas bon, alors je fais ce que je peux pour relever le niveau.

Flynn regarde de façon évidente mon service trois pièces.

« Comment va Popaul ?

— Vous avez répété les questions, Hayden et toi, avant que j'arrive ?

— Non, dit Flynn, l'air sincèrement surpris par la question. Pourquoi ? Qu'est-ce qu'il a dit ?

— Il a demandé comment allait le petit frère. »

Le rire de Flynn retentit dans le couloir.

« Elle est bonne.

— Rigolez bien en espérant que les petits salopards que vous appelez vos neveux ne vous émasculent pas. »

Il fait une grimace et couvre son braquemart des deux mains.

« Pitié, Dieu, faites que cela n'arrive pas.

— J'ai eu des jours plus fun que ça.

— Annie et Hugh en sont mortifiés.

— Je sais. Elle m'a envoyé un énorme panier de gourmandises avec une lettre d'excuses des garçons. C'était gentil de sa part.

— Le moins qu'elle puisse faire puisque ses monstres t'ont presque castré.

— Cela n'avait rien à voir avec une castration, alors tu arrêtes cette rumeur avant de la commencer.

— Et tu es sûr que tout entre les jambes, tu sais… va bien ?

— Ça va parfaitement bien, dis-je en riant de l'expression horrifiée sur son visage célèbre dans le monde entier.

— Ça, c'est un sacré soulagement, hein ?

— Tu n'en as aucune idée. Bon, il faut que je m'y mette. Je suis sûr qu'il y a une tonne de choses qui m'attendent.

— Je suis heureux que tu sois de retour. Tu prends l'avion pour Napa avec nous jeudi ?

— Ouais.

— On va bien s'amuser. J'ai hâte.

— Moi aussi. »

Je continue jusqu'à mon bureau, mais comme je ne vois personne d'autre dans le couloir, je frappe à la porte de Leah en passant. Par la fenêtre en verre à côté de sa porte, je la vois me faire signe d'entrer. Elle est au téléphone, alors je pose le café devenu froid et le sac contenant le scone sur son bureau, et elle me remercie avec un sourire.

« Marlowe ne voudra pas faire ça, dit-elle dans le téléphone. Elle ne fait pas de déclarations au nom de causes avec lesquelles elle n'est pas affiliée. Non, je ne suis pas disposée à lui demander de faire une exception. »

Elle lève les yeux au ciel.

« Je ne le recommanderais pas. Elle est capable de se retirer de l'événement si elle a le moindre doute que vous allez la surprendre. En tant que son assistante, il me semble qu'il m'est nécessaire de la prévenir de cette éventualité. Je suis sûre que vous comprendrez qu'il m'incombe de la protéger de tout embarras. »

Je suis impressionné et… *Putain*, sa façon autoritaire de parler et comment elle défend Marlowe m'excite. Elle est vraiment devenue une des nôtres en quelques mois qu'elle travaille ici.

« Allez-y, dit-elle. Et faites-moi savoir ce qu'ils disent. »

Elle finit l'appel en raccrochant avec force l'écouteur de son téléphone fixe.

« Quel imbécile.

— Qui était-ce ?

— L'organisateur d'une soirée caritative pour laquelle Marlowe est supposée être l'invitée d'honneur à la fin du mois prochain, qui voulait savoir si Marlowe serait disposée à parler avant cela d'une autre cause quelconque de laquelle il s'occupe et qui n'a rien à voir avec la charité en question. Il essaie de tirer profit au maximum d'elle, et ça ne va pas aller.

— Tu peux être fière de la protéger comme ça.

— Euh, ouais, c'est mon boulot quand même.

— C'est juste que tu l'as très bien fait.

— Merci », dit-elle en souriant.

Est-ce mon imagination ou est-ce que celle qui m'observe dès qu'elle en a l'opportunité a du mal à me regarder aujourd'hui ?

« Leah.

— Hm ?

— Regarde-moi. »

Son regard rencontre brièvement le mien, et ce que je vois dans le sien déclenche quelque chose de primaire et de presque sauvage en moi. Elle a *peur*. Putain de merde. C'est quoi, cette histoire ? La Leah que je connais est sans peur.

Peu importe le scandale que cela pourrait provoquer, je ferme la porte pour qu'on ne nous entende pas.

« Qu'est-ce qui ne va pas ?

— Quoi ? Tout va bien. Pourquoi tu demandes ça ?

— Ne me mens pas, Leah. Je sais que quelque chose ne va pas, rien qu'à te regarder.

— Ce n'est pas parce que tu m'as baisée que tu me connais.

— Oh, cette gueule… Cette si grande gueule. Elle va te causer beaucoup de problèmes un de ces jours. »

Si nous étions ailleurs, je la mettrais par-dessus mes genoux et lui montrerais ce qui se passe quand une soumise répond à son dom.

Elle hausse les épaules, comme si elle n'en avait rien à faire d'avoir des ennuis.

« Merci pour le café. Il ne fallait pas.

— En fait, je l'ai apporté à la maison mais tu étais partie quand je suis revenu de la gym.

— Oh. »

Elle regarde dans le sac et arrache un morceau du scone, le plaçant dans sa bouche. Ses lèvres sont légèrement boursouflées et enflées d'hier soir. Savoir que j'en suis responsable me fait frissonner de désir.

« Je ne savais pas où tu étais.

— C'est pour ça que tu es partie ?

— Il fallait que j'aille au travail.

— À 6 h du matin ?

— J'étais réveillée, je ne savais pas où tu étais, alors je suis partie. Pourquoi ? T'es en colère ou quoi ?

— Je ne savais pas où *toi* tu étais ni pourquoi tu étais partie.

— Bah, maintenant, tu sais.

— Je vais à la gym tous les matins à 5 h.

— C'est fou, ça. »

Je viens plus près d'elle.

« Peut-être bien, mais c'est ma routine depuis des années. »

Elle tourne sa chaise pour être en face de moi, mais son expression reste prudente et réservée.

« Je suppose que cela explique les muscles. »

Je me penche, mets les mains sur les accoudoirs et m'approche tout près de son visage.

« Tu ne te serais pas sauvée, par hasard ?

— Non, dit-elle sans battre des paupières. Ce n'est pas le cas. Et toi ? »

La question m'exaspère. Je viens de dire que j'allais à la gym tous les jours à 5 h, mais je ne peux pas nier que la question est un peu trop pertinente, me rendant mal à l'aise d'avoir réalisé que je me suis peut-être sauvé, bien que je ne le lui avouerai pas.

« Non, pas du tout. Hier soir était plutôt intense. »

Elle hoche la tête.

« Rien qu'un peu.

— C'était trop ?

— Non.

— T'es sûre ?

— Oui.

— Je veux que tu n'aies jamais peur de moi.

— Je n'ai pas peur de toi. »

Elle détourne son regard.

« Pas physiquement en tout cas.

— Qu'est-ce que ça veut dire ?

— Il y a d'autres façons d'avoir peur de quelqu'un que physiquement.

— Comme quoi ?

— Je… Nous… »

Elle jette un œil derrière moi à la porte.

« Nous ne devrions pas faire ça ici. »

Bordel. Elle a entièrement raison, et c'est moi qui aurais dû le dire, mais il est impossible que je continue ma journée sans savoir ce qu'elle veut dire.

« Dis-moi de quoi tu as peur. »

Elle prend une grande inspiration et puis expire, l'air résignée au fait que je ne vais pas laisser tomber.

« Je t'ai fait une énorme confession hier soir, et même si tu ne crois pas que ce soit vrai, ça l'est, et maintenant cela me met dans une position précaire dans cette situation. Je n'aurais jamais dû te dire… »

Je l'embrasse. Je l'embrasse fort. Je me fiche même que quelqu'un puisse nous voir s'ils passent devant son bureau et regardent par les fenêtres qui entourent sa porte. Je glisse les mains sous son cul et la soulève de sa chaise.

Elle pousse un cri de protestation mais n'arrête pas le baiser, qui devient vite une histoire impliquant le corps entier quand elle entoure mon cou de ses bras et ouvre sa bouche à ma langue plongeante.

Nous ne devrions vraiment pas faire ça ici, mais essayez donc de m'empêcher de me régaler de ses attraits sexy, doux et impertinents. Je suis vite en train de devenir accro, et cela me fiche une frousse incroyable et fait que je mets fin au baiser, doucement mais délibérément.

« Dis-moi pourquoi tu as peur. »

Je l'embrasse dans le cou et respire sa senteur fraîche et pure. Il n'y a aucune lotion ou potion au monde qui pourrait saisir l'essence unique qui lui est propre.

« Tu pourrais me détruire », dit-elle d'une petite voix qui ne lui ressemble tellement pas que je lève la tête et observe ce visage expressif qui ne peut rien me cacher à moi – ni à personne, d'ailleurs.

Si elle pense ou sent quelque chose, elle l'exprime d'une manière ou d'une autre.

« Je ne le ferai pas. Jamais…

— Mais tu le pourrais, et ça me fait peur.

— Je ne sais pas si tu l'as remarqué, mais il semblerait que je sois aussi investi dans cette histoire que toi.

— Je ne suis pas certaine que cela soit possible. »

Encore une fois son honnêteté m'ébahit. Elle tient à moi tant que ça ? Mon Dieu…

« Pose-moi, Emmett. Je suis censée travailler, et toi aussi. »

Parce qu'elle a tout à fait raison, je la remets sur la chaise de bureau. Mais je n'en ai pas envie. J'ai envie de la prendre dans mes bras, de l'emmener à la maison et de passer toute la journée à l'intérieur d'elle.

De la folie pure.

Elle se passe la main dans les cheveux, essayant de remettre de l'ordre dans la masse ébouriffée que j'ai créée.

« Tu fais encore ta grimace féroce, comme si tu voulais arracher les bras et les jambes de mon corps.

— Ce n'est pas ce que je veux faire à ton corps.

— Je croyais que tu avais dit que ça ne pouvait durer qu'une nuit. Tu l'as eue, ta nuit.

— Aux chiottes, ce que j'ai dit. Sois chez moi pour 18 h. On va parler de tout ça.

— Ne change pas d'avis à cause de ce que je t'ai dit la nuit dernière. Je ne te l'ai pas dévoilé pour te mettre la pression.

— Ah bon ? demandé-je avec un sourire.

— Non, vraiment pas. Je ne fais pas ce genre de connerie.

— Je sais que tu ne fais pas ça. Sois là à 18 h. On parlera alors.

— Tu travailles jusqu'à 20 h. »

Elle fait tellement attention à moi qu'elle connaît ma routine presque aussi bien que moi. Cela m'étonne qu'elle n'ait pas su que j'allais à la gym à 5 h du matin.

« Ce soir, je travaille jusqu'à 17 h 30. Sois là.

— Et sinon ? » demande-t-elle de ce ton provocant dont je commence à avoir soif.

Je plisse les yeux pour lui lancer un regard qui, je sais, n'a aucun effet sur elle.

« Ce n'est pas dans ton intérêt de le découvrir.

— Tu ne me fais vraiment pas peur, même quand tu essaies.

— Je ne veux jamais que tu aies peur de moi, d'aucune façon. La domination n'a rien à voir avec la peur.

— Je te l'ai déjà dit : je n'ai pas peur de toi comme ça.

— On en reparlera. »

Après ce que j'ai enduré avec Elena et le monstre qui l'a détruite, l'idée qu'une femme ait peur de moi n'est pas quelque chose que je puisse supporter. Je vais y mettre fin avant que cela n'aille plus loin. Et oui, je suis absolument conscient du fait que si cette histoire continue, je vais être obligé de m'engager envers elle, ce que je ne suis vraiment pas prêt à faire. Mais je ne suis pas non plus prêt à mettre fin à quelque chose de si bon, putain.

Alors, voilà. Si je veux plus d'elle, je dois lui donner plus de moi.

CHAPITRE 12

Leah

Il est tellement sexy quand il est agacé, surtout quand il porte un costume à trois mille dollars. Ellie m'a dit qu'il se rendait à Londres deux fois par an pour se procurer les meilleurs costumes du monde. Je le regarde partir, en m'attardant sur la coupe exceptionnelle de l'ensemble gris à fines rayures. Maintenant, je sais ce qui se cache sous les magnifiques vêtements qu'il porte, et laissez-moi simplement préciser que mon imagination débordante ne lui avait pas fait justice.

« Est-ce que je sens Emmett ? » demande Marlowe en entrant dans mon bureau quelques minutes après qu'il est parti.

Je réalise que je n'ai fait que regarder fixement la porte depuis. Il m'a embrouillé la tête avec ce baiser fou en plein bureau où n'importe qui aurait pu nous surprendre.

« Il est passé. »

J'espère qu'elle ne fera pas tout un plat de la raison de la visite d'Emmett. Je n'ai toujours rien dit à Marlowe à propos de lui.

« Tu viens juste de le rater. Qu'est-ce qui se passe ? La livraison de provisions est arrivée à l'heure ce matin ?

— Oui, pile à l'heure. »

Marlowe s'installe dans ma chaise de visiteurs, et oui, j'ai toujours envie de crier chaque fois que cette femme extraordinaire qui est maintenant ma patronne et mon amie se vautre dans mon bureau pour bavarder.

« Ai-je mentionné combien j'adore avoir mon Addie à moi ?

— Quelques milliers de fois. Bien que je ne me lasse jamais d'être comparée à la norme d'excellence.

— As-tu vu Bridezilla aujourd'hui ? »

Étant l'une des amies les plus proches d'Addie, Marlowe est demoiselle d'honneur.

« Non, mais ils étaient ici tout à l'heure. Je crois qu'ils sont partis maintenant. Ils prennent l'avion pour Napa cet après-midi.

— Ça approche !

— Ils doivent être tellement excités.

— En effet, dit Marlowe, mais son expression est troublée.

— Tout va bien ?

— Entre nous, Hayden m'a dit qu'Addie avait des souvenirs de sa maman qui l'avaient vraiment chagrinée.

— Ah bon ? »

Je suis triste pour Addie, qui était si excitée par le mariage.

« Sa maman est morte quand elle avait douze ans, et elle a eu du mal à se souvenir de tout ce qui n'était pas dans les photos. Jusqu'à récemment, je suppose.

— Est-ce qu'on peut faire quelque chose pour elle ? »

Après tout ce qu'Addie a fait pour moi, il n'y a rien qu'elle puisse me demander qui serait de trop.

« Tout ce qu'on peut faire, c'est l'aimer. C'est ce que j'ai dit à Hayden quand on en a parlé.

— Ça, c'est facile. »

Marlowe sourit et hoche la tête.

« J'ai une autre nouvelle.

— Quoi donc ?

— J'ai rencontré un mec. »

Je n'ai jamais vu un sourire si béat sur son visage auparavant, mis à part dans les films où elle fait semblant d'être quelqu'un d'autre.

« C'est qui ?

— Il s'appelle Rafe, ce qui est le diminutif de Rafael.

— Tu l'as rencontré comment ?

— C'est un cadre de la société qui distribue nos films en France. Je l'ai rencontré la dernière fois que je suis allée à Paris, et depuis il est venu vivre à Los Angeles. »

Elle a l'air de chavirer, est resplendissante, et je suis ravie pour elle.

« C'est formidable.

— Je suis d'accord. Je veux qu'il m'accompagne au mariage. Tu peux l'ajouter à la liste pour l'avion ? Il peut loger avec moi. Son nom de famille est Laurent. »

Elle l'épelle pour moi.

Je prends note de l'ajouter à la liste des passagers.

« Je m'assurerai qu'il y a une place pour lui à la réception, aussi.

— Addie m'a dit de l'emmener, alors elle sait.

— Super. Je m'en occupe.

— Je ne me souviens pas de la dernière fois que j'ai été en couple à un mariage, dit-elle en riant.

— Je suis heureuse pour toi.

— Je suis heureuse pour moi, aussi.

— Y a-t-il des photos de ce nouvel homme ?

— Bien évidemment. »

Marlowe sort son téléphone de sa poche arrière et fait défiler les images, son visage s'attendrissant de plaisir à ce qu'elle voit. Punaise, elle est mordue de ce mec. Elle me passe le téléphone. La photo est d'eux deux, le sourire jusqu'aux oreilles. Le gars est *magnifique*, avec les cheveux foncés et ondulés, et d'éblouissants yeux bleus.

« Waouh. Il est beau.

— Je sais. C'est plutôt intimidant d'être avec un gars qui ressemble à ça dès le réveil. »

Elle est tellement de bonne humeur que je décide de me lancer en ce qui concerne Emmett.

« Alors, puisqu'on parle d'hommes et de rendez-vous amoureux, on dirait que je vois quelqu'un, moi aussi.

— Emmett, c'est ça ? »

J'en reste bouche bée. Elle le sait déjà ? Est-ce lui qui le lui a dit ?

Elle se laisse aller au grand rire retentissant qui a fait d'elle une star.

« Tu crois honnêtement pouvoir tromper qui que ce soit avec ta façon de l'observer, ou qu'il a réussi à cacher comment il te fixe du regard en réponse ? »

J'avale ma salive. Oui, je croyais avoir fait du bon boulot pour cacher mon énorme béguin à tous les autres. Et il me fixe du regard ? Je ne le savais pas.

« Je suppose que je ne suis pas actrice comme toi. »

Je sens que mon visage devient rouge.

« C'est OK. Je comprends. Il est sexy.

— À la folie. Mais je sais que ce n'est pas vraiment approprié… »

Elle fait un geste de la main en signe de protestation.

« Je vous fais confiance pour être professionnels au travail, et si cela ne marche plus entre vous, pour ne pas apporter vos problèmes ici. »

Mon cœur se serre à la possibilité que cela ne marche pas.

« Bien entendu.

— Alors, je ne vois pas où est le problème, et félicitations. C'est un mec formidable, et il a de la chance de t'avoir. Je crois que tu auras une bonne influence sur lui. Il n'en parle pas, mais il a eu la vie dure par moments. »

J'ai envie de la supplier de me dire ce que cela signifie, mais je sais qu'elle ne le fera jamais. Elle ne trahirait jamais de la vie la confiance d'Emmett. Et d'ailleurs, je ne le lui demanderais jamais.

« Il a l'air… réticent à s'engager. »

Elle hoche la tête.

« Ce n'est pas étonnant. »

Pourquoi ? J'ai tellement envie de poser la question. Mais je ne le fais pas. Il va me falloir le lui demander à lui. Mais me le dira-t-il ?

« Sois patiente avec lui, c'est tout. Je pense que vous deux pourriez être incroyables ensemble.

— Vraiment ? »

Que cette femme formidable et accomplie pense que je serais incroyable avec son ami est extraordinaire, c'est le moins qu'on puisse dire.

« Absolument. Il est tellement sérieux, tout le temps. Tu apporteras du soleil dans les ténèbres en lui. »

Elle vérifie l'heure sur son téléphone.

« Oh, mince. Il faut que j'y aille. Rendez-vous chez le coiffeur et puis la manucure. Il faut que je sois présentable pour les festivités ce week-end. »

Bien sûr, je connais déjà son calendrier, mais je ne le lui rappelle pas. Avant qu'elle parte, je lui raconte la conversation que j'ai eue avec le gars qui organise l'événement caritatif et regarde ses yeux se plisser avec désagrément.

« Je lui ai fait savoir que ces conneries-là ne marcheront pas », ajouté-je.

Le sourire de Marlowe fend son visage jusqu'aux oreilles et fait danser de plaisir ses yeux.

« C'est bien, ne te laisse pas faire. »

Je lève les yeux au ciel.

« Tu veux que je leur dise que tu n'es pas disponible pour l'événement caritatif ?

— Non, je vais le faire, mais je vais lui causer dans le creux de l'oreille avant et lui faire savoir ce qu'il n'a pas intérêt à dire s'il veut que je l'aide encore à l'avenir. Merci de m'avoir prévenue.

— Pas de problème.

— OK, j'y vais. Envoie-moi un texto si tu as besoin de moi.

— Profite bien des préparatifs pour te relaxer.

— Ça oui, alors. »

Elle fréquente un salon exclusif à Malibu où l'on s'occupe d'elle dans un espace privé, ce qu'elle préfère par rapport à faire venir des gens chez elle. Avant que je travaille pour elle, je n'avais jamais pensé au fait que pour les personnes comme Marlowe, tout ce qu'elle fait doit être planifié pour s'assurer qu'elle est à l'abri des paparazzi, et encore plus du public qui l'adore et qui n'hésite pas à interrompre sa vie privée. Elle aime beaucoup ses fans et se met en quatre pour leur faire plaisir, mais pas pendant qu'elle se fait faire des mèches.

Je passe le restant de la journée concentrée, à effectuer les tâches de ma longue liste de choses à faire pour Marlowe et à aider Aileen à trier une livraison de courrier plus importante que d'habitude. Même en restant occupée, la journée semble longue. Je ne vois plus Emmett jusqu'à 17 h 30, quand il passe devant mon bureau, frappe à la fenêtre, et continue à marcher.

Mon cœur s'emballe à le voir et à son rappel peu subtil que nous avons des plans. Je nettoie mon bureau, attrape mon sac, mon téléphone et mes clés et je m'en vais, m'assurant qu'il est parti avant de me diriger vers le hall d'entrée. Aileen est partie pour aller chercher ses enfants à l'école, alors il n'y a personne pour me voir quitter le bureau pile à l'heure, ce qui est rare par ici. Nous sommes tous si occupés tout le temps que nous pouvons rarement finir un jour de travail à l'heure officielle de 17 h 30. Mais il n'y a rien qui puisse me retenir au bureau tard ce soir quand j'ai des plans très importants avec l'homme que j'aime.

Je prends l'ascenseur pour le lobby principal, et il est là à m'attendre.

« Viens avec moi. »

Il place sa main sur un scanner qui ouvre l'ascenseur de droite.

« Où allons-nous ? »

Sa main dans le bas de mon dos, il me guide vers l'ascenseur.

« Ne parle pas, sauf si je te pose une question. »

Les portes de l'ascenseur se referment et j'avale ma salive, trépidant d'attente et d'anticipation.

Il garde la main sur mon dos pendant le moment tendu que cela prend à l'ascenseur de descendre d'un niveau.

Je veux lui demander ce qu'il y a ici en bas, mais je n'ai pas le droit de demander quoi que ce soit, alors je range ma langue dans ma poche.

L'ascenseur s'ouvre sur l'obscurité.

Emmett prend ma main et me fait passer par une porte à double battant avec le logo Q gravé dans le verre. Il allume les lumières, révélant ce qui a l'air, à première vue, d'être une discothèque. Puis je vois la grande croix et l'estrade avec quelque chose qui ressemble à de l'équipement de gym, mais ce n'est pas ce que c'est. J'ai une révélation, et je réalise que si le logo de Quantum est sur la porte, cela veut dire… *Oh, mon Dieu.*

Je lui jette un coup d'œil.

Il m'observe.

« Qu'est-ce que tu veux savoir ?

— Comment gardent-ils cela secret ?

— Tous ceux qui passent le pas de cette porte signent un contrat de confidentialité. Les membres paient des droits d'adhésion d'un million de dollars.

— Merde, alors. »

Je regarde encore autour de moi.

« Est-ce que tous les membres de l'équipe de Quantum sont membres ?

— Je ne peux pas te le dire. »

Ma tête s'emballe. *Flynn, Natalie…* Est-ce que Natalie fait partie de ce milieu ? J'essaie d'imaginer Flynn en tant que dominant et… Je n'y arrive pas. C'est le mari de mon amie.

« Tu veux jouer ? demande Emmett, me soutirant à mes pensées qui défilent et me ramenant au présent avec lui. Le club est fermé jusqu'à 20 h, alors nous avons le local pour nous. »

Je ne sais pas comment je me sens de jouer avec lui ici où des gens de notre bureau viennent se relaxer et faire d'autres… choses. Même si le club est fermé, l'un d'entre eux pourrait y venir et nous voir.

« Je… Je crois que je préférerais retourner chez toi.

— Allons-y, alors.

— Ça ne te gêne pas ?

— Je suis le dom, mais c'est toi qui décides. »

Il m'escorte hors du club.

« Ce n'est pas rien de te montrer le club. J'espère que tu comprends…

— Je ne dirai pas un traître mot. Je le jure. »

Dans le parking, nous allons chacun de notre côté.

« Ne te perds pas, dit-il en s'éloignant de moi.

— Aucune chance. »

Je me force à avancer lentement, et non de courir et de risquer de trébucher, ou de conduire trop vite et de rentrer dans le cul de la voiture devant moi. Qu'il n'y ait rien qui me retienne loin de lui plus longtemps que nécessaire. Cela prend déjà près de quarante minutes pour arriver chez lui à Santa Monica, et je perds de vue sa voiture après vingt minutes. J'entre le code pour son garage, prends ma place habituelle – et oui, *j'adore* le fait d'être une habituée chez lui maintenant – et me dirige vers l'ascenseur. Je suis si excitée de le voir que mon cœur bat follement et le reste de mon corps vibre de savoir que je suis à quelques secondes de lui.

Quand les portes de l'ascenseur s'ouvrent, je sors et le bouscule. Avant que je puisse faire part de mon étonnement, il m'enveloppe d'un bras et me soulève de terre pour m'emmener dans son condo. Il ferme la porte d'un coup de pied et me laisse glisser le long de son corps excité jusqu'à ce que mes pieds rencontrent le sol. La chose la plus sexy *du monde*.

« Bonjour, toi aussi », dis-je, amusée par son accueil enthousiaste.

Il a enlevé sa veste de costume ainsi que sa cravate et a déboutonné sa chemise, pour révéler un soupçon de torse bien musclé qui fait que je me lèche les lèvres.

« Je n'aime pas cette jupe », dit-il, interrompant mon dernier fantasme de léchage.

Surprise par le commentaire, je dis : « Pourquoi ? »

Il m'affecte tellement qu'il me faut me regarder pour me souvenir de ce que je porte : une jupe droite noire à pois blancs avec un haut style gitan qui révèle une épaule dénudée, laissant apparaître le soutien-gorge noir que je porte en dessous. J'étais plutôt fière de cette tenue et des escarpins rouges à talons de dix centimètres que je portais avec.

« Qu'est-ce qui ne va pas ?

— Ça montre trop. »

Je tourne la tête pour essayer de me voir de dos.

« Qu'est-ce que tu racontes ? Elle me couvre presque jusqu'aux genoux ! »

Il entoure mes fesses de ses mains et les serre.

« Cela. Montre. Trop. »

Sa possessivité m'excite plus que je ne l'ai jamais été.

« Personne ne me regarde.

— Ça ne va pas ? Partout où tu vas, les mecs te regardent.

— Mais non.

— Mais *si*. Je les ai vus faire plus de fois que je ne peux les compter. »

Il se penche sur moi, si près que son nez est à un millimètre du mien.

« Je n'aime pas ça.

— Ce n'est pas de ma faute.

— Si. Tu es trop sexy pour ton bien – et le mien.

— Et c'est de ma faute comment ? Est-ce que tu t'attends à ce que je m'habille avec un sac en jute ?

— Ça marcherait pour moi.

— Je ne suis pas sûre de ce qui est en train de se passer, là.

— C'est ce que tu voulais : me voir tel que je suis vraiment. Me voici. »

Oh, alors c'est une sorte d'épreuve. Je comprends, maintenant.

« Tu me veux toujours ? »

La question est posée du même ton bourru, mais elle est accompagnée d'un soupçon de vulnérabilité qui me touche profondément.

Je n'hésite pas, je ne cligne même pas des yeux.

« Oui. Quoi d'autre ?

— Tant de choses, mais il nous faut mettre une chose au point tout de suite. Je veux que tu me dises que tu sais avec certitude que je ne te ferai jamais aucun mal, d'aucune façon. Tu n'as jamais à avoir peur de moi. C'est très important pour moi.

— OK.

— Je suis sérieux, Leah. Nous serons peut-être brutaux ou dingues au lit, et je peux être *salaud*, comme tu dis, mais tu n'es jamais en danger ici. Tu comprends bien ?

— Oui. Je te l'ai dit, je n'ai pas peur que tu me fasses mal physiquement. J'ai plus peur que tu me donnes un petit peu et puis que tu décides que tu ne veux plus de moi. »

Il prend ma main et la place sur le bâton dur dans son pantalon.

« Tu sens ça ? »

Comme si sa chaleur m'avait brûlé la paume de la main, je dis :

« Oh là, oui ! »

— Il est comme ça depuis que je t'ai embrassée au bureau. Je ne peux pas l'arrêter, je ne peux pas me débarrasser du goût que tu as laissé dans ma bouche, je ne peux pas m'empêcher de penser à combien hier soir était incroyable, je ne peux pas arrêter de compter les minutes pour te toucher encore. J'avais un rendez-vous cet après-midi avec le médecin qui m'a enfoncé des aiguilles dans la queue, et *même à ce moment-là*, je ne pouvais cesser de penser à toi et comme c'était bon d'être à l'intérieur de toi. Il n'y a pas la moindre chance que je décide de ne plus vouloir de toi. Au contraire, j'ai peur de trop te vouloir. »

Est-ce qu'il me dit vraiment tout cela, ou suis-je en train de rêver ? Je dois rêver, parce que quelque chose d'aussi incroyable ne m'arrive jamais. Et puis, je suis furieuse contre moi-même à cause des larmes qui me remplissent les yeux.

« Oh, merde, ne fais pas ça. Ne pleure pas. »

Je le prends et l'amène à ma hauteur, l'embrassant avec l'amour fou et incontrôlable que je ressens pour lui. Alors qu'il répond avec autant d'ardeur, je réalise en un moment de clarté cristalline que je ne ressentirai jamais pour quelqu'un d'autre ce que je ressens pour lui. Je veux tout avec lui. Je me retire doucement du baiser.

« Tu vas me dire pourquoi c'est si important pour toi que je n'aie jamais peur de toi ? »

Sa mâchoire se contracte.

« Peut-être. En temps voulu. »

Je peux m'en accommoder.

« Qu'a dit le médecin ?

— Il n'arrivait pas à croire que j'avais eu des rapports sexuels avec ma bite meurtrie.

— Est-ce qu'on a aggravé les choses ? » demandé-je, horrifiée.

Secouant la tête, il explique :

« Il a dit que si cela ne faisait pas mal, je pouvais me faire plaisir. Si cela fait mal, il faut arrêter.

— J'ai des questions sur les choses que tu as mentionnées hier soir…

— Sur mes pratiques sexuelles spéciales ? »

J'avale ma salive et hoche la tête.

« Et… Et si je ne peux pas le supporter ?

— Alors tu y mets fin avec un seul mot. Tu dis le mot, et c'est fini. Sans avoir à te justifier.

— Et cela ne te mettrait pas en colère ? »

Il m'enlace et me serre si fort que j'ai peur qu'il me brise.

« Non, cela ne me mettrait pas en colère.

— Tu serais déçu ?

— Jamais. »

Il passe les doigts dans mes cheveux, une chose qu'il a l'air d'aimer faire, ce qui ne me dérange absolument pas.

« Certains des doms que je connais ont besoin de la domination pour jouir, tu sais ? Moi, j'aime ça. Putain, *j'adore* ça, mais je n'en ai pas *besoin* comme eux. Alors non, je ne serais ni en colère ni déçu si cela n'était pas ton truc.

— Pourrions-nous essayer ? »

Les beaux yeux d'Emmett brûlent de désir.

« Ouais, on peut essayer. Y a-t-il quelque chose d'interdit ?

— Je ne sais pas ce qui est possible, alors comment savoir ce qui est interdit ?

— On parlera de tout avant de le faire.

— D'accord. »

Il prend mon visage dans ses grandes mains et me regarde longuement avec considération, comme s'il prenait une décision.

« Va dans ma chambre et mets-toi nue. Je te veux sur le lit, les mains étirées au-dessus de ta tête et tes jambes aussi écartées que possible. Puis je veux que tu fermes les yeux. Tu ne m'appelleras que "Maître" dans la chambre, et tu ne parleras que si je t'ai adressé la parole. Des questions ? »

Quand je secoue la tête, mon corps entier tremble comme si l'on m'avait branchée sur une prise électrique. Je vibre d'énergie sexuelle. Dans toutes mes fantaisies vives sur comment devait être l'intimité avec Emmett, je n'avais jamais imaginé rien de semblable aux mots qu'il vient de prononcer. Je me tourne et pars dans sa chambre, consciente du fait qu'il me regarde y aller, ses yeux probablement fixés sur la jupe dont il trouve qu'elle me montre trop. Je ne considérerai plus jamais cette jupe comme avant, après l'avoir vue à travers ses yeux.

J'ai les mains qui tremblent quand j'enlève mes vêtements et me déchausse. Je replie le couvre-lit et me mets sur le lit, les bras au-dessus de ma tête et les jambes très écartées. Il ne m'a même pas encore touchée, et je suis déjà plus excitée que jamais de ma vie.

Pendant que je l'attends, je me dis que c'est ce que je veux : lui, quelle que soit la manière. J'espère juste que j'arriverai à le faire à sa façon, parce que je voudrais ne jamais le décevoir. Je veux être tout ce dont il a besoin.

Tous les muscles de mon corps tremblent de manière irrépressible tandis que l'anticipation se bat contre l'anxiété. Mes bouts de sein sont durs et mon clito pulse.

Je me souviens que j'étais censée fermer les yeux. Le noir m'isole de la réalité de ce qui se passe mais me sensibilise à mon cœur qui bat rapidement. Il me fait prendre conscience de chaque cellule de mon corps, du moins il me semble. Je sens le sang qui circule vite dans mes veines et la moiteur entre mes jambes. J'ai la tête qui frissonne et l'estomac qui fait des nœuds.

Où est-il ? Combien de temps me fera-t-il attendre ? Que se passera-t-il quand il viendra dans la chambre ? Je veux le satisfaire, mais si tout simplement je ne peux pas ?

Bon Dieu, je suis dans tous mes états et on n'a même pas commencé.

CHAPITRE 13

Emmett

Je bois un coup pour me calmer avant d'aller dans la chambre. La vodka passe dans mon corps, me détend et me permet de me recentrer tandis que je contemple la plus importante scène que j'aie jamais eue à faire. C'est la première fois que je tiens vraiment à ma compagne de scène au-delà de l'aspect sexuel. Je suis toujours un dom respectueux et conscient de la sécurité, mais il ne s'agit jamais d'émotions pour moi. Cette fois-ci, c'est différent. Bien que j'aie essayé de le nier, tout est différent avec elle. Je ne peux plus le nier.

Je tiens à elle, et je veux que cela soit aussi bon pour elle que ça le sera pour moi. Je veux qu'elle adore être dominée au lit, même si je sais déjà que c'est elle qui me dominera dans la vie. Se rendre à l'inévitable apporte une certaine paix. Est-ce que je pense qu'elle et moi sommes ensemble pour toujours ? Je ne sais pas, mais nous sommes certainement quelque chose que je veux continuer, et c'est assez pour l'instant.

Elle dit qu'elle m'aime, et je commence à croire qu'elle est sincère. Leah ne dit pas ce qu'elle ne pense pas. Je la connais déjà assez pour savoir cela sans aucun doute. Pourrais-je l'aimer, moi aussi ? C'est possible, et c'est une concession énorme pour quelqu'un qui s'est donné un mal de chien pour garder ses histoires avec les femmes à un niveau superficiel, où personne ne risque d'être blessé.

Je frotte l'endroit sur ma poitrine qui fait mal quand je pense à comment elle a été harcelée et négligée par des parents déçus de ne pas avoir d'enfant biologique. Je déteste cela pour elle, même si je sais trop bien comment c'est d'avoir des parents qui remarquent à peine qu'ils ont un enfant. J'avais ma grand-mère. Leah avait qui ?

L'imaginer seule, effrayée et persécutée par ses camarades me rend férocement protecteur. Et puis je me souviens du gars, Tom, qui n'acceptait pas qu'elle lui dise non, et j'ai envie de rugir du besoin d'assurer pour toujours sa sécurité et sa sûreté. Peut-être pourrais-je l'aimer. Peut-être que je l'aime déjà. Si on se fie aux sentiments intenses qu'elle suscite en moi, je suis vraiment dans le pétrin en ce qui la concerne.

Je pose mon verre dans l'évier et prends une minute pour rassembler mes pensées, pour préparer notre scène, pour me concentrer entièrement sur son plaisir. Je veux que cela soit si bon pour elle qu'elle me supplie de continuer.

Ma queue me fait mal, mais d'une bonne façon. La douleur de la blessure est pratiquement partie, mais le désir d'elle est si intense que cela retient toute mon attention. Savoir qu'elle est dans mon lit, étalée pour que j'en fasse un festin, est la chose la plus excitante que j'aie jamais rencontrée en toute une vie de débauche sexuelle. Je n'ai rien fait auparavant de comparable à ce qui va maintenant se passer avec elle.

Me déplaçant sans bruit, j'entre dans ma chambre et mon cœur s'arrête en la voyant écartelée et ouverte pour tout ce que je peux inventer. Les jolis plis roses de sa chatte scintillent d'excitation. Mon Dieu, elle est sexy, innocente, adorable et fougueuse. Tellement fougueuse, putain, et j'adore ça en elle. J'adore sa langue bien pendue et comment elle dit tout ce qu'elle pense ; j'adore ne jamais avoir à me demander où j'en suis avec elle ou ce qui l'inquiète. Je me rends à mon dressing pour prendre ce qu'il me faut.

Je récupère des menottes doublées de fourrure pour ses bras et ses jambes ainsi qu'une bouteille de lubrifiant et un plug de taille moyenne pour que je puisse commencer à la préparer à prendre un jour ou l'autre ma queue dans son cul. Je ne peux pas me permettre de penser à ce plaisir ultime sans courir le risque de perdre le contrôle auquel je m'accroche à peine après l'avoir vue étendue sur mon lit.

J'enlève mes vêtements et reviens du dressing avec les objets que j'ai choisis pour elle. Elle ne se rend pas compte de ma présence jusqu'à ce que je trace une ligne du côté de son sein jusqu'à l'intérieur de son bras.

Elle pousse un cri et sursaute, et j'adore l'avoir prise par surprise avec mon toucher.

« Je vais t'attacher les bras. Tu es d'accord ? »

Elle hoche la tête avec hésitation.

« J'ai besoin d'entendre tes mots, Leah. Es-tu d'accord pour que je t'attache les bras ?

— Oui.

— Oui, qui ?

— Maître. »

Elle se lèche les lèvres.

« Oui, Maître. »

Sa soumission est la chose la plus sexy que j'aie jamais vécue, et en tant que connaisseur sexuel, ce n'est pas peu dire. Je mets une menotte à son bras droit et l'attache à la colonne du lit, en notant les tremblements qui parcourent son corps. C'est une réaction commune des débutants, mais je la surveillerai de près pour m'assurer qu'elle n'hyperventile pas ou n'ait pas de réaction qui puisse être dangereuse.

Les attaches que j'utilise sont plus longues pour lui permettre de se retourner quand nous arriverons à ce point-là. Je fais le tour du lit et attache son bras gauche.

« Tu es confortable ? »

Elle avale sa salive et lèche ses lèvres sèches.

« Ou-oui, Maître.

— Tu me le diras si tu ne l'es pas ?

— Oui, Maître.

— Quel est ton *safe word* ?

— Salaud.

— Quel est ton autre *safe word* ?

— Quantum.

— Et tu sais que si tu dis l'un de ces mots ou le mot rouge, tout s'arrête, d'accord ?

— Oui, Maître.

— Si tu as besoin d'une pause ou d'un répit, tu peux dire jaune et cela ralentit les choses. Tu comprends ?

— Oui, Maître.

— Veux-tu que je te domine, Leah ? »

Elle prend soudainement une grande inspiration.

« Ou-oui, Maître.

— Tu es une soumise très sexy, et tu as suivi mes instructions à la lettre. Je suis très content de toi.

— Me-merci, Maître. »

Putain, j'adore ce petit bégaiement, qui ne ressemble tellement pas à ma Leah culottée et sûre d'elle. J'adore qu'elle soit déjà si bouleversée, qu'elle soit si désireuse, empressée, de me faire plaisir. En me faisant plaisir, elle se fera plaisir à elle-même, bien qu'elle ne l'ait pas encore compris. Mais cela viendra. Elle verra comment la soumission mènera au plaisir le plus intense qu'elle aura jamais vécu. Je vais m'en assurer.

Je grimpe sur le lit et mets les paumes de mes mains à plat contre l'intérieur de ses cuisses, les lissant et l'ouvrant encore plus. Je lui montre qu'elle est capable d'ouvrir ses jambes encore plus qu'avant. Puis je me penche sur elle et la lèche avec ardeur de son anus à son clito, et elle lévite presque du lit. Elle ne l'a pas vu venir, ça, c'est sûr, mais moi, je la vois venir, encore et encore, jusqu'à ce que le plaisir lui fasse perdre l'esprit. C'est là mon unique but : son plaisir ultime. Avec cela en tête, je glisse deux doigts dans sa chatte serrée et mouillée, les pliant pour appuyer contre son point G, et je suce son clito.

Elle jouit fort, ce qui était mon intention. Je voulais atténuer son besoin. Leah crie et halète quand sa chatte convulse autour de mes doigts. Je garde les doigts au fond d'elle pendant que je suce son téton gauche, le mordillant et tirant d'elle un gémissement d'enthousiasme. Elle est si sensible à tout ce que je lui fais, putain, ce n'est pas étonnant que je sois en train de vite devenir accro à elle.

« Je ne me souviens pas t'avoir donné la permission de jouir. »

Pendant qu'elle cligne des yeux pour me voir plus nettement, elle a un air béat que nous appelons le subspace. Ai-je finalement trouvé le moyen de la rendre silencieuse ? Je courbe mes doigts encore plus contre son point G et un autre orgasme fait que ses muscles s'agrippent à mes doigts.

« T'es vraiment dans le pétrin.

— Arrête de faire ça si je n'ai pas le droit de venir, dit-elle les dents serrées, de toute évidence agacée.

— Est-ce que tu réponds à ton dom maintenant, en plus ? »

Je retire vite mes doigts, lui faisant pousser un cri.

« Tourne-toi. »

Parce que c'est une chique molle, je l'aide en la levant et la retournant, la mettant dans la position que je veux, la tête basse, les bras croisés, le cul en l'air. Je prends sa fesse gauche dans la main et la serre doucement.

« As-tu besoin de ton *safe word* ?

— Je ne sais pas. Est-ce que j'en ai besoin ?

— C'est à toi de me le dire.

— Je ne sais pas ce que tu vas faire, alors comment savoir si j'en ai besoin ? »

Oh, elle est amusante, drôle et tellement sexy, putain. Je n'ai pas souvenir d'avoir jamais été plus dur qu'à l'instant, avec Leah attachée à mon lit et prête à faire tout ce que je lui demande. Parce qu'abandonner le contrôle ne lui vient pas naturellement, c'est encore meilleur de recevoir sa confiance.

« Tout d'abord, lui dis-je, je vais administrer ta punition. Douze coups sur les fesses : six pour avoir joui sans permission et six pour avoir répondu à ton dom. Et puis je vais te mettre un plug dans le cul pour commencer à le préparer pour ma queue. Des questions ? »

Elle émet un son inarticulé qui est entre un grognement et un gémissement.

« Je suis désolé, je ne t'ai pas entendue. Des questions ?

« — Non. »

J'entends que ses dents sont encore serrées.

« As-tu besoin de ton *safe word* ?

— Non.

— Excellent. »

Ma main s'abat rapidement sur sa fesse gauche, et le choc l'étonne. Je poursuis avec quatre coups en succession rapide, m'assurant de frotter le rose-rouge jusqu'à ce qu'elle ronronne de plaisir. Ayant hâte de passer à la suite du programme, je donne les autres sept coups et puis fais glisser mes doigts dans l'excès de moiteur entre ses jambes, satisfait que ma « punition » résulte en son plaisir.

Je prends le plug et la bouteille de lubrifiant, applique une bonne dose de lubrifiant au côté le plus large du plug et puis en asperge mes doigts.

« Prête pour le plug ?

— Oui.

— Oui, qui ?

— Maître. Oui, Maître.

— C'est mieux. »

Je peux honnêtement dire que je ne me suis jamais amusé davantage dans une scène qu'avec elle. Ce n'est pas son truc à elle, mais elle le fait pour moi, et cela me met du baume au cœur avec des émotions que je n'ai éprouvées qu'une autre fois dans ma vie. Je n'ai jamais tenu dans mes bras, ni embrassé, ni fait l'amour à Elena, qui était éternellement hors de ma portée, alors j'ai déjà vécu plus avec Leah que jamais avec Elena.

Je ressens plus pour Leah que jamais pour Elena.

La prise de conscience me bloque, me choquant jusqu'au plus profond de mon être. Elena a toujours été ma référence absolue, la femme la plus importante dans ma vie depuis quinze ans. Même dans son état de capacité réduite, elle brille encore plus que le soleil pour moi, et en toute honnêteté, l'idée que je puisse tenir plus à quelqu'un d'autre un jour ne m'est jamais passée par la tête. Pour dire la vérité, après le désastre avec Elena, je ne pensais pas être capable de tenir autant à Leah.

Leah me jette un œil par-dessus son épaule.

« Qu'est-ce qui ne va pas ? »

La question met fin à mon introspection et me ramène au présent avec elle.

« As-tu le droit de questionner ton dom ? »

Elle lève les yeux au ciel et puis baisse à nouveau la tête.

Je ne peux pas laisser passer son impertinence, alors je lui donne la fessée, un coup rapide sur chaque fesse.

« Ne lève pas les yeux au ciel devant ton dom. »

Je *sens* qu'elle lève encore les yeux à ce commentaire, et je souris car j'adore son impudence, bien que je ne puisse jamais le lui dire. Elle est déjà impossible à gérer, pas la peine de lui fournir des armes à utiliser contre moi.

Je tourne mon attention vers le plug et mes plans pour son joli cul, et recouvre son ouverture d'une quantité généreuse de lubrifiant.

Elle inspire profondément quand mes doigts font intrusion dans son orifice.

Je veux que cela soit bon pour elle, alors je prends le temps qu'il faut pour être sûr qu'elle est prête à prendre le plug. Après avoir glissé mes doigts dedans et les avoir ressortis plusieurs fois et vu sa peau rougir avec la chaleur que nous produisons ensemble, j'enlève mes doigts et les remplace par le plug.

Immédiatement, elle devient tendue.

« Relaxe-toi et pousse contre moi. Tu vas y arriver. »

Je la taquine sans pitié, enfonçant le plug un petit peu avant de le retirer et puis le laissant à moitié perché en elle tandis que je prends le lubrifiant dont j'aurai besoin pour entrer ma queue en elle quand elle se sera faite au plug. Je me remets à genoux pour étaler le lubrifiant sur ma bite.

Comment décrire ce qui se passe par la suite… Le plug à moitié en elle, elle éternue *fort*. Le plug se déloge de son cul comme une balle de pistolet et vient me frapper en plein dans l'œil gauche, me faisant voir des étoiles.

« Putain de merde. »

Elle se retourne pour me regarder tandis que je hurle de douleur, à moitié aveuglé par un plug de cul. *Ça*, ce n'est jamais arrivé auparavant, c'est certain. On peut faire confiance à Leah…

« Comment j'enlève ces menottes ?

— Il y a un loquet de dégagement en haut. »

Elle défait les menottes, descend du lit, fait le tour pour venir jusqu'où je suis assis au bord du lit et tire mes cheveux pour essayer de m'obliger à lever les yeux vers elle. Quand je le fais, elle recule.

« Oh, mon Dieu ! Ton œil ! »

Je le sens qui gonfle à presque le sceller, et quand je l'ouvre, les deux yeux se remplissent de tant de larmes que je vois que dalle. *Putain !*

« Je vais chercher de la glace. Ne bouge pas. »

Je l'entends quitter la pièce et je voudrais pouvoir voir assez pour profiter du fait qu'elle est en train de courir toute nue chez moi.

Elle revient une minute plus tard avec du papier essuie-tout plein de glaçons qu'elle presse doucement contre mon œil.

« Tiens-le en place. »

Je fais ce qu'elle me dit en me demandant comment ma soumise est devenue le dom dans ma propre chambre à coucher.

« Je suis vraiment désolée. Ça m'a pris tout à coup d'éternuer. Je ne sais pas comment c'est arrivé, tout ça. Je n'avais aucune idée que mon cul pouvait faire ça. »

Je ne peux pas m'empêcher de rire, alors même que je me demande si je conserverai la vision dans mon œil gauche.

« Ce n'est pas drôle.

— C'est plutôt drôle.

— Non, ça ne l'est pas. Je te l'ai dit que j'allais être nulle avec tout ça.

— Tu n'es pas nulle. Avant de m'aveugler avec ton cul, j'étais en train de me dire combien c'était fun de jouer avec toi.

— Vraiment ? Tu te disais ça ? »

Elle est si adorable à écouter, et si vulnérable, que je l'enlace et la tire assez près pour pouvoir embrasser son ventre.

« Ouais, c'est ce que je me disais.

— Laisse-moi le voir. »

J'enlève la glace.

Sa main sur mon menton, elle tourne mon visage. Mon œil qui n'est pas blessé a commencé à remarcher normalement, Dieu merci, et je peux voir comme elle m'examine avec inquiétude.

« Je ne crois pas que cela ait vraiment touché ton œil, juste au-dessus et en dessous.

— C'est bien.

— Devrions-nous nous rendre aux urgences ?

— Certainement pas. »

J'essaie de m'imaginer en train d'expliquer comment c'est arrivé.

« Mais si ton œil est abîmé ?

— Il ne l'est pas.

— Comment tu le sais ? »

Douloureusement, je me force à ouvrir l'œil.

« Je te vois. Je ne suis pas aveugle. C'est bon.

— Tu vas avoir un sacré œil au beurre noir pour le mariage. »

Merde, je n'avais pas pensé un instant au mariage.

« Je porterai des lunettes de soleil.

— Je suis vraiment désolée.

— Ce n'est pas de ta faute si tu as un super cul.

— Arrête, dit-elle en riant. Tu n'as pas intérêt à dire à tout le monde comment tu t'es récolté ce cocard.

— Pourquoi pas ?

— Non, c'est vrai. Tu ne dois le dire à personne. »

Je souris doucement, pour avoir un impact maximal.

« Emmett, je suis sérieuse.

— Tu veux me faire croire que la Leah qui dit tout ce qu'elle pense, que ce soit approprié ou non, ne veut pas que je raconte aux gens qu'elle m'a tiré un plug de cul dans l'œil – tout droit de ses fesses – et m'a presque rendu aveugle ? »

Elle me fusille du regard.

« Si tu dis ça à quelqu'un, tu ne reverras jamais mon cul.

— Bah, j'en doute. Ton cul m'adore, ou me disais-tu cela juste pour coucher avec moi ? »

Je fais semblant d'être blessé.

« Arrête de te foutre de moi et promets-moi de ne le dire à *personne*.

— Je ne suis pas sûr de pouvoir faire cette promesse. C'est une tellement bonne histoire. »

Elle commence à se lever, mais je l'en empêche en la tirant plus près de moi. J'adore qu'elle se batte – et elle n'y va pas de main morte, en me tordant le téton jusqu'à ce que je crie et la relâche presque avant de redoubler mes efforts pour la tenir là où elle est.

« Laisse-moi ! »

Je la libère immédiatement, alarmé par la panique que j'entends dans sa voix.

« Ça va, je joue avec toi, c'est tout. »

Je prends sa main et entrelace ses doigts avec les miens.

« Reviens.

— Tu promets de ne le dire à personne ? Je travaille avec ces gens-là. Je ne veux pas qu'ils se moquent de moi. »

Ah, punaise. Je me rends compte que sa peur a à voir avec les salopes du lycée qui l'ont tourmentée.

« Je ne le leur dirai pas, Leah.

— T'es sérieux ?

— Je te le promets. »

Je la tire un petit peu et elle atterrit sur mes genoux. J'enroule mon bras libre autour d'elle.

« Ça va, entre nous, maintenant ?

— Ça a de l'importance pour toi ? »

M'habituerai-je jamais à sa façon de tout dire ? Elle me force à affronter les sentiments alors que je viens juste de réaliser que je les ai.

« Ouais, ça a de l'importance. »

Je lève son menton pour l'embrasser.

« Tu as de l'importance. »

Elle met ses bras autour de mon cou et ouvre sa bouche pour recevoir ma langue. Pendant un long moment, nous ne faisons que nous embrasser, avec plus de passion et de sentiments que j'aie jamais ressentis. Je savais bien qu'elle allait causer des problèmes. Mais je n'avais aucune idée à quel point.

CHAPITRE 14

Leah

Emmett m'embrasse comme s'il pensait vraiment ce qu'il vient de dire, que je suis importante pour lui, que cela a de l'importance pour lui que les choses aillent bien entre nous. Bien que je sois mortifiée par l'incident du plug, j'ai une telle euphorie que la tête me tourne lorsque nous nous embrassons pendant ce qui semble des heures. Être avec lui comme ça est un rêve qui se réalise. Tout le temps que j'ai essayé de l'attirer, je n'ai jamais vraiment pensé avoir une bonne chance avec lui. Mais maintenant, tout a changé pour tous les deux, et il a l'air de vouloir autant que moi ce qui se passe entre nous.

Bougeant lentement, il m'arrange sous lui sur le lit, son érection dure glissant dans la moiteur entre mes jambes. Quand il percute mon clito, tout mon corps se raidit de la forte poussée de plaisir. Tout ce qu'il a à faire, c'est de me toucher pour que je brûle de désir, mais quand il me dit que j'ai de l'importance pour lui, que *nous* avons de l'importance, je m'abandonne toute entière à lui. Je n'ai jamais donné à aucun homme le genre de pouvoir que celui-ci a sur moi, et j'ai encore peur qu'il me brise en fin de compte.

La vue de son œil gonflé, qui est en train de devenir violet foncé, est horrifiante. Je ne peux croire que cela soit arrivé, et je ne suis pas entièrement sûre de le croire quand il dit qu'il ne le dira à personne. Il est vrai que je suis habituellement un livre ouvert et difficile à embarrasser, mais cela… J'en *mourrais* si les gens avec qui je travaille et que je considère comme mes amis l'apprenaient un jour.

« Je peux te demander quelque chose ? »

Il tient ses lèvres au-dessus des miennes.

« Tout ce que tu veux.

— Peut-on recommencer un de ces jours ? Ce que nous faisions avant que le truc avec ton œil arrive ?

— Quand j'aurai des lunettes de protection et un casque de sécurité, dit-il avec un sourire taquin.

— Je te l'ai déjà dit, ce n'est pas drôle.

— Et je te l'ai déjà dit, ça l'est vraiment. »

Il m'embrasse, lentement, avec douceur et une tendresse qui me tue. Je peux faire face à son sarcasme, sa rudesse et sa domination, mais la tendresse me brisera certainement.

« Quantum. »

Quand il s'éloigne, il fronce les sourcils avec inquiétude.

« Qu'est-ce qui ne va pas ?

— C'est juste que… Je veux arrêter. »

Il se met sur son flanc et pose sa tête sur sa main retournée, gardant l'autre main sur mon ventre. Sa bite dure s'étend jusqu'au-dessus de son nombril.

« Parle-moi.

— Rien à dire. »

Je bâille.

« Je devrais rentrer. Il faut que je décide comment m'habiller demain au travail.

— Pourquoi tu t'enfuis ?

— Mais non, je ne m'enfuis pas !

— Si. Que s'est-il passé, là ? »

Je peux à peine regarder son œil gonflé.

« Il faut que tu mettes plus de glace sur ça.

— Tu détournes l'attention.

— Ne fais pas l'avocat avec moi.

— Ne te sauve pas de moi.

— Tu ne m'aimes même pas un peu. Qu'est-ce que ça peut te faire si je pars ?

— Il me semble t'avoir donné bien des preuves de combien je t'aime bien. »

Il faut que je me tire de là pendant qu'il en est encore temps, et oui, je me rends compte que c'est bizarre de ressentir maintenant un besoin urgent de m'échapper quand je suis finalement là où je veux être depuis des mois. Je ne le comprends pas non plus, mais le fait est que j'ai besoin de me tirer de là. Tout de suite. Je m'assieds au bord du lit et attrape mes vêtements, consciente du fait qu'il me regarde m'habiller.

Debout, je me passe les mains dans les cheveux et enfile mes chaussures.

« Je te verrai demain, dis-je sans le regarder.

— Ouais. »

Il a l'air en colère – probablement parce qu'il croyait qu'il allait baiser – mais je ne reste pas pour déterminer si c'est le cas. Je quitte la chambre, attrape mon sac et mes clés sur le plan de travail et suis dans l'ascenseur pour aller au parking moins d'une minute plus tard, remplie d'un soulagement qui n'a aucun sens pour moi. Emmett m'a accusée de m'enfuir, et c'est exactement ce que je fais.

Pendant tout le temps que j'ai eu le béguin pour lui de façon excessive, je n'ai jamais pensé à comment cela serait s'il partageait mes sentiments, s'il s'agissait de plus qu'une histoire de sexe, s'il me donnait envie de choses qu'il n'est pas prêt à donner. Mes yeux se remplissent de larmes, ce qui me rend furieuse. Je ne pleure pas pour les hommes. Je ne suis pas comme ça, mais c'est une des nombreuses choses qui sont différentes avec lui.

Je monte dans ma voiture et y reste assise pendant un long moment, fixant du regard le mur en béton sans y voir autre chose que ma propre lâcheté. Me débarrassant de ces pensées troublantes, je démarre la voiture et conduis sur la courte distance qui me sépare de la maison, et je voudrais qu'il ne soit pas aussi tard pour que je puisse appeler Nat. En arrivant chez moi, je lui envoie un texto pour lui demander si elle est encore debout.

Un paquet plat est posé contre ma porte. Je le prends et le cale sous mon bras. Je suis en train d'entrer dans mon appartement quand mon téléphone sonne.

« Salut.

— Salut, toi. Quoi de neuf ?

— Je ne t'ai pas réveillée, non ?

— Non. On était encore debout. Tu vas bien ?

— Je ne sais pas. Les choses sont devenues un peu bizarres ce soir.

— Comment ça ?

— On s'amusait, et puis c'est devenu en quelque sorte… intense.

— Il t'a fait mal ?

— Bon sang, non, rien de la sorte. »

Je m'affale sur le divan et y repose ma tête, fermant les yeux.

« J'ai peur, Nat.

— *De lui ?*

— Non ! Pas comme ça… C'est juste que… C'est trop. Je n'ai pas… Pas comme ça.

— Oh, mon Dieu, tu es amoureuse de lui.

— Je ne veux pas l'être. Ce n'était pas censé être de l'amour. Je voulais simplement le baiser et m'amuser un peu. Attends. Es-tu en train de *rire* ?

— Non, dit-elle, les mots étouffés. Bien sûr que non.

— Si, tu rigoles, peau de vache, va. Je t'entends.

— Il faut que tu admettes que c'est tout de même plutôt drôle.

— Ce n'est pas drôle ! C'est ridicule. »

Et puis je pleure, ce qui me bouleverse encore plus parce que je ne fais pas ces conneries-là, moi !

« Leah, ma chérie, allez. C'est une *bonne* chose.

— Non, je ne pense pas. Ce n'est pas ce qu'il veut.

— C'est ce qu'il t'a dit ?

— Pas exactement, mais le message est clair. Il veut me sauter, mais ça ne va pas plus loin.

— Tu ne peux pas en être sûre. »

Je veux me recroqueviller en position fœtale et ne jamais en sortir. Est-ce que l'amour, c'est comme ça ? Parce que je veux me désabonner.

« Je me suis jetée sur lui, et quel mec viril va dire non à une femme qui est prête à faire tout ce qu'il veut au lit ? C'est la seule raison pour laquelle il m'a laissée passer du temps avec lui.

— Tu te sous-estimes vraiment. Tu es une femme belle, sexy, drôle, incroyable. Pourquoi ne voudrait-il pas aller plus loin avec toi ?

— Il ne va plus loin avec personne. Je ne crois pas qu'il ait jamais eu une relation sérieuse. Qu'est-ce que tu en conclus ?

— Qu'il n'a jamais trouvé quelqu'un qui ait de l'importance jusqu'à maintenant ?

— Il a dit avoir été amoureux une fois, mais que ça n'a pas marché.

— Tu veux que j'essaie de me renseigner sur ça ? »

J'ai envie de sauter sur son offre, mais je ne peux pas porter atteinte à la vie privée d'Emmett comme cela. Vous voyez ? J'ai mes limites.

« Non, mais merci de l'offre. »

J'essuie mon visage mouillé avec la manche de mon chemisier. Heureusement que le mascara waterproof existe.

« Je ne me rappelle pas si tu étais si misérable au début avec Flynn.

— On a eu des moments difficiles. Comme tout le monde.

— Mais vous étiez tous les deux dans une relation engagée. Nous, ce n'est pas comme ça. Il n'y a qu'un des deux qui est complètement impliqué, et c'est pourquoi j'ai peur. Je suis terrifiée qu'il me brise. Il a fallu que je me tire de là, à l'instant. Chaque minute que je passe avec lui, surtout quand on est nus, ne fait qu'aggraver les choses.

— Alors, tu as décidé de tout arrêter maintenant plutôt que de laisser progresser les choses ? »

Jusqu'à ce qu'elle le dise comme ça, je n'avais pas réalisé que c'était exactement ce que je faisais.

« Je suppose que c'est ce que j'ai fait. »

L'idée de ne plus jamais éprouver ce que j'ai vécu avec lui me rend profondément triste.

« C'est pour le mieux. Il a clairement indiqué qu'il pensait que j'étais trop jeune pour lui, et je sais qu'il est tiraillé en ce qui concerne la situation au travail. Alors ouais, c'est mieux comme ça.

— Ça me fait de la peine que tu sois triste. Tu veux que je vienne chez toi ?

— Oh, mais non. »

Oui, je le veux, mais je ne lui demanderai jamais de venir d'aussi loin que Santa Monica alors qu'elle est enceinte et a besoin de repos. Du reste, Flynn insisterait pour venir avec elle, et je ne veux pas qu'il sache ce qui se passe.

« Ne le dis pas à Flynn, OK ?

— Je ne dirai rien. Ne t'inquiète pas. Ça va aller ?

— Bien sûr, dis-je avec plus de bravade que je ressens. J'ai eu exactement ce que je voulais. Tout va bien. »

Je ne mentionne pas que j'ai eu bien plus que prévu, parce qu'elle le sait déjà.

« Je vais m'en remettre. »

Un jour.

« On a un week-end fun qui nous attend de toute façon. »

Oui, un week-end fun à célébrer l'amour et la joie. J'ai hâte d'être misérable entourée de tant de bonheur.

« C'est sûr. »

Je meurs d'envie de lui dire que je sais pour le club et de lui demander si elle y est allée, mais je n'en peux plus de cette journée.

« À bientôt.

— Oui, à bientôt, et je t'appelle demain.

— Super. Merci de m'avoir rassurée.

— Pas de soucis. Essaie de dormir.

— Oui. À plus. »

Je mets fin à l'appel et place le téléphone sur la table basse, tandis que de nouvelles larmes coulent le long de mes joues. J'ai horreur de ça ! Les femmes qui pleurent des hommes m'ont toujours rendue dingue. Je n'ai jamais compris pourquoi elles devenaient si émotives à propos d'un mec alors qu'il y en a des millions d'autres au monde. Maintenant, je comprends. Parfois, il n'y en a qu'un qui convienne. Je regarde les lumières de la jetée de Santa Monica au loin pendant que je revis chaque minute que j'ai passée avec Emmett, décortiquant chaque détail pour y chercher un sens qui ne s'y trouve pas.

J'ouvre le paquet, et je suis ravie d'y découvrir mon album *Abbey Road* emballé de papier bulle, avec un mot du gars de New York qui s'excuse de ne pas me l'avoir rendu plus tôt. Je meurs d'envie d'envoyer un texto à Emmett pour lui dire que la lettre a marché, mais je ne peux pas le faire vu comment je l'ai laissé.

Mon téléphone s'allume avec un texto qui fait que mon cœur s'emballe à l'idée que cela pourrait être Emmett. Mais ce n'est pas lui. C'est Tom.

Je ne comprends pas ce que j'ai fait de mal et pourquoi tu ne veux pas me donner une autre chance.

Mon désespoir est immédiatement remplacé par des sueurs froides quand je réalise que la seule façon pour moi de me débarrasser de ce gars est de changer de numéro de téléphone. Penser à cette lourde tâche ne fait que m'épuiser davantage. Je bloque le nouveau numéro. Emmett m'a dit de le lui faire savoir si Tom me contactait à nouveau, mais je le lui dirai quand je le verrai. Si je le lui dis maintenant, il va arriver avec les flics, et je ne peux pas y faire face ce soir.

Demain, ce sera assez tôt. Peut-être que d'ici là j'aurai à nouveau la tête sur les épaules et que les choses pourront revenir à la normale. Je ne peux qu'espérer.

Emmett

Je ne vois plus Leah jusqu'à ce que j'arrive à l'aéroport de Los Angeles jeudi après-midi pour le vol pour Napa qu'Addie a organisé. Tout le monde est de bonne humeur, excité par un week-end fun avec nos amis les plus proches. En plus de Jasper, Ellie, Flynn, Natalie, Sebastian, Kristian, Aileen et ses gamins, Marlowe a emmené son nouveau mec, Rafe, et nous le rencontrons pour la première fois.

Je trouve ça bizarre qu'elle emmène quelqu'un pour un voyage comme celui-ci, parce qu'elle a tendance à garder sa vie personnelle pour elle. Bien sûr, nous la voyons en mode dominatrice dans les clubs, mais elle est comme moi de ce point de vue, elle n'a pas de vraies relations – ou du moins elle n'en a jamais eu avant. Elle est carrément gaga de ce nouveau type français, qui est trop mielleux et apprêté à mon goût.

Mais parce que j'aime Marlowe et que de toute évidence ce gars l'enchante, je décide de réserver mon jugement jusqu'à ce que j'aie une chance de mieux le connaître. Les parents et les sœurs de Flynn arrivent en avion demain avec la plupart des autres invités.

Je trouve Leah assise seule dans la dernière rangée de sièges. Elle est du côté fenêtre, alors je m'assieds dans le siège côté couloir et la surprends. De l'autre côté du couloir, Marlowe accorde toute son attention à Rafe, alors j'ai l'intention de tirer pleinement parti de l'opportunité pour coincer Leah et lui demander pourquoi elle ne m'adresse plus la parole.

J'admets être vraiment confus par rapport à ce qui s'est passé l'autre soir. Elle est passée de vouloir s'infiltrer dans ma vie et mon lit à m'ignorer pendant des jours entiers. Une partie de moi est soulagée qu'elle ait de toute évidence changé d'avis à propos de me rendre fou. Mais une bien plus grande partie de moi est profondément déçue à l'idée qu'il n'y aura peut-être plus de joutes verbales ni de plaisir physique avec elle. Je suis surpris à quel point ces choses me manquent après quelques jours sans elles et sans Leah.

J'ai éludé – facilement – une centaine de questions des autres sur ce qui est arrivé à mon œil. Je leur ai dit l'avoir cogné sur une porte, mais je vois bien qu'ils ne me croient pas. Comment une porte peut-elle produire un cercle complet autour d'un œil ? Ça a été la question de Kristian pendant une réunion hier. Ma réponse a été de demander comment je peux savoir, moi, comment se forme un hématome. S'ils apprenaient la vérité, ils seraient impitoyables avec moi – et avec Leah. Je ne leur dirai jamais ce qui est vraiment arrivé, même si j'ai envie de rire chaque fois que j'y pense.

Au moins, ça s'est dégonflé assez pour que je puisse voir de cet œil-là maintenant et ce que je vois quand je lance un regard furtif sur Leah me dérange beaucoup. Elle a l'air torturée.

« Tu es prête à me parler maintenant ? » lui demandé-je quand l'avion a pris son envol et que les autres sont occupés à se parler ou à dormir.

Le bourdonnement des réacteurs est tel qu'on ne nous entendra pas.

Le regard qu'elle me jette est celui d'une biche aveuglée par des phares de voiture. Je voudrais savoir ce qu'elle pense mais je n'ai honnêtement aucune idée de ce qui se passe dans sa jolie tête. Et c'est inhabituel pour moi d'attacher assez d'importance à quelqu'un pour avoir envie de savoir, mais voilà, c'est comme ça. Ne pas savoir me rend dingue. Je lève un sourcil, pour lui faire savoir que j'attends sa réponse.

« Rien à dire.

— Alors c'est tout ? Tu me rends fou pendant des mois, tu arrives à te glisser dans ma peau et dans mon lit, et puis tu y mets fin quand ça commence à être intéressant ? »

C'est peut-être une erreur d'admettre que je l'ai dans la peau, mais je ne peux pas vraiment nier que j'ai passé les quelques dernières nuits à essayer de comprendre ce qui n'a pas du tout marché entre nous. Comme elle ne répond pas, je dis :

« Je ne t'aurais jamais prise pour une lâche. Je suppose que j'avais tort. »

Oh, comme cela la met en colère. *Tant mieux…* Je sors des écouteurs de mon sac à dos, et je suis prêt à les mettre quand elle dit quelque chose que je n'arrive pas bien à entendre.

« Pardon ?

— J'ai dit que je n'étais *pas* lâche.

— C'est à s'y méprendre. Tu étais toute courageuse et téméraire jusqu'à ce que les choses deviennent vraies, et puis tu as pris tes jambes à ton cou. Je ne sais pas bien quel autre mot que *lâche* on pourrait utiliser pour le décrire.

— Arrête de dire ça, dit-elle presque en grognant. Je ne suis pas lâche.

— Tu m'as dit que tu m'aimais et puis tu t'es sauvée. Je suppose que je suis un peu confus par rapport à ce qui se passe ici.

— Qu'est-ce que ça peut te faire ? demande-t-elle en un chuchotement qui ressemble plus à un sifflement. Tu ne veux pas qu'il y ait quelque chose entre nous.

— Quand est-ce que j'ai dit ça ? » demandé-je pour la taquiner.

Elle lève les yeux au ciel.

« Ne fais pas semblant de soudainement avoir changé d'avis en ce qui concerne ta volonté de rester libre. *Nous ne sommes pas en couple.* »

Elle m'imite plutôt bien.

« Tu te rappelles avoir dit ça ? »

Je me penche le plus près possible d'elle, envahissant complètement son espace personnel.

« Je me souviens de tout. Dans. Les. Moindres. Détails. »

Son visage rougit et puis la chaleur laisse un bel éclat rosé sur ses joues. Je ne sais pas si c'est de colère ou de désir. Elle est toujours belle, mais quand elle prend des couleurs, elle est carrément magnifique.

« Je ne peux pas faire ça avec toi, dit-elle doucement, flétrissant sous mon regard puissant.

— Pourquoi pas ? »

Elle se mord la lèvre pendant qu'elle décide ce qu'elle doit dire.

« Ça va mal finir pour moi.

— Comment le sais-tu ?

— Je le sais, c'est tout.

— Je me suis dit que tu trouverais cela peut-être intéressant de savoir que tu m'as manqué après que tu es partie l'autre soir, et que tu m'as manqué les autres nuits, aussi. Quand il aurait dû y avoir une mouche embêtante qui bourdonnait autour de ma tête, il n'y avait que du silence. Je me sentais seul. »

Ses yeux s'agrandissent d'une surprise qui me ravit. Cela devrait m'inquiéter d'être si ravi, mais je ne peux pas prendre le temps maintenant de l'analyser alors que je semble finalement avoir l'attention de Leah.

« Vraiment ?

— Ouais. À propos, merci beaucoup pour cela. J'étais parfaitement bien tout seul, et puis tu t'es propulsée dans ma vie, chez moi et dans mon lit et tu as fait en sorte que tu me manques quand tu es partie. Je suis plutôt fâché après toi sur ce point, si je dois dire la vérité. »

Sa bouche s'ouvre et puis elle la ferme d'un coup, ses yeux étincelant de colère. Dieu, je la veux, et cela ne servirait à rien de le nier à moi-même – ni à elle. Le dos tourné au couloir, j'aplatis ma main sur sa cuisse et la monte jusqu'à rencontrer la chaleur entre ses jambes qui me dit tout ce que j'ai besoin de savoir. Je n'ai pas soudainement cessé de lui faire de l'effet, même si elle voudrait que ce soit le cas. Et qu'elle ne me repousse pas me dit encore davantage.

« Tu vas vraiment baisser les bras sans te battre ? Ce n'est pas ton genre.

— Je ne baisse pas les bras, et ne fais pas celui qui me connaît si bien. »

Elle se tortille, et je ne sais pas si elle essaie de se dégager de ma main ou de s'en rapprocher. Clairement, elle se rapproche… Elle s'appuie contre ma main, alors j'appuie en retour.

Je me penche vers elle, mes lèvres effleurant son cou.

« Si tu ne baisses pas les bras, est-ce que ça veut dire que tu seras dans mon lit ce soir ? »

Elle frissonne. Cela lui prend tout le corps et je le sens car je suis appuyé contre elle.

« Leah ?

— C'est là que tu me veux ?

— Oh putain que oui.

— Pour combien de temps ?

— Qu'est-ce que tu veux dire ? »

Sa main sur mon épaule, elle me repousse et me force à la regarder dans les yeux.

« Combien de temps me veux-tu dans ton lit ? Une nuit ? Deux ? Sept ? Et puis quoi ? Qu'est-ce qui va m'arriver quand tu en auras assez ?

— Qui dit que ça va se passer comme ça ? »

Elle me lance un regard flétri.

« Tu l'as dit toi-même, que tu n'as jamais eu une vraie relation, alors pourquoi devrais-je croire que tu es prêt à te lancer maintenant ?

— Il y a un début à tout. »

Elle nous écarte, ma main baladeuse et moi.

« Arrête de dire ce que tu ne penses pas. »

Ses yeux brillent d'une émotion qui va droit à mon cœur surchargé.

« Je ne fais jamais ça. »

Je prends sa main et entrelace nos doigts, me tenant fort à ce que je veux. Je la veux *elle*. Je veux ce couple. Pour la première fois depuis tout ce qui s'est passé avec Elena, je veux essayer d'avoir quelque chose de vrai avec Leah.

« Il y a des choses, dis-je avec hésitation, qui sont arrivées dans le passé qui rendent des situations telles que celle-ci, comme nous deux, difficiles pour moi.

— Tu vas me parler de ces choses-là ? »

Si je veux avoir ne serait-ce qu'une chance avec elle, je sais qu'il me faudra le faire. Soupirant, je hoche la tête.

« Je le ferai. Pas maintenant, mais plus tard.

— Mais tu n'en as pas envie.

— C'est plutôt que c'est quelque chose dont je ne parle jamais. Avec personne. C'est une chose très douloureuse.

— Peut-être vaudrait-il mieux simplement jeter l'éponge maintenant avant que cela devienne plus douloureux pour tous les deux.

— C'est ce que tu veux ? »

Elle mordille encore sa lèvre inférieure sexy en m'étudiant avec ces yeux qui semblent voir jusqu'au plus profond de mon être. Personne ne m'a jamais *vu* aussi complètement qu'elle, ce qui fait que je ne peux rien lui cacher, même ma souffrance la plus ancrée.

« Seulement si tu le veux aussi. C'était amusant de te taquiner, de flirter et de trouver des façons d'attirer ton attention, mais par la suite c'est devenu vrai pour moi, et je ne peux pas m'y aventurer si tu n'éprouves pas les mêmes sentiments. Je ne peux pas, c'est tout.

— J'éprouve les mêmes sentiments.

— Et tu ne le dis pas simplement pour que je couche encore avec toi ? »

Je la regarde droit dans les yeux.

« Je jure devant Dieu que je ne dis pas cela à la légère, même si j'ai hâte de t'avoir à nouveau dans mon lit. »

CHAPITRE 15

Emmett

Leah inspire profondément et expire. Et puis elle me sourit, un grand sourire sincère qui remplit toutes les ténèbres en moi de sa luminosité.

« J'ai un peu peur de me réveiller et de voir que cette conversation n'était qu'un rêve. »

Je prends sa joue dans ma main libre et tourne son visage vers moi pour l'embrasser, un baiser d'abord lent et doux, mais qui devient vite quelque chose de plus brûlant et intense quand sa bouche s'ouvre et nos langues s'entourent l'une l'autre en l'instant le plus sensuel de ma vie. J'ai eu des rapports sexuels de tous genres avec d'innombrables femmes, mais cela, ici et maintenant, est la chose la plus profonde qui me soit jamais arrivée avec une femme.

Quelqu'un s'éclaircit la voix et nous fait sursauter, et nous nous séparons, respirant fort tandis que nous levons les yeux pour voir Flynn qui nous observe, l'amusement dansant dans son regard.

« Alors, c'est comme ça, hein ?

— Qu'est-ce que tu veux ? lui demandé-je, le ton dur et plein d'agacement après qu'il a interrompu le baiser le plus important de ma vie.

— Flynn, dit Natalie de son siège au premier rang, reviens ici et laisse-les tranquilles.

— J'ai une question pour mon avocat, dit-il.

— Demande-lui plus tard ou tu vas dormir tout seul ce week-end. »

Les rires déferlent dans la cabine, s'amplifiant quand il se dépêche de regagner sa place.

« Qu'est-ce qu'il est chiant, murmuré-je, remarquant avec satisfaction que les joues de Leah sont rouge vif de honte. Alors, où en étions-nous ? »

Je me penche pour encore plus de ces baisers dont je suis devenu accro. Nous reprenons à peine notre respiration pendant la demi-heure qui suit jusqu'à ce que le pilote annonce que nous effectuons notre descente vers Napa.

« On partage une chambre ce week-end, dis-je, mes lèvres effleurant son oreille. À l'instant même où nous pouvons nous détacher des autres, je te veux nue et à genoux au milieu du lit, les mains jointes et la tête basse. Des questions ? »

Ce frisson, Dieu, ce frisson qu'elle a a un effet fou sur moi. Je bande tellement, je ne pourrai jamais le cacher aux autres quand l'avion aura atterri.

« Non, dit-elle d'une voix haletante. Pas de questions. »

Je n'ai aucune idée de combien de temps cela prendra pour arriver à notre destination finale ni combien de temps nous serons forcés de faire causette avec les autres, mais je ne sais pas comment je vais survivre jusqu'à ce que je puisse être complètement seul avec elle. J'angoisse de devoir lui parler d'Elena, mais elle a le droit de savoir ce qu'elle devra affronter avec moi. J'espère simplement qu'une fois qu'elle aura entendu comment j'ai été incapable de protéger Elena, elle voudra encore de moi comme elle me veut maintenant.

Elle me serre la main et m'offre encore un de ses sourires éblouissants qui me font sentir si grand à ses yeux. Avant ce vol mémorable, je l'aurais libérée pour que personne ne nous voie nous tenir la main, mais maintenant je veux que tout le monde sache qu'elle est à moi, et que je suis à elle. Que nous sommes ensemble. Il y a une semaine, ce genre de déclaration publique m'aurait été inconcevable, mais ça, c'était avant que la tornade de catégorie F5 connue sous le nom de Leah Holt dévale dans ma vie et me laisse bouleversé, joyeux, ravi et plein d'impatience. Je ne sais pas exactement comment elle a réussi son coup, mais elle me fait faire et penser des choses tellement peu conformes à mon caractère habituel que c'en est presque absurde.

Naturellement, Flynn ne peut pas laisser passer cela sans commentaire.

« Mais que d'étonnement de finalement voir…

— Ferme-la », grogné-je en le dépassant sur la piste d'atterrissage, me dirigeant vers n'importe quelle voiture, du moment qu'il ne la prend pas.

Leah et moi finissons entassés sur le siège arrière d'un SUV avec Sebastian qui prend plus que sa part de place, alors je mets Leah sur mes genoux et l'enlace.

Seb lève un sourcil mais heureusement se retient de faire des commentaires. Cela ne me dérange pas de savoir que tout le monde va parler de nous ce week-end. Tout ce qui m'importe, c'est que Leah soit ici avec moi. Je commence à penser que c'est sa place. Ce qui m'aurait paru ridicule il y a quelques jours tout à coup me semble plus naturel que tout ce que j'ai jamais vécu.

« Et moi qui comptais sur vous deux pour me tenir compagnie ce week-end, dit Sebastian pendant que nous nous rendons au vignoble.

— Tu rencontreras peut-être quelqu'un au mariage », dit Leah.

Sebastian lui sourit de manière indulgente.

« Peut-être bien. »

Il ne va pas pécho en dehors du style de vie BDSM, alors cela m'étonnerait qu'il s'en donne la peine.

« Que pensez-vous du nouvel ami de Marlowe ? » demande-t-il.

Je jette un œil sur Seb.

« Il a l'air un peu "mielleux" si tu vois ce que je veux dire.

— Il est vraiment beau », ajoute Leah.

Je lui pince une fesse, ce qui lui fait pousser un cri.

« Arrête ! J'ai le droit de dire que je pense qu'il est beau. »

Je la pince encore, et elle me fait les gros yeux. Je ne veux pas savoir ce qu'elle pense d'un autre mec et je le lui dirai dès que nous serons seuls.

« Je suis d'accord, il a l'air apprêté, mais c'est sûr que Marlowe est dingue de lui, dit Seb.

« — Ça oui, alors, dit Leah.

— Je ne l'ai pas vue comme ça après un mec depuis longtemps. Des années, ajouté-je.

— Effectivement, ça fait un bout de temps, en convient Seb. C'est bien de la voir si heureuse.

— Absolument. »

Elle est une tellement bonne amie pour nous tous que je suis ravi de la voir rayonnante et éclatante. Je me demande quand même si Rafe est soumis à elle ou si leur relation n'est pas BDSM. Marlowe a récemment exprimé son insatisfaction avec ce style de vie, alors peut-être essaie-t-elle quelque chose de différent avec Rafe, tout comme moi avec Leah.

J'avais pensé que c'était bizarre, quand les autres avaient trouvé l'amour véritable, qu'ils partent des clubs pour mener leur vie sexuelle en privé. J'avais pensé que c'étaient des mauviettes de devenir soudain prudents avec des choses qu'ils faisaient auparavant ouvertement et en public. Mais maintenant que j'ai développé des sentiments sincères pour Leah, je comprends. L'idée que des gens nous regardent ensemble me rend mal à l'aise. Je veux que personne d'autre ne voie ce qui est à moi, et c'est probablement comme ça qu'ils se sentent, eux aussi. Maintenant, je me sens un peu mal d'avoir pensé qu'ils se dégonflaient quand en réalité ils protégeaient la femme qu'ils aimaient.

Est-ce que j'aime Leah ? Je n'en suis pas certain, mais ce dont je suis sûr, c'est que je le pourrais. Je veux aller plus loin avec elle, je veux vraiment tenter ma chance avec elle, et c'est plus que j'ai jamais voulu avec une femme depuis qu'Elena m'a brisé le cœur en me rejetant au profit de l'homme qui plus tard lui a fait du mal. Pendant tellement d'années, j'ai pensé sans cesse à ce qui aurait pu être différent pour nous deux si je m'étais battu plus fort pour ce que je voulais avec elle, plutôt que de m'écarter pour laisser la place à celui qu'elle voulait.

Mon plus grand regret est que je ne l'ai pas prévenue des mauvaises ondes que j'avais senties les deux fois où j'ai rencontré son copain. Je n'avais rien dit, parce que je n'avais pas voulu donner l'impression d'être mauvais perdant ou la distraire de son bonheur avec des avertissements qu'elle n'aurait probablement pas écoutés de toute façon. Quoi qu'il en soit, j'aurais voulu avoir dit quelque chose. Oh, comme je l'aurais voulu.

Je resserre les bras autour de Leah, blottissant mon visage dans ses cheveux soyeux qui embaument, respirant son parfum qui m'est devenu familier et réconfortant.

Elle me caresse le bras du bout des doigts, et ce toucher léger est comme un courant qui me traverse, éveillant chaque millimètre de mon corps à chaque millimètre du sien. Voilà encore une chose qui la rend différente de toutes les autres femmes que j'ai connues. Il n'y en a jamais eu une qui ait pu m'exciter en passant le bout de ses doigts doucement sur mon bras. Normalement, il en faut beaucoup plus pour démarrer mon moteur.

Trente minutes après notre atterrissage, nous arrivons au grand hôtel victorien où nous allons passer le week-end. C'est à environ deux miles du vignoble qui appartient aux associés de Quantum. L'hôtel est peint en violet foncé avec les boiseries en jaune, vert et noir. Je n'aurais pas mis ces couleurs-là ensemble, mais l'endroit est tout à fait charmant.

Ted et Maureen, le couple marié à qui appartient l'hôtel, font de toute évidence de leur mieux pour ne pas rester émerveillés devant les grandes vedettes que sont leurs illustres clients. Comme il le fait toujours, Flynn les met à l'aise avec son sens de la répartie et son charme naturel qui leur fait vite oublier qu'ils parlent à une mégastar.

Les chambres sont attribuées, les clés distribuées et les clients orientés vers les chambres. On nous dit que Hayden et Addie vont nous rejoindre pour le dîner sur la véranda arrière à 19 h, et nous devons nous mettre à l'aise et faire comme chez nous en attendant. Des cocktails sont servis dans le salon à notre gré. C'est vraiment mon genre d'endroit.

Pendant que les autres grimpent l'escalier en groupe comme un troupeau d'éléphants bruyants, je retiens Leah avec mon bras autour de ses épaules.

« Rends ta clé », dis-je doucement pour qu'elle soit la seule à m'entendre.

Son visage se colore d'un rose adorable quand elle donne sa clé à la gentille femme d'un certain âge.

« Je ne vais pas en avoir besoin », dit-elle.

Maureen me regarde longuement, et me trouvant apparemment digne, sourit à Leah.

« Pas de problème. Si vous avez besoin de quoi que ce soit, faites-le-moi savoir. »

Je pousse doucement Leah vers l'escalier et la suis jusqu'au troisième étage, où ma chambre occupe le coin. Passant le bras devant elle, j'utilise la clé dans la porte, l'ouvre et l'invite à entrer avant moi dans la pièce accueillante avec un énorme lit à baldaquin qui sera parfait pour nos activités complémentaires ce week-end. J'ai préparé ce voyage avec soin, dans l'espoir de la convaincre de me donner une chance d'être ce qu'elle veut et ce dont elle a besoin. La conversation dans l'avion s'est passée mieux que j'aurais pu espérer, et je suis content d'avoir prévu ce qu'il me fallait.

Nous posons nos valises, accrochons les housses à vêtements contenant les tenues pour le mariage dans l'armoire, et quand il ne reste plus rien à faire, nous nous tournons l'un vers l'autre.

Je lève un sourcil.

« Tout de suite ? demande-t-elle.

— Tout. De suite. »

Leah

Il me regarde pendant que je passe par-dessus ma tête la robe décontractée que j'ai mise pour le voyage et enlève mes sandales à talon compensé. Debout devant lui et ne portant qu'un string, je passe mes doigts dans les ficelles sur mes hanches et les tire vers le bas. Conformément à ses instructions dans l'avion, je monte sur le lit, me mets à genoux, croise les mains et puis baisse la tête en soumission à ce qu'il a prévu pour moi, quoi que ce soit.

Je tremble follement, ce qui fait que je me sens vulnérable et en manque, mais cela ne servirait à rien d'essayer de lui cacher ces choses-là. Il va les voir. Il voit tout.

Il fait attention et s'occupe du moindre détail dans sa vie professionnelle comme dans sa vie personnelle. C'est une des choses qui m'ont attirée vers lui la première fois que je l'ai rencontré, sa façon de projeter une compétence calme et un sang-froid pendant qu'il m'a expliqué le contrat de confidentialité de la société. Et oui, j'étais attirée tout autant par son intelligence évidente que par son physique remarquable.

Il a tout pour plaire en ce qui me concerne, et en parlant de tout ce qui plaît, même la tête basse, j'arrive à voir que son braquemart est dur et prêt pour moi lorsqu'il s'approche du lit.

« Tu trembles, dit-il.

— Je ne peux pas m'en empêcher.

— Tu as peur ? »

Cela me touche qu'il veuille que je n'aie jamais peur de lui. Je suspecte que la raison à cela fait partie de ce dont il doit me parler, mais je n'ai pas le droit de lui poser cette question pour l'instant.

« Non, Maître. Je n'ai pas peur.

— Excitée ?

— Très.

— Que veux-tu que je fasse ?

— Ce que nous faisions l'autre soir avant que ça tourne mal.

— Avant que ton cul détruise presque mon œil, tu veux dire ? »

Je lève la tête pour lui lancer un regard noir.

Il rit.

« Tu ne serais pas en train d'être insolente envers ton dom par hasard ?

— Et si je l'étais ?

— Est-ce que ma chérie cherche à se faire donner une fessée ?

— Ce n'est pas à moi de décider, Maître. Je n'oserais jamais dire à mon dom comment me punir. »

La conversation que nous avons eue dans l'avion m'a libérée et m'a permis de me laisser aller aux émotions et au désir puissants qu'il provoque en moi. Il m'a fait comprendre qu'il n'y avait pas de danger à tout ressentir pour lui, et cela rend tout cela tellement plus fort qu'avant. Et c'était déjà intense. Maintenant, c'est tout autre chose.

« Ferme les yeux et garde-les fermés. »

J'adore le ton autoritaire qu'il utilise uniquement quand nous jouons comme cela. Le reste du temps, il est respectueux et poli, quoiqu'un peu salaud par moments. Je rigole doucement en repensant à son regard quand je l'ai appelé comme ça.

« Quelque chose t'amuse, ma chérie ?

— Non, Maître. »

J'adore qu'il m'ait appelée sa chérie, qu'il soit ici avec moi, déterminé à essayer de faire marcher cette relation après m'avoir promis de me parler davantage de lui et de son passé pour que je puisse essayer de mieux le comprendre. Cette conversation dans l'avion a changé ma vie de plus d'une façon.

« As-tu un rhume ou envie d'éternuer aujourd'hui ? »

Je ne peux arrêter le rire qui m'échappe malgré mon grand effort pour le retenir.

Sa main s'abat sur ma fesse droite dans une claque retentissante qui me fait rire encore plus fort. Je m'abandonne complètement, tombe du lit en me tenant les côtes pendant que je rigole à n'en plus pouvoir. Quand je reprends finalement le contrôle de moi-même, j'ouvre les yeux et jette un œil sur mon dom à l'air tumultueux. Mon Dieu, qu'il est sexy, même quand il essaie d'être en colère.

« T'as fini, là ? »

Me mordant la lèvre pour retenir encore mon rire, je hoche la tête.

« C'est de ta faute, parce que t'as demandé si j'avais envie d'éternuer.

— Eh bien, peux-tu me blâmer de poser la question ? »

Il frotte son œil au beurre noir, qui est encore gonflé mais beaucoup moins que quand ça venait d'arriver.

« Je n'ai que deux yeux, et après avoir failli en perdre un, je me méfie un peu plus. »

Je recommence à rire, plus fort qu'avant. Je ne m'inquiète même pas de savoir si je le mets en colère, et de toute manière, qu'est-ce que ça peut faire ? Il a caté goriquement déclaré que je ne serai jamais en danger avec lui, alors je suis libre de me lâcher et d'être moi-même.

Il se met sur moi, me prend les bras et les tient au-dessus de ma tête avant d'embrasser mes lèvres qui sourient.

« Ça suffit comme ça, grogne-t-il.

— Arrête de dire des trucs qui me font rire, et arrête tes regards noirs, aussi. Ils ne me font pas peur. »

Lentement, il place ses lèvres sur les miennes en un baiser doux et persuasif qui me fait oublier pourquoi je riais. Il tient mes mains en place avec une des siennes et utilise l'autre pour m'entourer le sein, pinçant mon téton entre son pouce et son index tout en continuant de m'embrasser avec des caresses légères de sa langue et ses lèvres. Ce baiser est tout en séduction, et je suis aisément séduite en ce qui le concerne.

J'entoure mes jambes autour de ses hanches et appuie contre la barre dure de sa queue, qui pulse entre mes jambes. Je le veux à l'intérieur de moi, tout de suite. Heureusement, il comprend le message et me pénètre, bougeant doucement pour ne pas me faire mal. Avant lui, je n'aurais pas cru que ce serait une expérience si différente de prendre quelqu'un d'aussi bien monté que lui. Autant du point de vue physique qu'émotionnel, je suis bouleversée par lui et comment je me sens à cause de lui.

« Ah, ce n'est plus si drôle, n'est-ce pas ? » demande-t-il en levant un sourcil tandis que l'amusement contracte ses lèvres.

Je secoue la tête et tire sur mes mains, voulant qu'il les lâche pour que je puisse le toucher.

Il libère mes poignets, et je glisse mes mains le long de son dos pour venir prendre ses fesses musclées, voulant le prendre plus profondément en moi. En geignant, il accepte ma demande silencieuse et me donne le reste de lui, provoquant une vague de sensations l'une après l'autre qui déferle de mon for intérieur et s'étend à toutes les autres parties de mon corps. Mon cœur se contracte, et je peine à reprendre mon souffle. Je m'accroche fort à lui pendant qu'il bouge plus vite, s'enfonçant en moi et puis se retirant, encore et encore jusqu'à ce que je crie du plaisir qui me submerge comme un tsunami, me détruisant dans son sillage.

Et il est là, au même point, avec moi, ses doigts s'enfonçant dans mon épaule et ma hanche tandis qu'il déferle en moi une dernière fois, me remplissant de la chaleur de sa jouissance.

« Pitié, Jésus-Christ », murmure-t-il en s'effondrant sur moi.

Je me dis que c'est bon signe qu'il prie après nos ébats explosifs. Je le tiens près de moi, lui caresse le dos et passe mes doigts dans ses cheveux, qui sont humides de transpiration. Habituellement, les gars qui transpirent me dégoûtent, mais pas celui-là. Tout de lui me plaît.

« On a été bruyants, dit-il, l'air de ne réaliser que maintenant où nous sommes et qui a pu écouter.

— C'est également de ta faute pour m'avoir baisée à en devenir abrutie.

— Es-tu abrutie ?

— Je n'ai pas une seule cellule du cerveau qui marche après ça.

— Moi non plus. »

Il se soulève sur son bras et baisse les yeux vers moi.

« Je ne t'ai pas fait mal, non ?

— Pas du tout.

— Tant mieux. »

Il se retire de moi et s'affale près de moi sur le lit, mettant son bras autour de moi pour me garder près de lui.

« Je voulais te dire, on m'a rendu ma copie d'*Abbey Road* – avec des excuses.

— Encore heureux.

— T'as dû lui écrire une sacrée lettre.

— C'est vrai, si je peux me permettre de le dire.

— Merci d'avoir fait ça pour moi.

— Avec plaisir.

— Il y avait quelque chose que tu allais me dire…

— Je sais. »

Il joue avec une mèche de mes cheveux, l'enroulant autour de son doigt. Après un long moment de silence, il commence à parler d'un ton doux qui est plein d'émotion.

« Quand j'étais à l'université de Berkeley, j'ai rencontré une femme qui s'appelait Elena au cours du premier semestre de la deuxième année et j'ai été tout de suite attiré par elle. Elle avait été transférée d'un collège communautaire et était tellement excitée d'être finalement dans son université de rêve. Je lui ai proposé de lui montrer les lieux, de la présenter à mes amis.

— C'était gentil de ta part.

— Eh bien, j'avais un motif caché. Je voulais aussi qu'elle tombe follement amoureuse de moi.

— C'est ce qui est arrivé.

— Pas exactement. Je l'ai présentée à mon copain Brad, et elle est tombée follement amoureuse de son camarade de chambre, Andrew.

— Aïe.

— Ouais, j'avais vraiment les boules, surtout quand je me suis rendu compte que les choses avec Drew, comme elle l'appelait, n'étaient pas exactement parfaites. Elle venait en cours avec des bleus sur les bras et les yeux rouges à force de pleurer. Je la suppliais de me parler, mais elle refusait d'en parler à qui que ce soit, et elle m'a imploré de ne pas m'en mêler. »

J'ai mal à l'estomac tandis que j'essaie de voir où cela va mener.

« J'ai essayé de faire ce qu'elle m'avait demandé, mais j'étais tellement bouleversé par la possibilité qu'il lui fasse mal que je suis allé le voir et lui ai dit que s'il la tapait, il aurait des comptes à me rendre, à moi, ainsi qu'aux autres amis d'Elena.

— Qu'est-ce qu'il a dit ?

— Il a dit que j'étais dingue, qu'il l'aimait et qu'il ne lui ferait jamais de mal. Il a aussi dit qu'il avait compris que j'avais des sentiments pour elle et qu'il était désolé si leur relation m'avait fait de la peine.

— Waouh.

— Ouais, je suis parti de là en pensant que ce n'était pas un salaud et que peut-être j'avais mal analysé la situation.

— Et c'était le cas ?

— Non, dit-il, l'expression sombre et les yeux vides. Je ne l'avais pas mal interprétée du tout. Cette nuit-là, il l'a tellement battue qu'elle est tombée dans le coma pendant quatre mois.

— Oh, Emmett. Oh, mon Dieu. »

Mes yeux se remplissent de larmes quand j'imagine son désespoir et sa peine.

« Je suis vraiment désolée.

— C'était un cauchemar, putain. La première semaine, nous étions certains qu'elle allait mourir, et puis, après, nous nous sommes inquiétés de ce qui arriverait si elle survivait. Elle a subi une opération pour soulager la pression sur le cerveau.

— Dis-moi qu'il a été arrêté, qu'il ne s'en est pas tiré comme ça.

— Ils l'ont eu. Il est derrière les barreaux depuis ce jour-là. Ses amis… Nous allons à toutes les réunions de la commission de libération conditionnelle pour les supplier de le garder en prison, à sa place. Jusqu'à présent, ils nous ont écoutés, mais je suis sûr qu'ils vont le libérer à un moment donné.

— Et Elena… »

J'ai presque peur de demander.

« Elle est sortie du coma après quatre mois, mais elle était handicapée de façon permanente. Elle a les émotions et l'intelligence d'une petite fille. Avant ça, elle était brillante, putain, elle aurait fait droit. C'était quelque chose que nous avions en commun.

— Je suis tellement, tellement désolée que ce soit arrivé à ton amie et que tu te sois blâmé tout ce temps.

— Qui d'autre devrais-je blâmer ? Elle a rencontré le type à cause de moi et s'est fait tabasser parce que j'ai affronté son mec après qu'elle m'a supplié de ne pas m'en mêler.

— Ce n'est pas de ta faute, Emmett. Tu ne lui as pas fait mal. C'est lui qui l'a fait.

— Intellectuellement, je le sais, mais je voudrais tellement ne pas avoir aggravé les choses pour elle en l'affrontant alors qu'elle m'avait dit de ne pas le faire.

— Tu protégeais quelqu'un que tu aimais. Personne ne pourrait te critiquer pour ça. »

Je caresse son visage et ses cheveux, en me disant que j'aimerais tellement pouvoir faire quelque chose pour alléger sa torture évidente.

« Où est-elle maintenant ?

— Dans un établissement de soins en résidence à Pacific Palisades. Je la vois une fois par mois et reste en contact avec sa famille.

— Pacific Palisades. Ça doit être cher.

— Ça l'est, mais ça vaut chaque sou pour être sûr qu'elle a tout ce qu'il lui faut.

— Ça fait combien de temps que tu paies pour ses soins ? »

Il me jette un regard furtif, l'air étonné que j'aie fait le rapprochement pour comprendre qu'il l'a prise sous sa responsabilité. En soupirant, il dit :

« Depuis le début. Elle est dans cet établissement depuis dix ans, depuis que ses parents en sont arrivés au point de ne plus pouvoir s'occuper d'elle à la maison.

— Je t'aime, Emmett. J'aime tout de toi, mais surtout, j'aime combien tu aimes les gens qui ont de l'importance pour toi et comment tu t'occupes de tout le monde.

— Je ne me suis pas occupé d'elle – pas comme j'aurais dû.

— Tu as fait tout ce que tu pouvais pour essayer de la sortir d'une mauvaise situation. Il faut que tu arrêtes de te sentir coupable de quelque chose que tu ne contrôlais pas.

— À t'entendre, on dirait le thérapeute que j'ai vu pendant des années après que c'est arrivé. Il disait la même chose. Je n'ai pas beaucoup de regrets dans ma vie, mais la chose que je voudrais changer, si je le pouvais, c'est cette dernière journée. Je lui aurais attrapé la main, l'aurais tirée jusqu'à ma voiture et conduite très, très loin de ce campus, très, très loin de lui.

— Elle lui serait revenue en courant dès qu'elle aurait pu. Tu le sais, non ? »

Il me prend la main et nos doigts s'entrelacent.

« Le thérapeute a dit ça aussi. Tu as peut-être raté ta vocation.

— Il n'y avait rien que tu puisses faire pour elle, Emmett. Il aurait fallu qu'elle veuille se sauver elle-même, et elle n'en était pas encore là.

— Peut-être qu'elle y serait arrivée si je ne m'en étais pas mêlé.

— Je suis désolée que tu aies été tellement torturé par cela toutes ces années. Je comprends maintenant pourquoi tu as été peu disposé à avoir une relation avec quelqu'un et pourquoi tu aimes être dominant au lit. C'est parce qu'il y a tant de choses que tu *ne* peux *pas* contrôler. »

Tant de choses prennent un sens maintenant que je suis éclairée par ces informations.

« Tu m'as vraiment compris, dit-il en souriant timidement. Marlowe sait pour Elena, mais les autres non, alors garde ça pour toi, d'accord ?

— Bien sûr. Tu n'étais pas ami avec Flynn et Hayden à ce moment-là ?

— Si, mais on allait à des universités différentes, alors ils n'étaient pas là quand ça s'est passé. Après, c'était tout simplement trop douloureux pour en parler à mes amis de chez moi. Je l'ai dit à Marlowe une nuit où nous nous sommes soûlés ensemble, mais à personne d'autre.

— Je comprends, et je promets que je n'en soufflerai pas un mot.

— J'ai entendu ce que t'as dit avant, et je veux que tu saches que j'ai des sentiments très forts pour toi, aussi. Je ne suis pas aussi doué que toi pour les articuler, mais je les sens.

— Je sais. Je vois à la façon dont tu me touches, m'embrasses et me fais l'amour que tu tiens à moi.

— C'est vraiment le cas, même si j'ai essayé très fort de l'éviter.

— Tu ne fais vraiment pas le poids contre moi. »

Il en hurle de rire, ce dont je me réjouis.

« Je doute qu'il y ait un seul homme en vie qui soit capable de vaincre Leah Holt quand quelque chose lui tient à cœur.

— Le seul qui me tient à cœur, c'est toi. »

Je l'embrasse, en mettant tout ce que je ressens pour lui dans le baiser le plus passionné que j'aie jamais donné à quelqu'un. Et quand il me place sur lui et s'enfonce en moi encore une fois, je me perds complètement en lui.

Chapitre 16

La paix a été quelque chose d'insaisissable dans ma vie depuis tout ce qui s'est passé avec Elena. Pendant des années après ça, j'ai été un désastre ambulant. J'ai quitté l'école un semestre trop tôt, avant de retourner finir les cours, surtout par peur que si je n'avais rien à faire, je me retrouve dans le pétrin à cause de la rage que je n'avais pas l'air de pouvoir contrôler.

Hayden m'a présenté Flynn et le style de vie BDSM dont il avait entendu parler sur un plateau de cinéma. Ce style de vie s'est avéré me convenir très bien puisqu'il m'offrait une solution pour venir à bout de mes problèmes dans un environnement sans danger, sain et consensuel, mais il me donnait également un endroit pour me cacher des vraies relations et des liens significatifs avec les femmes. J'ai été plus que satisfait par des échanges superficiels toutes ces années. Même quand mes amis se sont mis en couple et ont fondé un foyer, je n'ai eu aucun vrai désir d'avoir ce genre de chose dans ma vie.

Mais Leah m'a changé, et si elle pourrait sembler être arrivée rapidement, la transformation s'est faite sur des mois, depuis la première fois que je l'ai vue au mariage de Flynn et Natalie au mois de février. Je me souviens m'être dit à ce moment-là qu'elle était sexy à sa façon unique à elle, mais j'ai ensuite appris qu'elle n'avait qu'une petite vingtaine d'années, alors j'ai pris du recul. Le premier jour de retour au travail après le mariage, j'ai appris que Marlowe avait embauché Leah pour être son Addie à elle, et ma première pensée a été punaise, ça va être un problème.

Je n'avais aucune idée de la taille du problème qu'elle serait pour moi, ni de comment elle changerait ma vie de façons que je n'ai pas vu venir. Lui parler d'Elena a été monumental pour moi, et elle a dit tout ce qu'il fallait. Sa détresse sincère pour Elena et moi m'a profondément touché, et en la regardant maintenant parler à Natalie, Addie, Ellie et Aileen, je ne peux nier que je suis en train de tomber très amoureux d'elle.

J'essaie de comprendre quand elle a cessé d'être une mouche énervante qui bourdonne autour de mon oreille et comment elle a réussi à se frayer un chemin jusqu'à mon cœur. Peu importe comment c'est arrivé, je suis rempli d'un sentiment inhabituel de paix et de contentement, parce qu'elle est ici avec moi et parce que, pour une raison étrange, elle a décidé qu'elle m'aimait, et ça, ça me donne l'impression d'être l'homme le plus chanceux qui ait jamais vécu. Elle porte une robe rouge à fleurs blanches sexy à en crever qui moule chacune de ses courbes délicieuses et me donne envie d'elle comme si je ne l'avais pas déjà prise deux fois tout à l'heure.

J'arrache mon regard d'elle et écoute la conversation qui a lieu autour de moi.

« C'est sûr que j'ai déjà vu ça dans le passé – récemment, en fait, dit Sebastian. Les rêveries, les regards fixes, les disparitions des heures à la fois, les bruits bizarres qui viennent de sa chambre. Il a tous les symptômes. »

Putain de merde, ils parlent de moi.

« Qu'avez-vous à dire en votre faveur, Maître ? demande Flynn, les mains sur les hanches, l'expression sérieuse.

— Est-ce que *va te faire foutre* conviendrait ? »

Hayden, Jasper et Kristian éclatent de rire.

« Je suis très blessé, dit Flynn. En tant que l'un de tes amis les plus anciens et les plus chers, j'ai le droit de savoir ce qui se passe avec toi.

— Qui a dit que tu étais l'un de mes amis les plus chers ? demandé-je, amusé par lui comme toujours.

— Il t'a eu, là, Flynn, dit Jasper, tirant sur une cigarette tandis que nous prenons un verre sur la terrasse ensoleillée à l'arrière de l'hôtel.

— Comment ça se fait que tout le monde avait le droit de se mêler de mes affaires au début que j'étais avec Nat, et que moi je n'ai pas le droit de poser de questions ?

— Ce ne sont pas tes oignons, lui dit Hayden.

— Et pourtant tout le monde s'en mêlait quand c'étaient *mes* oignons, dit Flynn. Je vois comment ça marche.

— Techniquement, tu me paies pour m'occuper de tes affaires », lui dis-je en me penchant pour que Hayden me donne du feu.

Il a apporté de bons cigares pour le week-end, et bien que je ne sois pas vraiment fumeur, quand ce sont des bons, je suis preneur.

« Ça, c'est vrai, alors, dit Kristian.

— Alors tu es avec Leah maintenant ? demande Flynn. Je veux dire *officiellement* ? »

Je prends quelques bouffées et souffle la fumée dans sa direction.

« Oui. »

Il a les yeux qui lui sortent de la tête. Il ne s'attendait pas à ce que je me rende si facilement.

« Et avant que tu puisses demander, j'ai obtenu l'approbation de Kristian, et elle de Marlowe.

— T'es le seul à faire attention à ce genre de connerie, dit Hayden.

— De toute évidence, dis-je, puisque tu vas très bientôt épouser une de nos assistantes de bureau. Tu as l'autorisation de quelqu'un ?

— Et de qui, bordel, devrais-je avoir l'autorisation ? » grogne Hayden.

Nous rions de sa façon de le dire, parce que c'est vrai. Ni lui, ni Flynn ne doivent obtenir l'autorisation de qui que ce soit pour quoi que ce soit, mais c'est amusant de le faire marcher quand même. Comme Flynn, il n'y aura pas de contrat de mariage avant les noces de Hayden. Mes deux meilleurs amis se sont mariés par amour véritable, et je ne pourrais pas être plus heureux pour eux. Je me suis inquiété au début quand Flynn a refusé de tenir compte de mes conseils de signer un contrat de mariage avec Natalie, mais j'en suis venu à réaliser qu'il avait raison. Eux deux n'en auront pas besoin.

Je me sens aussi confiant en ce qui concerne Hayden et Addie. C'est un autre homme depuis qu'il s'est donné la permission d'aimer Addie comme il le voulait depuis si longtemps. Il est toujours aussi chiant en ce qui concerne son art, mais en dehors du travail, nous avons vu un côté plus doux de lui qui n'a fait surface qu'une fois qu'il s'est pleinement engagé auprès d'Addie.

Ils vont très bien ensemble, et nous attendons tous avec impatience leur mariage samedi.

Les femmes viennent nous rejoindre. Je tends ma main vers Leah et quand elle la prend, je la tire d'un petit coup sec qui la fait atterrir sur mes genoux.

« Qu'est-ce que c'est que ça ? bafouille-t-elle. Tu peux me prévenir avant de faire ça ?

— On ne peut même plus s'amuser ? lui demandé-je.

— Popaul doit être complètement remis si tu fais des trucs comme ça, dit Kristian.

— Je peux certifier que Popaul va très bien, dit Leah. En parfait état de marche. »

Les autres se meurent de rire, tandis que je secoue la tête devant son irrévérence.

« Il est encore un peu coloré, mais il fallait s'y attendre », ajoute-t-elle.

Je lui couvre la bouche de ma main.

« Je ne crois pas que ça suffise à la faire taire », dit Natalie.

Leah me mord la main, assez fort pour que je sursaute.

« Ce qu'elle vient de dire. »

Utilisant son pouce, elle montre Natalie.

« Que Dieu te bénisse, mon brave homme, dit Jasper, l'air sérieux. J'ai l'impression que tu vas en avoir besoin. »

Leah sourit jusqu'aux oreilles, contente d'elle-même.

« Continue comme ça, lui murmuré-je dans le creux de l'oreille. Tu vas payer pour ton insolence à l'heure du coucher. »

Elle se déplace pour pouvoir me chuchoter dans l'oreille.

« J'adore quand tu me mets la fessée. »

Ses mots me vont droit à la queue, qui s'était bien tenue jusqu'à ce qu'elle dise ça.

« Ça suffit », grogné-je d'une voix grave.

Mais bien sûr, elle ne peut pas s'arrêter. Au contraire, elle bouge de façon provocante sur mes genoux, pour s'assurer que je suis le plus mal à l'aise possible.

Je serre mes bras autour d'elle, ce qui fait qu'il lui est impossible de bouger.

Elle jette la tête en arrière et rit, et pendant que je la regarde, je me rends compte qu'il n'y pas de retour possible à la personne que j'étais il y a quelques semaines, quand je pensais que je résistais très bien à la menace qu'elle représentait pour ma vie bien rangée. Quand je réalise que je ne retournerais pas en arrière même si je le pouvais, je comprends que ma vie a vraiment changé à cause d'elle. Et cela me va très bien.

Leah

Vendredi, nous passons la plus grande partie de la journée à la piscine, où nous sommes servis comme des rois par le personnel attentionné qui nous apporte de la nourriture et des boissons tout au long de la journée. Les mariés sont partis il y a une heure pour s'occuper des préparatifs pour le dîner de répétition et les plans finaux pour demain.

« Addie sait sans aucun doute comment faire les choses bien, dit Jasper d'un lit gonflable dans la piscine.

— Oui, c'est ça, dit Flynn. Pourquoi tu crois que je l'aime tant ?

— Tu l'aimes parce qu'elle fait tout pour toi, dit Kristian.

— C'est tout à fait vrai, dit Natalie. Et ce qu'elle ne fait pas, c'est moi qui suis obligée de le faire.

— Ça, ce n'est *pas* vrai, dit Flynn.

— Mon amour, dit Natalie en lui tapotant la jambe, il est temps d'accepter la vérité que tu es complètement dépendant des femmes dans ta vie.

— Je peux vivre avec ça, dit-il, se blottissant contre elle et lui serrant le cul.

— C'est une émission familiale, lui rappelle Kristian en faisant un geste vers Logan et Maddie qui s'éclaboussent dans la partie peu profonde de la piscine.

— Je suis sûr qu'ils voient bien pire à la maison.

— C'est un fait, dit Aileen. Je suis un peu inquiète de l'exemple que nous leur donnons.

— Nous leur donnons un exemple parfait », dit Kristian en l'embrassant sur la tête.

Les deux sont assis ensemble dans un même fauteuil.

« Ils ont la chance de voir combien leur nouveau papa aime leur maman. En fait, on pense à rendre les choses officielles à la fin du mois. On le fera tout simplement chez nous avec une fête après.

— C'est une nouvelle fabuleuse, les gars, dit Ellie en lançant un regard à Jasper. On pense faire quelque chose de similaire si j'arrive à convaincre ma maman de me laisser me marier sans en faire un grand tralala.

— Elle est connue pour ça, dit Flynn.

— Exactement, répond sa sœur. Je suis une mariée de trente-six ans en cloque qui ne veut pas se donner en spectacle. Je veux juste épouser mon amour.

— Ahhh, ma chérie, dit Jasper en lui envoyant un baiser de la piscine.

— Je ne sais toujours pas comment tu fais pour ne pas jouir spontanément quand il t'appelle chérie avec cet accent », dis-je, les faisant tous rire tandis que je m'évente.

Emmett me lance un de ses sales regards caractéristiques d'où il est assis, sur la chaise près de la mienne.

Je lui souris innocemment. Oui, je l'aime, mon homme revêche, mais j'aime aussi écouter Jasper parler avec son accent sexy à en crever. Cela dit, savoir qu'Emmett est jaloux de mon affection pour l'accent de Jasper me fait grand plaisir.

Je bouge pour trouver une position plus confortable, grimaçant quand mon cul qui a reçu de bonnes fessées se plaint du mouvement. Mon corps entier souffre de la gymnastique que je lui ai infligée la nuit dernière, et je suis épuisée d'avoir passé une nuit presque blanche. M'étirant les bras au-dessus de ma tête, je remarque qu'Emmett regarde fixement mes seins.

« Je vais faire une sieste.

— Justement, je pensais à en faire de même, dit Emmett.

— Ils n'essaient même pas de cacher le fait qu'ils veulent baiser, dit Kristian, déclenchant d'autres rires. Heureusement, les enfants sont assez loin pour ne pas pouvoir entendre cette conversation.

— Je veux réellement dormir, dis-je.

— Je veux baiser », dit Emmett, faisant hurler de rire les autres.

J'essaie de le pousser loin de moi, mais il n'est pas facile à bouger.

Il passe un bras autour de moi et m'accompagne jusqu'à la véranda arrière pendant que nos amis nous lancent toutes sortes de commentaires.

« C'était mortifiant, lui dis-je quand nous sommes à l'intérieur.

— Je ne pensais pas que c'était possible de te mortifier.

— Mais si, c'est possible, surtout quand tu annonces *ça* à tous ceux que nous connaissons. »

De derrière moi, il me serre le cul.

« Tu voulais une vraie relation. La voici, avec tous ses défauts.

— Par défauts, tu veux dire que tu vas raconter nos affaires personnelles à nos amis ?

— T'as fréquenté ce groupe assez longtemps pour savoir que rien n'est secret.

— Peut-être pourrions-nous avoir *quelques* secrets ?

— C'est déjà le cas. »

Il entre dans notre chambre après moi, fermant à clé la porte.

« Par exemple, ils n'ont aucune idée de comment je me suis vraiment fait cet œil au beurre noir. »

Je me retourne d'un coup pour le voir sourire jusqu'aux oreilles, les yeux pétillants de joie parce qu'il obtient de moi exactement la réaction qu'il voulait. Il a l'air si heureux et calme. Le voir comme cela m'arrête brusquement.

« Quoi ? demande-t-il.

— Tu as l'air heureux.

— Je suis heureux.

— À cause de moi ? »

Les mots m'échappent avant que je puisse décider si je devrais poser cette question qui donne l'impression de venir d'une dépendante affective.

« Euh, dit-il en haussant les épaules. Je suppose. »

Blessée, je lui tourne le dos mais son bras vient s'enrouler autour de moi.

« Mais oui alors, c'est à cause de toi, dit-il d'un ton bourru. J'ai ri plus et souri plus que jamais dernièrement. Tu me fais rire, et tu me rends heureux. »

Je ne peux gérer le trop-plein d'émotions qui me remplit quand il me confesse ces choses, surtout parce que je sais que ce n'est pas facile pour lui de communiquer ses sentiments.

« Tu ne vas pas faire la silencieuse maintenant, non ?

— Laisse-moi me retourner. »

Il lâche prise, assez pour que je puisse me retourner et être en face de lui.

Mes mains glissent sur son torse bien dessiné et viennent entourer son visage.

« Toi aussi, tu me rends heureuse.

— Même quand je dis à nos amis que je veux te baiser ?

— Même. »

Je l'entraîne dans un baiser qui commence doux et innocent mais vite devient sexy et sensuel. Enlacés, nous nous embrassons longtemps avant que je me retire lentement de ses lèvres.

« Emmett.

— Hmmm ? »

Il est en train de m'embrasser le cou et de façon plus générale de me rendre dingue avec ses mains sur ma poitrine. À un moment donné, il a enlevé mon haut de bikini. J'étais si captivée par lui que je ne m'en suis pas aperçue jusqu'à ce que ses mains atterrissent sur mes seins nus.

« Est-ce que nous pourrions faire ce nous faisions l'autre soir avant, tu sais…

— Que tu éternues et manques de me rendre aveugle ? »

Je lui pince le cul – fort.

« Aïe, dit-il en riant. C'est ce que tu veux dire, non ?

— Oui, dis-je les dents serrées. Et ne m'appelle pas l'éternueuse, ou je vais commencer à rire et on ne fera rien.

— J'ai compris. Pas de surnom autre que mon favori : pitbull. »

Il passe et repasse son pouce sur mes bouts de sein jusqu'à ce que je le supplie presque de me donner plus. Pinçant doucement chaque téton, il me fait pousser un cri.

« Mets-toi sur le lit, le cul en l'air, les jambes écartées, la tête vers le bas. Pas un mot sauf si je te pose une question directe et *pas* de rigolade. Tu comprends ?

— Oui, Maître. »

Il inspire profondément et expire, et j'adore savoir que je mets à épreuve son contrôle, que j'arrive à l'atteindre, qu'il aime cela autant que moi.

Parce qu'il ne m'a pas explicitement dit d'enlever le bas du bikini, je le garde quand je monte sur le lit et me mets dans la position requise. Je l'entends bouger dans la pièce. J'entends le velcro se séparer quand il enlève son short de bain. Je le sens monter sur le lit. Je sens la chaleur de son corps près du mien, mais il ne me touche pas pendant une longue minute exaspérante.

Nous n'avons pas fait quoi que ce soit et je mouille déjà tellement pour lui. Je n'ai jamais réagi à un homme comme je le fais avec lui.

Mon téléphone sonne. Cela ne me passe pas par la tête d'arrêter ce que nous faisons pour y répondre.

Il sonne encore.

Et puis encore.

« Putain de merde, murmure Emmett en se levant du lit pour prendre mon téléphone dans le sac que j'avais apporté à la piscine. Trois appels d'un numéro inconnu. C'est quoi, cette histoire ? »

J'espère que ce n'est pas l'autre, Tom, encore… Comme j'évitais Emmett, je n'ai pas eu l'occasion de lui parler du SMS que j'ai reçu l'autre soir après être partie de chez lui.

« Éteins-le. »

Par-dessus mon épaule, je le vois l'arrêter et le remettre dans le sac avant de me rejoindre sur le lit. Il enroule sa main autour de ma fesse et la serre doucement.

« Tu as mal aujourd'hui ?

— Un peu.

— Je suis désolé, dit-il, se penchant pour m'embrasser au milieu du dos.

— C'est un mal qui fait du bien.

— Je vais être doux avec toi aujourd'hui.

— Tu n'es pas obligé.

— Ce n'est pas toi qui commandes ici, tu te rappelles ?

— Mmmm, OK. »

Nous savons tous les deux que c'est *moi* qui commande parce que je peux arrêter ce que nous faisons d'un seul mot. Mais je le laisse penser que c'est lui le patron quand nous sommes au lit parce qu'il aime tant ça – et je tire toujours profit de sa domination avec le genre d'orgasmes dont je pensais qu'ils n'arrivaient que dans les films pornos.

« Tu me fais peur quand tu es si accommodante », dit-il.

Mon rire devient un gémissement quand il défait les nœuds à mes hanches et enlève le bas de bikini, me mettant nue devant lui.

Ses mains effleurent mes fesses, légèrement comme promis, tandis que j'essaie de ne pas me tortiller du désir qui me parcourt comme un fil sous tension relié à une centrale nucléaire. Il lui suffit de me regarder et je le veux, mais quand il me domine, le désir se transforme en quelque chose de plus important et de plus dévorant. Cela ne ressemble en rien à tout ce que j'ai vécu avant lui.

Il passe des menottes fourrées à mes poignets.

« Garde-les ici. »

Tandis que je lèche mes lèvres devenues complètement sèches, je confesse avoir été sceptique et quelque peu ignorante en ce qui concerne le BDSM, permettant à mes idées préconçues de devenir ma réalité. Je me rends compte que je n'avais aucune idée de comment c'était, en fait, jusqu'à ce qu'Emmett me montre combien cela peut être puissant de livrer le contrôle de son plaisir à un partenaire et à quel point c'est transformateur de s'abandonner complètement. Cela nécessite également un niveau de confiance que je n'ai jamais accordé à un autre homme, ce qui approfondit les liens émotionnels comme les liens physiques.

Je fais confiance à Emmett pour qu'il s'occupe de mon plaisir et de mon bien-être, ce qui fait qu'il m'est possible de laisser partir mes préoccupations pour me concentrer exclusivement sur le plaisir. Et le plaisir est sublime. Je ne sais pas si c'est à cause de l'anticipation qui vient de ne pas être tout à fait certaine de ce qui va se passer ou si c'est parce que je sais que les orgasmes vont être épiques. Peut-être que ce sont ces deux choses ensemble, ainsi que de savoir qu'il est complètement concentré sur moi pendant ce moment que nous passons en tête-à-tête. Il n'y a personne d'autre, rien que nous deux et l'attirance folle que nous ne semblons pas pouvoir satisfaire malgré tous nos efforts. Et nous essayons très, très *dur*.

Ses lèvres effleurent ma colonne vertébrale de haut en bas, et sa langue plonge dans les creux au bout de mon épine dorsale. Le toucher léger de ses mains et de sa langue m'électrifie. C'est comme ça avec lui. Il me touche à peine et je prends vie, toutes les parties de mon corps engagées dans ce que nous faisons. J'ai conscience du fait qu'il me gâche le sexe avec toute autre personne que lui – et je permets que cela arrive. Peut-être qu'un jour je le regretterai, mais pour l'instant, je suis trop captivée par lui pour m'inquiéter vraiment de ce qui pourrait arriver à l'avenir.

Je ne suis qu'une énorme terminaison nerveuse quand ses lèvres parcourent la peau hypersensible de mon cul. Je suis à deux doigts de m'effondrer en un ruisseau de désir sur le lit. C'est tout un défi de garder la position qu'il a demandée avec mes jambes qui tremblent follement. Le clic du bouchon de la bouteille de lubrifiant pourrait tout autant être un coup de fusil vu comment cela augmente mon anxiété et mon désir. Je n'ai jamais senti ces deux choses en même temps auparavant, et c'est incroyable comment l'anxiété nourrit le désir et le transforme en quelque chose de *plus*.

Mon cœur s'emballe tellement que je l'entends battre dans mes oreilles et je sens la pulsation dans mon cou et mes poignets.

Il applique le lubrifiant à mon derrière et glisse ses doigts dans mon orifice serré.

Je me concentre sur ma respiration, m'applique à rester calme et à essayer de lui donner tout, absolument tout ce qu'il veut sans le gâcher d'une manière ou d'une autre. Je veux qu'il me voie comme une femme sexy et adulte qui est son égale en tout, pas une petite fille qui rigole comme une imbécile dès qu'il me touche comme ça.

« Pousse contre moi et laisse-moi entrer », dit-il de son ton bourru que j'aime tant.

Je suis ses instructions et appuie contre ses doigts, qui entrent facilement en moi. Je n'imaginais pas que j'aimerais les jeux anaux autant jusqu'à ce qu'il me montre combien cela peut être excitant. Il me baise avec ses doigts et puis soudain les retire.

Il les remplace vite par le plug.

« C'est bien, ma chérie. Tu l'as fait. »

Je cligne des yeux pour retenir mes larmes en me demandant d'où diable elles sont venues. Pourquoi est-ce que je pleure ? Je n'en ai aucune idée, mais la surcharge émotionnelle est importante, et je ne peux arrêter les larmes qui se mettent à couler à flots.

« Parle-moi, dit-il. Comment tu te sens ?

— Bouleversée.

— D'une façon négative ?

— Non. D'une façon positive.

— Tu es si sexy et adorable. Tu ne peux pas savoir comme j'ai envie de toi.

— Montre-moi. »

CHAPITRE 17

Il appuie sa queue dure contre ma chatte, et la première moitié entre en moi en glissant sans résistance. Mais c'est la seule partie qui est facile. Le plug rend les choses plus serrées que d'habitude, et il entre déjà à peine en moi sans le plug.

« Dis-moi si ça fait mal.

— Je n'ai pas mal. »

J'attrape la couette à pleines mains, cherchant à me tenir à quelque chose tandis qu'il m'emmène faire le tour le plus fou que j'aie jamais fait. Puis il tire sur le plug d'une main tout en appuyant sur mon clito avec l'autre, et je m'enflamme en un orgasme si puissant que mon esprit se vide et mon corps convulse si fort que je vois des étoiles. Je redescends de l'incroyable euphorie pour réaliser que je suis la seule qui ait explosé. Il est encore dur comme de la pierre et bouge toujours en moi, ses doigts s'enfonçant dans mes hanches pendant qu'il me défonce.

Je n'arrive pas à y croire quand je sens le plaisir monter encore en moi, si vite après la première fois. J'ai entendu parler des femmes aux orgasmes multiples, mais je n'en ai jamais fait partie.

Il tire encore sur le plug.

« Je veux te prendre par là. Dis-moi que tu le veux aussi. »

L'idée m'effraie. Je ne vais pas le nier, mais j'ai la foi qu'il le rendra incroyable pour moi, alors je continue malgré la peur, pour lui donner quelque chose que je n'ai jamais donné à quelqu'un d'autre.

« Je le veux aussi. »

Le gémissement qu'il pousse est le son le plus sexy que j'aie jamais entendu, putain. Il se retire doucement de moi et puis me retourne, balayant mes cheveux de mon visage.

« Salut, dit-il, son visage s'illuminant du grand sourire puissant qui m'a toujours fait fondre depuis le début.

— Salut.

— Comment ça va ?

— Pas mal, et toi ? »

Les bras encore étendus au-dessus de ma tête, mes seins sont hauts et fermes contre son torse tandis que sa bite bat contre mon clito.

Ses doigts effleurent mon visage, et la façon dont il me regarde…

Je vois tout ce que je désire et dont j'ai besoin dans ses yeux magnifiques.

« Dis-moi la vérité. Est-ce que tu veux vraiment faire ça ?

— Je veux essayer. »

Je me sens courageuse et émancipée. C'est lui qui m'a donné cela, et je veux lui donner ceci en retour.

« Quel est ton *safe word* pour ça ?

— Quantum.

— Et tu l'utiliseras si tu en as besoin ?

— Oui, je le ferai. »

Enroulant sa main autour de ma joue, il m'embrasse, et je sens l'émotion qui se dégage de lui. C'est tout aussi fort que ce que j'éprouve pour lui. Je n'en ai aucun doute. Il m'embrasse l'avant du corps en descendant, et rend hommage à chaque sein en passant sa langue avec légèreté sur les tétons. Je suis tellement excitée que même la plus petite caresse est extrêmement puissante.

À genoux entre mes jambes, il garde les yeux fixés sur moi pendant qu'il étale du lubrifiant sur sa bite, qui est tellement dure qu'elle semble plus grosse que jamais. C'est bien ma chance que cela arrive maintenant.

J'avale ma salive, effrayée mais déterminée à essayer. Je vais garder mon *safe word* au bout de ma langue et n'hésiterai pas à l'utiliser si c'est trop pour moi.

Il tire sur le plug, l'enlève et le remplace par sa queue qui est bien plus grosse.

Ma première pensée, c'est *putain de merde, non. Pas question ! Ça ne va pas arriver.*

« Regarde-moi. »

Je lève les yeux vers lui. Mon regard percute le sien et immédiatement je me recentre. Mon calme est là devant moi, en lui, et son visage me rappelle qu'il tient à moi, que je lui fais confiance, qu'il préférerait mourir que de me faire mal. Je le crois, surtout après ce qu'il m'a dit sur Elena.

« Tout doucement », dit-il, gardant ses mouvements petits et progressifs.

Cela fait mal, beaucoup, mais c'est supportable. Pour l'instant, en tout cas.

« Continue à respirer. De grandes inspirations. C'est ça. C'est vraiment très bien. »

Il se blottit dans mon cou, et le frôlement de sa barbe d'un jour contre ma peau est étonnant par la manière dont il fait parcourir les sensations dans tout mon corps, pour venir se rencontrer là où nous sommes joints.

« Prête à plus ? »

Je geins. Je ne peux pas. Je commence à me remuer, essayant de me sauver de l'invasion, mais il tient fort mes hanches pour m'immobiliser.

« As-tu besoin de ton safe word ? »

Je secoue la tête.

« Donne-moi des mots.

— Non. »

Il s'enfonce plus loin, et je crie – non pas de la douleur qui est encore présente, mais du plaisir qui s'y mélange pour m'emmener planer encore plus haut que jamais auparavant. C'est un tout autre niveau que je ne pourrais décrire même si tous les mots du monde m'étaient disponibles. Je veux le supplier d'arrêter et le supplier de ne jamais arrêter, et je sais que cela semble fou, mais c'est comme ça que je le ressens.

« T'es si chaude et serrée, murmure-t-il dans cette voix bourrue et sexy qui me captive. Tu m'excites comme personne ne l'a jamais fait. »

Entendre cela est comme verser de l'huile sur le feu qui brûle en moi, et je me retrouve à soulever mes hanches, voulant plus.

Il geint et me le donne, me pénétrant complètement d'un dernier coup.

« Leah… Bon Dieu, tu es incroyable.

— Je veux mes mains. »

Les menottes sont immédiatement enlevées, et je m'accroche à lui, ayant besoin de me tenir pour ce qui va venir. Alors même que c'est en train d'arriver, j'ai du mal à croire que je le fais vraiment, et puis il bouge ses hanches et cela me rappelle que non seulement je suis en train de le faire, mais que ce n'est pas fini. Loin de là.

« J'ai besoin de bouger, dit-il. Dis-moi que ça va.

— Je vais bien. »

Je lève subtilement mes hanches pour l'encourager à faire ce qu'il veut. À ce moment précis, il pourrait me demander n'importe quoi et je trouverais moyen de le lui donner. Je me suis abandonnée toute entière à lui, fermée à jamais à toute personne autre que lui, et plus amoureuse de lui que j'aie jamais imaginé possible.

« Tiens-toi à moi. Ne me lâche jamais.

— Je ne lâcherai pas. Je ne lâcherai jamais. »

Il commence à bouger, se rétractant presque complètement avant de me remplir à nouveau. Il fait cela de façon répétée, me faisant des caresses douces mais insistantes qui me font grimper vers quelque chose de différent, quelque chose d'énorme qui semble presque inaccessible jusqu'à ce que son pouce trouve mon clito et que je vienne plus fort que la première fois. C'est le néant, et je suis transportée. La seule chose dont je suis consciente est l'extase absolue.

Emmett

Elle est dans le subspace. Je l'ai déjà vu, alors je le reconnais, mais je suis malgré tout troublé par la profondeur de son état et combien de temps cela prend pour qu'elle revienne. Même après un orgasme épique, je bande encore, mais je n'ose pas me retirer d'elle avant qu'elle en soit consciente et y soit prête. J'embrasse son visage et ses lèvres qui se relèvent en un petit sourire satisfait qui me fait palpiter le cœur d'une tendresse qui m'est toute nouvelle. Je fais toujours attention aux femmes et suis toujours respectueux, surtout pendant les scènes, mais celle-là… Elle s'est glissée si profondément sous ma peau, je n'arriverai jamais à m'en débarrasser, et d'ailleurs je ne le veux pas. Je la veux ici même, avec moi, à sa place.

J'embrasse ses lèvres, ses joues, son petit menton déterminé et le bout de son nez.

« Leah. »

Je passe le bout de ma langue sur ses lèvres.

« Ma chérie, parle-moi.

— Hmmm.

— T'es là-dedans ?

— Mmmm-hmmm.

— Ouvre les yeux.

— Peux pas. Ils sont trop lourds. »

J'embrasse ses paupières fermées et respire son odeur, une odeur que je reconnaîtrais n'importe où au monde comme la sienne, la mienne.

« Leah… »

Elle se force à ouvrir les yeux, son sourire prenant de l'ampleur quand elle me voit plus clairement.

« Je l'ai fait.

— Ça, c'est vrai, alors. »

Elle m'amuse, comme toujours. Puis je bouge légèrement mes hanches, pour lui rappeler où je suis, au cas où elle aurait oublié.

Son gémissement va droit à mes couilles, et ma queue s'élargit en elle, ce qui en fait me fait mal. Ma bite va mieux qu'il y a quelques jours, mais elle n'est pas complètement remise, et est douloureuse après la gymnastique que je lui ai infligée.

« *Noooon*. Sors de *là*. »

Riant, je me retire doucement et avec attention tandis qu'elle pousse un petit cri et se tortille.

« Reste-là, lui dis-je, l'embrassant à nouveau.

— Je ne pourrais pas bouger même s'il le fallait. »

Je me rends à la salle de bains adjacente pour me nettoyer et reviens avec une serviette chaude pour elle.

Elle est aussi docile qu'un agneau pendant que je m'occupe d'elle, ce qui est une pensée drôle parce que ma Leah à moi n'est jamais docile, sauf, semble-t-il, après qu'elle a été baisée jusqu'à la soumission.

Quand j'ai fini, je remonte sur le lit et lui tends les bras.

Se tournant pour être face à moi, elle se blottit contre moi, sa jambe entre les miennes et son bras autour de moi. On est tellement faits l'un pour l'autre que je me sens presque bête d'avoir essayé de l'éviter pendant si longtemps alors qu'on aurait pu avoir *tout ça* bien plus tôt.

« Tu devrais emménager avec moi. »

Je n'avais pas prévu de le dire, mais les mots viennent et ils ont besoin d'être dits.

Elle me fixe, les yeux écarquillés par le choc.

« *Quoi ?*

— Tu m'as entendu. »

Sa bouche s'ouvre et puis se referme d'un coup.

« Ai-je finalement trouvé le moyen de te rendre sans voix ? »

J'adore l'avoir surprise et abasourdie. Si elle cherchait la preuve que j'étais sérieux à propos de ce que j'ai dit dans l'avion hier, la voilà. Je suis partant. Je suis complètement partant, et je veux qu'elle dorme près de moi chaque nuit à partir de maintenant.

« Leah ?

— Je, euh, je ne sais pas quoi dire.

— Bah, c'est une première. »

Je passe mes doigts dans ses cheveux avec une main et caresse son dos avec l'autre.

« Tu me fous les boules, là.

— Ah, pourtant je me suis toujours bien occupée de tes boules. »

Je ris, comme je le fais souvent avec elle. J'ai plus ri avec elle qu'avec aucune autre femme, même Elena. J'en suis venu à réaliser que ma relation qui servait de « référence absolue » était défaillante de bien des façons. Être avec Leah m'a fait comprendre qu'une vraie relation, c'est bien plus que le désir et l'amour non partagés. Elena ne m'a jamais considéré comme plus qu'un pote. Mais Leah m'aime, et c'est le plus beau cadeau que quelqu'un m'ait jamais donné.

« Tu ne sautes pas exactement de joie à l'idée d'emménager avec moi.

— Tu m'as vraiment prise de court. Encore hier, j'essayais de te convaincre *d'être* avec moi et maintenant tu veux que je *vive* avec toi ? J'en ai presque le coup du lapin.

— Ça, nous deux… Tout cela… C'est important pour moi.

— Je sais, dit-elle, me caressant le visage. Ça l'est pour moi aussi. »

Elle me prend la main et la place sur son cœur qui bat à cent à l'heure.

« Tu le sens ?

— Oui, oui.

— C'est ce qui est arrivé quand tu m'as demandé d'emménager avec toi.

— Cela me semble assez sérieux.

— Oui, n'est-ce pas ?

— Est-ce une mauvaise chose ?

— Non, mais ça fait peur.

— Tu n'es pas supposée avoir peur de moi, tu te souviens ?

— Je n'ai pas peur de toi physiquement. Tu représentes une bien plus grande menace pour le cœur qui bat si vite et si fort.

— Ton cœur est en sécurité avec moi.

— Emmett… »

Elle ferme les yeux, et une larme s'échappe du coin de son œil gauche.

Je l'essuie d'un baiser.

« Ne pleure pas. Tu sais que je ne supporte pas les larmes de filles. »

Elle rit mais les larmes continuent à couler, chacune d'entre elles me brisant.

« Je ne peux pas croire que tu me fasses ça. Ma Leah forte, sans peur, fougueuse, ne pleure pas comme une fille.

— Si, elle le fait quand le gars dont elle est dingue lui demande de vivre avec lui.

— Je retire mon offre, alors. S'il va y avoir des larmes, je ne veux pas que tu vives avec moi.

— Tu ne peux pas la retirer. »

J'essuie frénétiquement les larmes, chacune d'entre elles m'émasculant.

« C'est déjà fait. »

Elle secoue la tête et m'offre son sourire angélique qui illumine ses yeux larmoyants. Avec sa main qui enveloppe l'arrière de mon cou, elle me tire vers elle pour me donner le baiser le plus tendre de ma vie.

Je perds toute notion de temps et de lieu. Il n'y a qu'elle. *Leah*. Ses lèvres sont douces, sa langue est tentante, et son corps félin pressé contre le mien est la seule chose que je veux et dont j'ai besoin. Je suis complètement ensorcelé par elle et je cherche désespérément à la garder aussi près de moi aussi longtemps qu'elle le voudra, ce qui est très longtemps, je l'espère.

« Dis oui, murmuré-je contre ses lèvres. Vis avec moi. Dors avec moi chaque nuit. Sois mienne.

— Tu es sûr ? demande-t-elle d'une voix hésitante.

— Je suis sûr à mille pour cent. »

Elle prend une respiration profonde, ferme les yeux et expire.

« Oui. »

Je n'ai jamais ressenti un soulagement aussi profond que quand elle chuchote cette simple parole. J'ai l'impression qu'on m'a donné tout ce qu'il me faut avec un seul petit mot. La prenant dans mes bras, je la tiens tellement serrée qu'elle couine d'être enlacée si fort.

« Ne me casse pas.

— Jamais. »

Mon désir de la protéger et la chérir est féroce.

« Je peux te demander quelque chose ? dit-elle, d'un ton hésitant.

— Tout ce que tu veux. »

Elle s'éloigne pour pouvoir voir mon visage.

« Qu'est-il arrivé pour que tu changes d'avis ? »

Je comprends ce qu'elle demande. Il y a seulement quelques jours, j'étais déterminé à coucher avec elle une seule fois, en débarrasser mon esprit et revenir à la normale.

« C'est toi qui es arrivée. »

Je passe les doigts dans ses cheveux pendant que je cherche mes mots.

« Je pensais que tout allait bien quand j'étais seul, mais tu m'as montré que ce n'était pas le cas. Je n'allais pas bien du tout. Et maintenant que tu as tout changé pour moi, je ne pense qu'à te garder ici même, avec moi, à ta place.

— Je n'arrête pas de penser que je voulais ça tellement que mon imagination a tout créé. J'espère vraiment que ce n'est pas un rêve, parce que cela me briserait de me réveiller.

— Ce n'est pas un rêve. »

Je l'embrasse.

« Je te promets que c'est la réalité.

— Et tu ne vas pas soudainement changer d'avis ou avoir la frousse ou... »

Je l'embrasse encore.

« Je ne peux pas promettre que je n'aurai jamais peur, mais je ne vais pas changer d'avis. Je te veux, et je veux ça. Je veux nous deux. Je veux que tu continues à me faire rire si fort que j'en ai mal. Je veux que tu continues à m'irriter, me provoquer et me rendre fou de toutes les façons possibles.

— Ça, je peux le faire. Je suis très forte quand il s'agit de t'irriter et de te provoquer.

— Oui, tu l'es. »

Je me lève pour voir le réveil. Je n'arrive pas à croire qu'il est si tard. Avec un gémissement, je lui dis :

« Il faut qu'on se prépare pour y aller. »

Addie nous envoie des voitures pour nous prendre dans une heure pour la répétition et le dîner au vignoble.

Leah bâille.

« Il faut que je prenne une douche.

— Moi aussi. Que dirais-tu d'économiser l'eau et la prendre ensemble ?

— Je dis que c'est une idée responsable. »

La dernière chose que je veux, c'est la laisser partir ou quitter le lit, mais nous avons des plans et des amis qui comptent sur nous. Après la décision majeure que nous venons de prendre, je suis réconforté de savoir que je vais désormais avoir la chance de dormir avec elle chaque nuit. Je n'ai rien fait d'autre dans ma vie qui me rende aussi heureux qu'à l'instant, tandis que je la suis dans la douche et enlace son corps menu et sexy. Maintenant que je l'ai, je ne veux jamais la laisser partir.

CHAPITRE 18

Leah

C'est hallucinant, c'est le moins qu'on puisse dire. Je pensais savoir ce que c'était d'être heureux, mais Emmett qui me demande de vivre avec lui et puis me fait l'amour avec sensualité et passion dans la douche est ma nouvelle définition du bonheur.

Il est tellement intense mais tendre en même temps quand il me plaque contre le mur en carrelage frais et me comble avec sa queue dure. J'ai soif de lui. J'aurai toujours soif de lui. Il est tout ce que je veux et dont j'ai besoin, et savoir qu'il a des sentiments pour moi aussi est la meilleure chose qui me soit jamais arrivée.

Mes émotions sont en vrac – l'incrédulité que cela arrive vraiment se bouscule avec le désir et l'amour, tant d'amour pour cet homme fort qui ressent tout si profondément. J'ai vu sa loyauté féroce envers ses amis, sa famille de cœur, et après avoir entendu tout ce qu'il a enduré avec Elena et comment elle est importante pour lui, même après tout ce temps, je sais tout ce qu'il me faut sur le genre d'homme qu'il est vraiment.

« Es-tu vraiment à moi ? lui demandé-je tandis qu'il s'enfonce en moi dans la douche. À moi et à personne d'autre ?

— À toi et rien qu'à toi, dit-il de ce ton rocailleux que je suis venue à attendre avec impatience. Il n'y a personne d'autre que toi. »

Ses mots me vont droit au cœur pendant que mon corps frissonne de la jouissance imminente.

Je m'accroche fort à lui, embrassant son visage et son cou.

« Je t'aime, Emmett. Je t'aime tellement. »

Il gémit et s'enfonce en moi tout en appuyant ses doigts sur mon clito, l'ensemble me faisant basculer dans l'extase. Et il y est avec moi, me comblant encore et encore, jusqu'à ce que nous criions et haletions tous deux de la puissance de l'acte.

« Oh, putain, murmure-t-il. Comment ça devient meilleur chaque fois ?

— Je ne sais pas, mais c'est ce qui se passe.

— Mmm. »

Il mordille mon cou, et sa barbe d'un jour contre ma peau me provoque des contractions de muscles internes qui s'agrippent à sa bite encore dure.

« Assez, chipie. Il faut qu'on se prépare, ou on va être en retard.

— Et on n'en entendra jamais la fin. Pose-moi. »

Il m'embrasse.

« Je vais le faire, mais je n'en ai pas envie.

— Deux ou trois heures et on sera revenus ici.

— Tu promets ?

— Je promets.

— Dans ce cas, je te laisse partir pour l'instant. »

Il se retire de moi, me pose par terre et me tient jusqu'à ce que je retrouve de la stabilité sur mes jambes qui semblent être en coton. Puis il me lave la tête, me met de l'après-shampooing et étale du gel lavant partout sur mon corps, rallumant encore une fois le feu en moi.

Je repousse ses mains et puis lui rends la pareille, lui lavant la tête et le savonnant jusqu'à ce qu'il bande et pulse dans ma main.

« C'est de la folie, dit-il.

— Meilleure folie que j'aie jamais vécue.

— Moi aussi. »

Je veux me pincer quand il dit des choses comme ça. Est-ce vraiment en train d'arriver ? Est-il sérieux quand il me dit tout ça ? Est-ce que cela arrive souvent que les béguins comme celui que j'avais pour lui portent leurs fruits comme l'a fait celui-ci ? Cela ne m'était certainement pas arrivé à moi, pas comme ça en tout cas. Il me fait tourner la tête. Je veux me gaver de lui. Je veux passer des jours entiers au lit avec lui sans refaire surface pour respirer. Je veux tout avec lui, et cela n'a même plus aucune importance que je sois bien trop jeune pour prendre des décisions qui affecteront toute ma vie. Tout ce que je sais, c'est que je ferai tout pour que cela marche avec lui, absolument tout.

Je sors de la douche et me blottis contre la serviette qu'il tient pour moi, grimaçant quand le tissu frotte contre mon cul sensible.

« Tu as mal ? demande-t-il, fronçant les sourcils avec inquiétude.

— Un peu, mais c'est un mal qui fait du bien.

— Je te ferai un massage plus tard qui va le guérir.

— Je vais y penser chaque instant jusqu'à ce moment-là. »

Je voudrais n'avoir nulle part où aller pour que je puisse recevoir tout de suite ce massage.

Pendant que j'essuie et lisse mes cheveux, je me dis que je suis contente maintenant d'avoir accepté l'offre de Tenley de m'aider à choisir des vêtements pour ce week-end. J'enfile la robe portefeuille rouge et moulante qu'elle a sélectionnée pour moi, et je me sens sexy et sophistiquée. Avant de venir habiter à Los Angeles, je ne consacrais ni beaucoup de temps ni beaucoup de réflexion à ce que je portais, principalement parce que je ne pouvais pas me permettre plus que des vêtements basiques. Mais passer du temps avec Addie, Tenley, Ellie et Marlowe m'a aidée à améliorer mon sens de la mode, et je sais que Natalie dirait la même chose. Nous sommes loin de notre vie à petit budget de New York. J'enfile les talons de quinze centimètres que Tenley a envoyés avec la robe et me tourne pour jeter un œil dans le miroir mural.

Derrière moi, Emmett pousse un sifflement bas.

« Je suis présentable ?

— Chérie, t'es incroyable. Belle, sexy, superbe.

— Voilà de belles paroles, dis-je, en lui souriant dans le miroir.

— Elles ne te rendent pas justice.

— Je pourrais en dire autant de toi. »

Il porte une veste bleu marine avec un pantalon de ville kaki et une de ces chemises habillées faites sur mesure qui mettent en valeur son torse musclé. Je me tourne vers lui et pose mes mains à plat sur le tissu bien blanc.

« Tu es toujours tellement beau.

— Je t'emmènerai la prochaine fois que je fais un voyage à Londres pour que tu puisses m'aider à choisir.

— J'ai toujours voulu aller à Londres. »

Il m'embrasse sur le front et les lèvres.

« Pendant qu'on sera là-bas, on fera un tour à Paris, aussi. »

Je m'évente le visage avec exagération.

« Je ne suis jamais allée nulle part, et je veux aller partout.

— Je vais te montrer le monde.

— Je ne suis pas sûre de pouvoir supporter tout ce qui s'est passé aujourd'hui, en un seul jour.

— Ce n'est que le début. »

Il me prend la main, l'amène à ses lèvres pour en embrasser le dos et puis la place dans le creux de son bras.

« On y va ?

— Allez, on se le fait.

— Oh, oui, on va se le faire. »

Ses insinuations me font rigoler alors que nous descendons pour rejoindre les autres. Je connais un moment de panique quand je me demande si nous avons fait du bruit avant, mais personne ne dit ni ne fait rien qui nous gêne. Peut-être qu'ils ne nous ont pas entendus… Je ne peux qu'espérer.

Je me retrouve assise entre Emmett et Natalie dans la longue Cadillac Escalade qui vient nous chercher.

« Tu es magnifique, me murmure Natalie. Tu es rayonnante. »

Parce qu'il faut que je le dise à quelqu'un, et parce qu'Emmett parle à Kristian à sa droite, je me penche et chuchote à Nat :

« Il m'a demandé de vivre avec lui. »

Elle pousse un cri qui fait que tout le monde nous regarde.

« Subtil, lui dis-je d'un air renfrogné.

— Que se passe-t-il ? demande Flynn à sa femme, qui me regarde en levant un sourcil.

— C'est OK, dit Emmett en souriant quand il fait le rapprochement et comprend que j'ai annoncé notre nouvelle à Natalie. Tu peux le dire à tout le monde.

— Nous dire quoi ? » demande Ellie. Elle est assise en face de moi, et tient la main de Jasper.

Encore éblouie, je jette un œil sur Emmett, pas tout à fait certaine que tout cela arrive vraiment.

« Emmett et moi emménageons ensemble. »

Ma déclaration déclenche une vague excitée de félicitations, et quelqu'un – je crois que c'est peut-être Kris – fait sauter le bouchon d'une bouteille de champagne que nous nous passons comme des adolescents déchaînés, tous sauf les femmes enceintes buvant directement à la bouteille.

Il n'y a que Flynn qui ait l'air un peu circonspect, étudiant Emmett d'une façon qui fait que je me demande ce qu'il pense. Il y a en moi l'envie de ne pas savoir. Je ne veux pas que quelque chose gâche la journée la plus excitante que j'aie jamais eue.

« Et puis il n'en restait qu'un, dit Sebastian quand la bouteille arrive à lui. Je comptais sur vous, les gars, pour que je me sente moins comme la neuvième – ou est-ce la onzième ? – roue du carrosse ce week-end.

— Désolé de te décevoir, mon pote, dit Emmett, mais je suis officiellement pris.

— Moi aussi », dit Marlowe, éblouissante quand elle regarde Rafe.

Je remarque que l'expression amicale de Sebastian durcit quand il regarde dans leur direction, et cela me fait froid dans le dos. Pourquoi ce sentiment, je n'en ai aucune idée, mais je le ressens néanmoins. Avant que je puisse trop y réfléchir, nous arrivons au vignoble, et la voiture entre par un portail en métal qui porte le Q du logo distinctif de la société. Le terrain est luxuriant et magnifiquement paysagé. À droite, des champs de vigne s'étendent à perte de vue.

La voiture s'arrête devant le portique d'une maison énorme avec un extérieur en parement de bardeaux et des boiseries rouge vif. Des pots fabriqués à partir de fûts qui débordent de fleurs blanches et rouges flanquent un large porche d'entrée.

« Quel bel endroit, dit Natalie.

— Attends de voir le reste, répond Flynn d'un ton excité.

— Ça fait combien de temps que vous en êtes propriétaires ? demandé-je.

— À peu près cinq ans maintenant, dit Jasper. C'était en ruine quand on l'a acheté, et on l'a complètement transformé. Ça a été un projet excitant pour nous tous. »

Hayden et Addie nous attendent sous le porche quand nous sortons de la voiture, un groupe bruyant et turbulent excité par la soirée qui nous attend. Addie est superbe dans une robe rose vif. Ses cheveux sont en chignon et son sourire énorme. Je suis soulagée de la voir si relaxe et heureuse après avoir su qu'elle avait eu quelques semaines difficiles avant ce week-end. Ils nous prennent tous dans leurs bras et nous conduisent à l'intérieur. Je veux m'arrêter et tout regarder, mais on nous fait passer en coup de vent devant les salles de dégustation et un restaurant qui est en ce moment dans le noir car tous les locaux sont fermés au public ce week-end.

Nous sortons sur une énorme véranda arrière où une longue table a été dressée pour le dîner.

« D'abord, il nous faut régler les détails pratiques, dit Hayden. Puis nous mangerons et boirons. »

Ils nous emmènent dans la cour et expliquent au cortège le plan pour la cérémonie, en indiquant où tout le monde doit se tenir et quand. Tenley et son compagnon, Devon Black, se sont joints au cortège, tout comme les parents de Flynn, ses sœurs, leurs maris, la mère de Hayden, le père d'Addie, Simon, et la maman de Sebastian, Graciela, qui est comme une seconde mère pour Hayden.

Il y a beaucoup de blagues et de taquineries pendant la répétition même. Après qu'Addie a expliqué à tout le monde une fois, elle lève les bras en signe de reddition à la pitrerie.

« Si c'est la pagaille demain, ce ne sera pas de ma faute. »

Hayden met son bras autour d'elle.

« Du moment que tu te présentes et dis "oui", je n'en ai rien à foutre si le reste est un putain de bordel.

— Comme c'est joli. »

Jan fait les gros yeux à son fils.

« Il tient de son père pour son langage. »

Tout le monde rit, y compris Hayden, qui a choisi de ne pas inviter son père au mariage. Je l'ai entendu dire qu'il ne voulait avoir que les gens qu'ils aiment vraiment au mariage, ce qui apparemment ne comprend pas le père qui l'a si souvent déçu dans sa vie. J'étais honorée d'être incluse dans les personnes qu'ils aiment.

« Si le premier mot qui sort de la bouche de mon petit-fils ou ma petite-fille est "putain", dit Simon, je ne serai pas responsable de mes actions.

— Ne t'inquiète pas, Papa, dit Addie. Je serai là pour m'assurer que le premier mot est Papi. »

Simon lui sourit, sa fierté et son amour pour elle évidents.

« Bravo, ma fille.

— J'ai besoin d'un verre, dit Hayden, conduisant le groupe à la terrasse, où deux serveurs se tiennent prêts à nous servir.

— Est-ce que tout le personnel ici a signé un contrat de confidentialité ? » demandé-je à Emmett.

Il m'offre un sourire satisfait.

« Qu'est-ce que t'en penses ?

— Je pense que tu t'es occupé de tout, comme d'habitude.

— C'est mon boulot. »

Du ciel clair au-dessus de nous jusqu'aux guirlandes de lumières qui éclairent la table, à la compagnie de mes amis les plus proches, à la main d'Emmett qui serre la mienne, je me souviendrai de cette nuit comme l'une des plus parfaites de ma vie. Après un dîner délicieux et d'innombrables bouteilles de vin, Simon se lève pour porter un toast.

« J'aimerais tant que ta maman puisse être là pour voir la femme extraordinaire que tu es devenue, dit-il, nous mettant à tous les larmes aux yeux. Hayden, toi et moi, nous avons eu des débuts difficiles mais ma fille m'a convaincu que je devais te donner une chance de faire tes preuves. Tu as fait plus que tes preuves. Après avoir vu ton amour pour mon Addison, j'ai entièrement confiance dans le fait qu'elle recevra toute l'attention et tout l'amour qu'elle mérite.

— C'est sûr, dit Hayden, visiblement touché par les paroles de Simon tandis qu'Addie essuie un torrent de larmes.

— Je vous souhaite à tous deux le meilleur de tout, et surtout une longue et heureuse vie ensemble, dit Simon, sa voix déraillant. Félicitations. »

Addie se lève pour prendre son papa dans ses bras, et ils se tiennent l'un l'autre longtemps, deux survivants d'un désastre qui ont réussi à continuer après la perte tellement soudaine de sa maman.

J'essuie mes larmes et Emmett fait pareil.

Nous partageons un sourire, et il me serre encore une fois la main.

Flynn se lève et s'éclaircit la voix, ce qui déclenche une série de gémissements.

« Oh, mon Dieu, dit Hayden. Tu veux poser ton cul, oui ? »

Sans fléchir, Flynn dit :

« En tant que témoin, demain, j'ai l'opportunité de dire quelques mots sur le marié. Ce soir, juste entre nous, j'aimerais dire quelques mots sur la mariée, si je peux me permettre.

— Si t'es obligé, soupire Hayden.

— Je suis obligé, dit Flynn en regardant Addie avec tendresse. J'ai eu la chance, si on peut dire ça comme ça, d'avoir trois sœurs aînées qui me rendent complètement fou-dingue la plupart du temps.

— Oh, je t'en prie, dit Ellie. Nous sommes la seule raison pour laquelle tu n'es pas complètement insupportable. »

Ses sœurs et Natalie acquiescent.

Les ignorant, Flynn continue, sans jamais détourner les yeux d'Addie, qui est en larmes.

« Et puis est arrivée Addison York, fougueuse, sans peur et extrêmement organisée. Tu as changé ma vie, Addie, bien avant que tu aies changé celle de Hayden, et quand je te dis que je ne peux pas fonctionner sans toi, je suis sérieux.

— Il est sérieux, dit Natalie, déclenchant une nouvelle vague de rires.

— Tu es devenue la petite sœur que je n'ai jamais eue et la seule de mes quatre sœurs qui ne me rend pas fou-dingue de façon régulière – ainsi que la seule qui ne dévoile pas mes secrets à ma mère. »

Stella Flynn éclate de rire.

« Il me paie pour garder ses secrets, dit Addie à Stella.

— Personnellement, je pense que tu pourrais trouver bien mieux que Hayden, poursuit Flynn, mais puisque tu as l'air de tenir à lui, je vais te donner la permission de l'épouser.

— Oh, putain de bordel de merde », murmure Hayden.

Je ris tellement fort que je n'arrive pas à respirer. Ah, les cons…

Flynn lève son verre.

« À Addison, une belle mariée, une belle personne, de corps comme d'esprit. Je t'aime. »

Addison pleure comme une madeleine quand elle se lève pour prendre Flynn dans ses bras.

Nous autres, nous essuyons nos larmes en les regardant.

« Bon, ça va comme ça, dit Hayden. Enlève tes sales mains de ma femme.

— Elle n'est pas encore ta femme, lui rappelle Flynn.

— Non, mais moi je suis la tienne, dit Natalie, et ça a duré assez longtemps comme ça. »

Flynn lui fait un sourire coquin.

« J'adore quand elle est possessive.

— Assis-toi, fiston, dit Stella, et ferme-la pendant qu'il en est encore temps. »

J'adore. La plus grande star du cinéma se fait gronder par sa maman devant tous ses amis, et le plus beau, c'est que lui aussi adore ça. Il embrasse la joue de sa mère et retourne à sa place.

Marlowe se lève ensuite.

« Mon tour. Mon adorable Addie, je te connais depuis que tu es toute petite, quand tu venais au travail avec ton papa et prenais tout avec la même sagesse et maturité qui continue à attirer les gens vers toi. Je t'ai regardée grandir et devenir la belle femme que tu es aujourd'hui, et maintenant que tu épouses mon cher ami Hayden, je ne pourrais être plus heureuse de voir deux personnes fabuleuses obtenir tout ce qu'elles méritent dans cette vie. Je vous aime tous les deux et je vous fais mes meilleurs vœux. À Hayden et Addie.

— À Hayden et Addie. »

Puis, la maman de Hayden se lève, l'air timide et hésitante pendant qu'elle s'éclaircit la voix.

« C'est un secret pour personne que Hayden a eu de quoi faire avec moi comme maman. »

C'est une ancienne toxicomane qui est clean depuis maintenant des mois, et Addie dit qu'ils osent espérer que son séjour le plus récent en centre de désintoxication a finalement été un succès.

« Il a été obligé de grandir bien trop vite et d'avoir à s'occuper de choses qu'aucun fils ne devrait avoir à affronter.

— Maman…

— Laisse-moi dire ceci, Hayden, dit-elle doucement. Laisse-moi dire à tous ces gens que tu aimes comment tu m'as sauvé la vie maintes fois, et comment je ne serais certainement pas ici sans toi. »

Addie le prend dans ses bras tandis qu'il essuie ses larmes.

« Tu es le meilleur fils qu'une mère puisse espérer avoir, et je ne pourrais pas être plus fière de l'homme que tu es devenu. La plus grande joie dans ma vie a été de te regarder tomber amoureux d'Addie et savoir qu'elle te donne tout ce que tu n'as jamais eu, tout l'amour que tu mérites tant. Et à toi, ma chère Addie, merci du fond du cœur d'avoir rendu mon fils tellement, tellement heureux. Je vous aime tous les deux, et j'ai hâte d'être la mamie de vos bébés. »

Hayden pleure sans se cacher quand il prend sa mère et Addie dans ses bras en même temps.

Nous autres, nous sommes également dans tous nos états.

Hayden relâche sa mère mais garde un bras autour d'Addie.

« J'aimerais porter un toast à cette femme extraordinaire qui demain à cette heure-ci sera ma femme. Addison, rien de tout cela ne serait en train d'arriver sans ta détermination féroce de faire en sorte que cela se réalise. J'ai été imbécile de croire, pendant si longtemps, que je pouvais te résister, à toi et à l'amour que j'éprouvais pour toi. Dès que tu as décidé que ça suffisait comme ça, j'étais cuit.

— Oui, c'est sûr », dit Addie, souriant avec satisfaction.

L'histoire de comment elle en a fait un mec à la hauteur est l'une de mes préférées.

« Et P.-S., c'est entièrement de ta faute, pour m'avoir embrassée aux Oscars.

— Meilleure chose que j'aie jamais faite, dit-il en l'embrassant. Je veux aussi rendre hommage à Natalie, Aileen et Ellie, et maintenant Leah et Rafe, pour rendre mes amis si heureux. À l'amour. »

Je regarde Emmett et nous trinquons.

« À l'amour.

— À l'amour, dit-il.

Il n'a pas prononcé les mots, mais je n'ai aucun doute à cet instant précis qu'il ressent tout ce que je ressens, et cela me suffit.

CHAPITRE 19

Emmett

Nous retournons à l'hôtel bien après 1 h du matin, tous plus qu'un peu éméchés et la tête qui tourne après une soirée formidable passée à célébrer avec les gens que nous aimons le plus au monde l'union de Hayden et Addie. Autant j'ai aimé la soirée avec mes amis, autant j'ai hâte de me retrouver encore seul avec Leah. Alors que les autres se versent des verres à boire sur la terrasse, je dirige Leah vers l'escalier, ignorant les plaisanteries de nos amis pendant que nous partons. Je me fiche de ce qu'ils peuvent dire, je la veux et je la veux tout de suite.

J'en ai entendu parler, de ce stade quand on vient de se mettre avec quelqu'un de nouveau et qu'on ne peut pas s'empêcher de se tripoter. Mais ça ne m'était jamais arrivé à moi, et je veux m'y vautrer, ainsi qu'en elle, aussi longtemps que dure cette folie.

Je lui ai promis un massage, et j'ai l'intention de tenir ma promesse. Une des choses que j'ai apportées ce week-end, c'est l'huile de massage. Espérant que cela devienne intense entre nous, je voulais pouvoir l'apaiser après.

Elle a le vertige, est pompette et adorable quand elle entre dans notre chambre en titubant et atterrit sur le lit, les bras et les jambes écartées.

Sexy. À en crever. Et toute à moi. Mon cœur se serre, une autre chose qui ne m'était jamais arrivée avant elle. Même Elena ne m'a jamais donné l'impression d'avoir le cœur comprimé par la force des émotions qu'elle suscitait en moi. Pas comme le fait Leah. Avant qu'elle puisse s'endormir, je vais à elle, retire ses talons sexy et les balance avant de l'aider à enlever sa robe. Je ne suis pas surpris de ne trouver qu'un string sous sa robe. Sa poitrine est assez petite pour qu'elle puisse ne pas porter de soutien-gorge, mais j'adore savoir combien ses seins sont sensibles.

« Ne bouge pas, lui dis-je.

— Vais nulle part. »

Je me rends dans la salle de bains pour prendre une serviette et j'enlève mes vêtements, les accrochant au crochet derrière la porte. J'attrape l'huile dans mon sac et me mets sur le lit avec elle.

« Retourne-toi. »

Elle fait ce que je lui dis, soupirant en se mettant à l'aise sur le lit.

Je verse de l'huile dans mes mains et l'étale sur son dos, pétrissant ses muscles jusqu'à ce qu'ils se relâchent sous mes doigts.

Ses soupirs et gémissements sont de la musique à mes oreilles pendant que je descends le long de son dos, en accordant à ses fesses une attention toute particulière.

« Tu as mal d'avant ?

— Un peu. Rien que je ne puisse supporter.

— Tu as aimé assez pour vouloir recommencer un de ces jours ?

— Tu ne t'en es pas rendu compte avec l'orgasme monstre ? »

En riant, je descends jusqu'à ses jambes et finis avec un massage de pieds.

« Prête à te retourner ?

— Oui, oui. »

Je place bien la serviette pour que nous n'abîmions pas les draps, et elle se retourne, balayant ses cheveux de son visage.

« Comment ça va ? demandé-je en commençant à caresser ses mollets.

— Tu as fait de moi une chique molle. Je ne pourrais pas bouger s'il fallait.

— T'as de la chance puisque tu n'as rien à faire sauf rester allongée et profiter.

— Je me sens très gâtée.

— C'est moi qui ai de la chance de pouvoir te toucher comme ça. »

Je passe plus de temps sur l'intérieur de ses cuisses, respirant à pleins poumons l'odeur de l'huile mélangée à celle de son excitation. Mes mains glissent par-dessus ses os iliaques et montent jusqu'à son ventre et ses seins, qui reçoivent un traitement spécial.

« Emmett, dit-elle, sans souffle.

— Quoi, ma chérie ? »

Elle me tire, me plaçant sur elle, nos corps parfaitement alignés pour baiser.

« Tu interromps mon massage, lui dis-je d'un ton sévère.

— *S'il te plaît…*

— Dis-moi ce que tu veux, chérie.

— Toi. À l'intérieur de moi. Maintenant. »

L'une des nombreuses choses que j'aime à propos de Leah, c'est qu'elle me dit toujours les choses comme elles sont. Et oui, je réalise ce que je viens de dire, même si ce n'était qu'à moi-même. Je l'aime. Bien sûr que je l'aime. Elle a pratiquement insisté pour que je tombe amoureux d'elle. Je n'avais aucune chance contre la force de sa croyance que nous étions faits l'un pour l'autre.

J'entre en elle doucement, lui donnant le temps de s'adapter et de me faire de la place tandis que je regarde son visage expressif révéler tout ce qu'elle pense et ressent. Elle est comme un panneau d'affichage illuminé à Times Square. Je vois combien elle m'aime juste à voir comment elle me regarde quand elle me prend à l'intérieur de son corps.

C'est l'amour. C'est ce qui compte. *Elle* est ce qui compte.

« Leah. »

Elle me tire vers elle pour m'embrasser tandis qu'elle soulève ses hanches, en demandant davantage.

Elle est si ouverte, généreuse et confiante. Je suis rempli d'humilité par tout ce qu'elle m'a donné, tout ce qu'elle continue à me donner, et je veux tellement plus. Je ris presque tout haut en me souvenant de lui avoir dit que je lui donnerais une seule nuit. Je sais déjà qu'un million de nuits avec elle sera loin d'être assez.

Je me rends compte que tout le tralala habituel dont j'ai besoin pour que le sexe soit satisfaisant n'est pas nécessaire avec elle. En fait, c'est presque superflu par rapport à ce dont nous sommes capables ensemble. Juste nous deux, deux personnes qui viennent ensemble en une explosion d'amour et de désir si intense que cela me coupe le souffle.

« Emmett.

— Parle-moi. Dis-moi ce que tu sens.

— C'est incroyable. Je n'ai jamais…

— Je sais. Moi non plus. »

Je tends la main vers l'endroit où nous sommes joints et caresse son clito.

Ses doigts s'enfoncent dans mon dos et ses jambes se resserrent autour de mes hanches la seconde avant qu'elle jouisse.

Je me laisse partir avec elle, la rejoignant en un instant d'unité totale qui restera l'un des moments les plus parfaits de mon existence.

« Ma Leah adorable », murmuré-je, mes lèvres pressées contre la pulsation folle dans son cou tandis que sa chatte continue à se contracter autour de ma queue.

Joint à elle de toutes les façons possibles, j'ai du mal à croire avoir jamais résisté à quelque chose d'aussi bon. J'ai peut-être été imbécile en ce qui la concerne, mais je crois en avoir tiré une leçon.

En la prenant dans mes bras, je prête serment de m'accrocher à elle à partir de maintenant.

Leah

Je n'avais pas compris pourquoi les gens pleurent aux mariages. Pour moi, cela avait toujours semblé bête que deux personnes heureuses fassent pleurer tout le monde. Aujourd'hui, je comprends. Je suis dans tous mes états à la minute où je vois Hayden attendre son épouse avec impatience, avec Flynn, Sebastian, Emmett, Kristian et Jasper à ses côtés. Et si on parlait d'Emmett Burke en queue-de-pie ?

Putain. Plus sexy, tu meurs.

Et puis Addie apparaît au bras de son père qui sanglote, et je suis fichue. Absolument détruite par le coup émotionnel de les regarder tous deux s'approcher de l'autel et de Hayden qui, lui aussi, pleure en voyant son amour.

C'est trop, punaise.

Addie est une déesse dans une robe simple sans froufrous qui lui va à ravir, sans aucun doute grâce à Tenley. Elle a les épaules nues, et elle porte un voile magnifique qui traîne derrière elle pendant qu'elle avance vers l'autel.

Ellie me donne un mouchoir en papier, que j'accepte volontiers.

Leurs vœux sont beaux et sincères, et mes larmes continuent à couler.

À un moment donné, mon regard rencontre celui d'Emmett et je réalise que lui aussi sanglote, ce qui me fait l'aimer encore davantage.

Ellie et moi utilisons un demi-paquet de mouchoirs en papier avant que Hayden embrasse son épouse et l'accompagne dans l'allée vers la sortie, les deux rayonnant de bonheur.

Simon donne le bras à Jan, et ils suivent le couple heureux, devant le cortège qui vient ensuite.

C'est une journée chaude et ensoleillée d'automne, alors les côtés de l'énorme tente sont laissés ouverts pour faire entrer de l'air frais pendant que les mariés, le cortège et les membres de la famille posent pour des photos dans le vignoble même.

J'ai bien entamé mon deuxième verre de chardonnay Quantum 2013 quand Emmett finalement me rejoint, glissant un bras autour de ma taille et m'embrassant sur la tête.

« Te voilà, dit-il, l'air soulagé de m'avoir trouvée dans la foule de plus de deux cents invités.

— Me voilà.

— Tu m'as manqué. »

Il a quitté notre lit tôt ce matin pour rejoindre Hayden et les autres gars au vignoble.

« Cela ne fait que quelques heures.

— Tu m'as manqué, dit-il encore, me regardant avec une intensité qui me fait frissonner.

— Tu m'as manqué aussi. »

Son sourire illumine son visage et me remplit de joie. Ce n'est pas étonnant que les gens pleurent aux mariages s'ils ressentent quelque chose qui se rapproche vaguement de ce que je sens quand je le regarde.

Quelques minutes plus tard, Emmett rejoint le cortège. Il entre bras dessus bras dessous avec Marlowe, les deux souriant jusqu'aux oreilles tandis qu'ils suivent Flynn et Natalie, Tenley et Sebastian, et Kristian et Jasper qui font rire tout le monde en s'accompagnant l'un l'autre.

« Mesdames et messieurs, montrons notre appréciation pour les mariés, Hayden et Addie Roth. »

La foule devient dingue avec des applaudissements et sifflements pour le couple heureux. Ils se rendent immédiatement sur la piste de danse pour leur première danse en tant que mari et femme au son de la chanson de Beyoncé, *Die With You*, qui est un choix magnifique, si je peux me permettre. Et voilà les larmes qui se pointent. Encore une fois.

Emmett s'assied derrière moi et m'enlace.

Je m'appuie contre lui pendant que nous regardons Hayden et Addie bouger ensemble comme s'ils étaient nés l'un pour l'autre, ce qui est d'ailleurs le cas. Je n'en ai aucun doute.

Puis, Addie et son papa font une danse drôle et touchante sur *I've Got You Babe*, de Sonny et Cher.

Jan a choisi *God Only Knows* pour sa danse avec Hayden, son message parfaitement limpide pour tous ceux qui sont présents. Au beau milieu de la chanson, Hayden embrasse sa maman sur la joue, la raccompagne à sa table et tend la main à Graciela, qui immédiatement fond en larmes et secoue la tête en essayant de le renvoyer.

Hayden lui dit quelque chose, et avec un petit encouragement de Sebastian, Graciela laisse Hayden la mener sur la piste de danse, où elle pleure ouvertement, entraînant les autres avec elle.

« C'était la femme de ménage de son père quand il était petit et elle était là pour lui quand ses parents ne l'étaient pas, me murmure Emmett. Elle s'assurait qu'il avait des fêtes d'anniversaire, et elle s'est rendue à tous ses rendez-vous d'école et événements sportifs. Elle est autant une maman pour lui que Jan.

— Bah, punaise, réponds-je en essuyant d'autres larmes. C'est une chose merveilleuse qu'il fait là.

— En effet. »

Plus j'apprends à connaître ces gens, plus je me sens chanceuse d'être parmi eux. Je n'ai jamais connu personne comme eux, et leur loyauté envers ceux qu'ils aiment me donne l'impression que la torture que j'ai endurée au collège est arrivée à quelqu'un d'autre que moi. Avoir de vrais amis sincères qui feraient tout pour moi est encore un rêve devenu réalité dans ma nouvelle vie.

Néanmoins, le meilleur rêve de tous est enroulé autour de moi, musclé, sexy et rien qu'à moi.

Addison

Hayden avait raison. En fin de compte, les détails n'avaient pas autant d'importance que les gens, surtout mon nouveau mari, qui ne m'a pas quittée depuis qu'il a dansé avec les femmes qui l'ont élevé.

C'est sans le moindre doute le meilleur jour de toute ma vie, et je sens la présence de ma mère plus que je ne l'ai jamais fait depuis qu'elle nous a si soudainement quittés. J'en suis particulièrement reconnaissante, même si cela m'a causé des moments difficiles pendant les jours qui ont précédé mon mariage. Avec l'aide de Hayden, j'ai choisi de voir le retour de mes souvenirs comme un cadeau à chérir plutôt que quelque chose de contrariant.

Et mon papa a dansé avec la maman de Hayden toute la journée ! C'est presque une plus grande nouvelle que d'arriver à faire dire « oui » devant l'autel à Hayden

Roth. Que je sache, mon papa n'est pas sorti avec quelqu'un en quinze ans depuis qu'il est veuf, alors c'est énorme de le voir danser, sans parler de le faire avec la même femme une chanson après l'autre.

« Ce serait vraiment quelque chose s'ils finissaient ensemble, non ? » dis-je à Hayden, en regardant mon papa et Jan tandis que nous dansons sur *Can't Help Falling in Love*, une chanson appropriée pour notre mariage parce que j'étais incapable de m'empêcher de tomber amoureuse de l'homme qui est maintenant mon mari.

Je ne peux arrêter de dire ce mot dans ma tête : *mari*. Hayden Roth est mon *mari*. Les rêves se réalisent. Nous en sommes la preuve vivante.

« Ah oui, ce serait quelque chose, c'est sûr. Bien que je ne sois pas certain qu'elle soit bien pour lui. »

Je sais qu'il fait référence aux addictions qui ont gâché la vie de Jan – et de Hayden.

« Elle y met vraiment du sien. Peut-être qu'on peut croire qu'elle va s'y tenir cette fois-ci.

— J'ai été échaudé par l'espoir trop de fois dans le passé. Il faudra simplement attendre et voir. »

Il baisse les yeux vers moi, et je comprends qu'il ne veut plus parler de sa mère.

« Es-tu heureuse, Mme Roth ? »

Ce nom me donne envie de me pâmer !

« Je n'ai jamais été plus heureuse.

— Tu devrais être très contente de toi, dit-il avec ce grand sourire calme que j'ai vu si souvent dernièrement.

— Je suis plutôt contente de moi, en effet. »

Le grondement bas qu'est son rire est l'un de mes sons préférés au monde, surtout parce que je sais combien il était rare qu'il rie avant que je le fasse se dérider régulièrement.

« Je n'avais aucune chance contre toi. »

Il me tient plus près de lui, ses bras serrés autour de moi et mes bras l'enlaçant à la taille.

« Tu m'as mis à genoux, Addison.

— Je t'aimerai toujours, Hayden.

— Je le sais. »

Ses lèvres sur mon cou me donnent envie d'être seule avec lui, tout de suite.

« Il nous faut rester combien de temps à notre mariage ?

— Assez longtemps pour couper le gâteau et puis on peut se tirer.

— En tant que l'organisatrice du mariage, tu crois que tu pourrais avancer le moment du gâteau ? De façon significative ?

— Pourquoi ? demandé-je. Il y a quelque chose d'autre que tu aimerais faire ?

— Je veux désespérément faire l'amour à ma nouvelle femme.

— J'entends – et je sens – l'urgence en la matière.

— Une urgence extrême. »

Je m'éloigne de lui et lève les yeux vers le beau visage que je verrai en me réveillant tous les jours pour le reste de ma vie.

« Alors, coupons ce gâteau et barrons-nous d'ici.

— T'es la meilleure femme que j'aie jamais eue. »

Je l'amène à moi pour un baiser.

« Je suis la *seule* femme que tu auras jamais.

— Dieu merci. J'en ai assez d'une, mon amour. »

C'est la perfection. La perfection absolue.

Emmett

Nous prenons l'avion pour rentrer dimanche soir après un week-end vraiment exceptionnel. Les nouveaux mariés partent demain matin pour leur croisière dans l'Adriatique et promettent d'envoyer plein de photos pour nous rendre jaloux pendant que nous travaillerons d'arrache-pied au boulot.

Le mariage a été spectaculaire, touchant et tellement fun. Flynn a fait un speech hilarant dans lequel il a fichu la honte à Hayden avec des histoires de leur jeunesse turbulente et puis il a dit a tout le monde combien il aime le salopard grincheux, intense, bourru, vulgaire, loyal et dévoué qui est son frère de cœur et son premier complice en conneries. C'était épique, et Hayden a adoré.

Nous avons tous trouvé cela intéressant et intrigant que Simon ait dansé toute la nuit avec Jan, surtout Addie, qui a dit qu'elle n'avait jamais vu son papa danser avec qui que ce soit depuis la mort de sa maman. Ce serait incroyable, non, si ces deux-là se mettaient ensemble grâce à leurs enfants ?

Le mariage a été parfait, mais le temps que j'ai passé seul avec Leah a été ce qu'il y avait de mieux dans ce week-end fabuleux. Je veux toujours encore plus avec elle. En fait, je redoute le voyage court au Nebraska avec Flynn et Nat cette semaine parce qu'il va me falloir être loin de Leah pour un jour entier et toute une nuit, possiblement deux s'il y a du retard au tribunal. Je pourrais m'y opposer, mais je sais que Flynn me veut là au cas où les choses tourneraient mal, alors j'irai et lui offrirai tout le soutien que je peux, même si je préférerais de loin rester à la maison.

Ce n'est qu'une nuit, bordel, je me dis.

Assise près de moi dans l'avion, Leah allume son téléphone pour la première fois depuis que je l'ai éteint l'autre soir, et elle est bombardée de textos et messages dans sa boîte vocale.

« C'est quoi, ce bordel ? » dit-elle.

Je me penche et vois plus de deux cents SMS et un nombre alarmant de messages vocaux, tous d'un numéro inconnu. J'en ai froid dans le dos.

« Est-ce l'autre mec, Tom ? »

Elle écoute un des messages et hoche la tête, son visage devenu blême.

Je défais la boucle de ma ceinture de sécurité et me lève pour parler à Kristian. L'affaire ancienne du meurtre de sa mère a été récemment résolue, et il a des gens qui peuvent nous aider.

« Le flic que tu connais au service de police de Los Angeles.

— Oui, quoi ?

— Tu peux l'appeler et lui demander de venir chez moi ce soir ?

— Comment ça se fait ?

— Leah a un gars qui la harcèle. Il lui a envoyé plus de deux cents textos et tellement de messages dans sa boîte vocale qu'elle est pleine, après que nous lui avons tous deux dit de la laisser tranquille.

— Je vais lui envoyer un SMS.

— Merci. »

Je retourne à ma place et essaie de respirer malgré la rage qui me tient. Je me dis que cela n'a rien à voir avec la dernière fois, quand j'étais à peine un adulte et n'avais aucune idée de comment protéger la femme que j'aimais. Cette fois-ci, je sais exactement quoi faire, et je vais faire tout ce qui est en mon pouvoir pour la protéger.

Elle me prend la main et enroule ses doigts autour des miens.

« Respire. »

J'inspire profondément et expire.

« Je n'ai rien, dit-elle. Tout va bien.

— Non, tout ne va pas bien, mais ça va aller bientôt. Kris est en train d'appeler son ami flic au service de police de Los Angeles, et on va porter plainte ce soir.

— D'accord.

— Il ne va pas t'approcher du tout.

— D'accord.

— Merde, pourquoi est-ce que t'es si calme ?

— Parce que l'un de nous deux a besoin de l'être. »

Quand elle essaie de défaire sa main de la mienne, je réalise que je la serre trop fort.

« Désolé, murmuré-je, en relâchant la poigne.

— C'est OK. Je sais que c'est un déclencheur de mémoire pour toi.

— Rien qu'un peu. »

Elle pose sa tête sur mon épaule et me caresse le bras.

« Pourquoi est-ce que tu me réconfortes quand c'est moi qui devrais te consoler ?

— Tu me réconfortes en entrant en mode protecteur. Je perdrais la tête si tu n'étais pas là pour me rassurer.

— Je ne veux jamais que tu te sentes en danger. Je vais appeler Gordon, le directeur de sécurité de Quantum, et lui demander de te donner un vigile jusqu'à ce que les flics trouvent ce mec. »

Je relâche sa main pour composer un texto pour Gordon qui partira quand nous atterrirons.

« Est-ce vraiment nécessaire ?

— Oui, putain, c'est nécessaire. Je ne peux pas être avec toi vingt-quatre heures sur vingt-quatre, surtout cette semaine quand il faut que j'aille au Nebraska de merde. Je ne vivrai pas si tu n'as pas de sécurité.

— Je m'en fiche s'ils me suivent, mais je veux être capable de faire mes affaires. Promets-moi que je pourrai me déplacer librement quand même.

— Je lui en parlerai.

— C'est bien, dit-elle d'un ton soulagé. J'ai un travail à accomplir pour Marlowe, et j'ai besoin de pouvoir le faire.

— Je m'en occuperai, mais n'essaie pas de les semer, tu m'entends ?

— Bien sûr que non. Je le promets. Je ne veux pas plus que toi qu'il m'approche.

— Si ce n'était pas un fou obsédé, il me ferait presque de la peine, le pauvre con.

— *Pourquoi ?*

— Parce qu'il n'a pu te goûter qu'une seule fois. Ça n'aurait jamais été assez pour moi.

— Tu te souviens quand tu m'as promis une nuit et une seule ?

— Il me semble que nous avons déterminé que j'étais complètement imbécile de penser que je pouvais te résister. »

Elle me tapote le bras.

« Du moment que tu le sais. »

Je peux compter sur Leah pour me faire rigoler alors qu'il y a une minute j'étais prêt à assassiner le gars qui la harcèle.

« Hey, toi.

— Quoi ?

— Regarde-moi. »

Elle lève la tête et hausse un sourcil.

« Je te regarde. »

Je passe un doigt sur sa joue douce, effleurant les adorables nouvelles taches de rousseur qui sont apparues après qu'elle est restée au soleil ce week-end. Puis je regarde dans ses beaux yeux.

« Je… Toi et moi… C'est quelque chose. Quelque chose d'important. »

C'est tout ce que je suis capable de lui avouer, et je ne peux qu'espérer que ce sera suffisant pour la garder à mes côtés, ici, à sa place.

Elle pousse un cri, et soudain des larmes apparaissent.

« Je jure devant Dieu, Leah, si tu pleures maintenant, je vais me rétracter.

— Mais non, tu ne le feras pas », dit-elle alors qu'une larme glisse le long de sa joue.

J'essuie la larme.

« Si, je le ferai. »

Elle secoue la tête et se penche pour m'embrasser.

« Tu n'as pas intérêt à te rétracter. »

Je l'embrasse comme si je me noyais et elle était ma seule source d'oxygène. J'oublie où nous sommes et qui est avec nous. J'oublie tout ce qui n'est pas elle et comment je me sens grâce à elle, juste à l'embrasser avec tant de passion et de feu.

Je m'abandonne si totalement à elle que je ne me souviens plus comment c'était de penser qu'elle était trop jeune pour moi et que ce serait trop compliqué. Avec le recul, cela me semble être des excuses fabriquées, créées par la peur, parce que je savais combien elle pourrait être importante pour moi si je la laissais faire. Je ne regretterai jamais de lui avoir ouvert mon cœur parce que ceci, ici… Elle est la meilleure chose qui me soit jamais arrivée.

La descente jusqu'à Los Angeles est turbulente, mais nous le remarquons à peine pendant que nous continuons notre session épique de bécots. Je bande tellement que je goutte. Je voudrais la tirer sur mes jambes et la baiser tout de suite, mais je ne peux pas, et savoir que je ne peux pas rend l'excitation encore plus intense. Les roues de l'avion qui touchent la piste d'atterrissage nous séparent avec une secousse, et pendant un long moment nous nous fixons simplement du regard, aussi défaits l'un que l'autre par l'énormité des émotions qui passent entre nous.

Honnêtement, je ne comprenais pas avant, avant elle. Quand Flynn est devenu complètement gaga devant Natalie ou Hayden a perdu la tête pour Addie... Je n'ai pas compris quand Jasper a soudainement décidé d'être le papa du bébé d'Ellie ou quand Kristian ne pouvait plus vivre sans Aileen. Mais bon Dieu, je comprends maintenant. C'est comme si Leah m'avait donné le mot de passe secret pour quelque chose si loin de mon domaine d'expérience que cela m'était complètement étranger mais absolument captivant.

Il n'y a qu'elle. Rien d'autre ne compte. Elle est tout.

Nous descendons de l'avion, suivant Marlowe et Rafe, qui a sa main sur son cul. Sa façon trop familière de la toucher devant nous m'énerve, mais n'a pas l'air de la gêner, alors j'essaie de ne pas en être dérangé. Aucun des mecs ne l'aime bien, lui. On a parlé de lui avant le mariage. Nous ne savons pas si nous ne l'aimons pas parce qu'il est un peu « spécial » ou si c'est parce qu'elle est si différente avec lui – gloussante, girly, bébête. Elle n'a jamais été comme ça avec un mec avant, alors c'est troublant de la voir se comporter comme une idiote amoureuse avec un Français qui a l'air de ne pas du tout lui convenir – si on veut notre avis, ce qu'elle ne nous a pas demandé.

Ils partent à Paris après-demain, alors nous ne la verrons pas pendant une semaine ou deux. Mais quand ils reviendront, Flynn lui parlera de ce qui se passe avec Rafe et essaiera de voir s'il y a de quoi s'inquiéter. Nous aurions tous aimé lui parler avant qu'elle parte, mais avec Rafe qui la tient dans ses bras à longueur de journée nous n'en avons pas eu l'occasion.

Nous disons au revoir aux autres, et j'accompagne Leah à ma voiture.

Kristian vient après nous en courant et me parle en privé après que j'ai installé Leah du côté passager.

« Le Sergent Markel va vous rejoindre chez toi.

— Merci.

— Tu veux que je vienne avec toi ?

— Il n'y a pas besoin, mais merci de l'offre. »

Je sais qu'Aileen et lui ont hâte de mettre les enfants au lit puisqu'il y a l'école demain.

« Envoie-moi un SMS une fois que tu lui auras parlé.

— Il nous faudra donner à Leah un nouveau téléphone de travail demain matin. Je suis sûr qu'ils vont prendre le sien pour enquêter sur l'origine des appels.

— On s'en occupera à la première heure. Je le ferai moi-même.

— Merci, Kris.

— Fais-moi savoir si je peux faire quoi que ce soit.

— D'accord. »

Je monte à la place du conducteur et conduis vers Santa Monica, la tension en moi augmentant à chaque mile parcouru.

La main de Leah sur ma jambe me ramène à elle.

« Respire.

— Je suis en train de respirer.

— Tu es furieux.

— Oui, aussi. Tu sais comment je me sens par rapport aux mecs qui harcèlent les femmes.

— Oui, je le sais, et je t'aime pour cela.

— Pourquoi c'est si facile pour toi de dire ça ?

— C'est facile pour moi parce que je te regarde et je vois l'amour. »

Je place ma main sur la sienne, sur ma jambe, et la serre.

« C'est ce qui fait de moi l'homme le plus chanceux du monde.

— Je suis contente que tu le penses. Je me souviens de jours pas si lointains où tu me comparais à une mouche qui bourdonnait autour de ta tête.

— Vas-tu jamais oublier combien j'étais stupide au début ?

— Ah, non. Jamais. Je vais raconter à nos petits-enfants combien était bête leur grand-père, se battant contre l'inévitable quand c'était si évident qu'il m'appartenait. »

Les mots me manquent pour exprimer ce qui se passe en moi quand elle fait référence à *nos petits-enfants*. Elle est si sûre de moi, et l'a été depuis le début.

« Tu vois vraiment tout ça pour nous ?

— Oui, vraiment, mais seulement si c'est ce que tu veux, aussi.

— Je ne veux que toi, mais si tu viens avec des petits-enfants, alors je suppose qu'il me faudra bien les prendre aussi. »

Son rire illumine ma vie.

CHAPITRE 20

Emmett

La légèreté entre nous est étouffée quand nous rencontrons le sergent-détective Markel du service de police de Los Angeles et deux officiers de la patrouille, qui nous attendent devant mon bâtiment quand nous arrivons. Je me gare dans le garage et puis prends l'escalier pour les retrouver au niveau de la rue. Après avoir serré la main à chacun d'entre eux et les avoir remerciés d'être venus, je les conduis à l'intérieur.

Jay, le portier, me voit avec les flics et est immédiatement sur ses gardes.

« Tout va bien, M. Burke ?

— Tout va très bien, Jay. Un gars qui sortait avec ma copine avant ne la laisse pas tranquille, et les officiers sont là pour nous aider.

— Si on peut faire quoi que ce soit, n'hésitez pas à nous le demander.

— J'en suis reconnaissant. »

Tenant la main de Leah, je la conduis ainsi que les flics à l'ascenseur, et nous montons au quatrième étage en silence. Dans mon appartement, nous nous asseyons sur les canapés.

« Expliquez-nous ce qui s'est passé, depuis la première fois que vous l'avez rencontré », dit Markel.

Leah donne les détails de leurs textos et mails avant de se rencontrer dans un café plusieurs semaines après qu'ils ont eu leur premier contact par Tinder.

« Je déteste ce site, putain, dit Markel pendant qu'il prend des notes. Rien que des problèmes.

— J'ai rencontré beaucoup de gars sympas avec ce site quand j'étais à New York, dit Leah. C'est la première fois que j'ai un problème avec quelqu'un.

— Vous avez dit que vous êtes sortie avec lui deux fois, dit Markel.

— Oui.

— Connaissez-vous son nom de famille ?

— Il m'a dit que c'était Adams. La seconde fois, nous nous sommes rencontrés au bar de la jetée. »

Elle récite le nom de l'endroit.

« Après quelques verres, nous sommes allés chez moi, avons eu des rapports sexuels et puis je lui ai demandé de partir parce que je commençais tôt le lendemain matin.

— Donc il sait où vous habitez. »

Ce détail-là, que je ne connaissais pas, me remplit d'une peur irrationnelle.

« Elle habite ici, maintenant, lui dis-je. Elle n'ira plus seule chez elle.

— C'est probablement mieux comme ça jusqu'à ce qu'on trouve ce type. Vous pouvez nous montrer son profil sur Tinder ?

— Je l'ai bloqué, alors je ne peux pas, mais j'ai quelques captures d'écran que j'ai envoyées à mes amis quand je suis sortie avec lui pour qu'ils sachent avec qui j'étais au cas où je ne rentrerais pas à la maison.

— Jésus, murmuré-je.

— Bienvenue dans les rencontres amoureuses du nouveau millénaire », dit l'un des officiers de patrouille.

Leah retrouve les captures d'écran et passe son téléphone à Markel.

« C'est d'une grande aide, dit-il. Nous devrions pouvoir le retrouver assez rapidement avec ces informations.

— En attendant, j'ai demandé au directeur de la sécurité de Quantum de la faire suivre par quelques gars pour qu'elle ne soit jamais seule.

— C'est une bonne idée. Avec un peu de chance, on a juste affaire à un idiot qui n'accepte pas qu'on lui dise non, mais on ne sait jamais. »

Ces derniers mots me remplissent d'un sentiment intense d'angoisse. Si jamais il arrivait quelque chose à Leah, je n'y survivrais pas. Je le sais pertinemment.

Comme on s'y attendait, Markel prend le téléphone comme pièce à conviction, promettant de le rendre dès qu'ils auront traité les appels et textos que Tom a envoyés. Quand ils ont ce dont ils ont besoin, ils nous quittent avec la promesse de nous contacter dès qu'ils en sauront davantage.

Gordon répond à mon texto pour me faire savoir qu'il aura deux gars chez moi à la première heure demain matin pour accompagner Leah au travail et partout ailleurs où elle aura besoin d'aller. Je l'emmènerai chez elle pour prendre sa voiture demain matin.

Je ferme la porte à clé et engage le pêne dormant, quelque chose que je ne fais que quand je voyage. Ce soir, j'ai quelque chose de précieux à protéger.

Elle m'attend quand je finis de tout verrouiller.

« Viens ici.

— Je suis là. »

Elle me tend les bras.

« Complètement. »

Je fais un pas pour me blottir contre elle et me remplis les poumons de son odeur.

« S'il te plaît, ne laisse pas cela représenter un pas en arrière pour nous.

— Non, je ne le laisserai pas.

— Ce n'est pas comme avant.

— Continue à me le dire, OK ?

— Dès que tu as besoin de l'entendre. »

Je serre les bras autour d'elle et la soulève pour l'amener dans la chambre.

« Je devrais détester comment tu me prends comme un sac à main.

— Mais tu ne détestes pas.

— Non, en fait j'aime plutôt ça. »

Nous nous préparons pour nous mettre au lit et glissons ensemble dans les draps. J'adore comment elle se met contre moi, enfilant sa jambe entre les miennes et posant sa main sur mon torse.

« Il faut que j'aille au Nebraska avec Flynn et Nat mardi. S'ils n'ont pas trouvé ce mec d'ici là, je veux que tu viennes avec moi.

— Je ne peux pas aller au Nebraska mardi. J'emmène Marlowe à l'aéroport pour son vol pour Paris.

— Quelqu'un d'autre peut le faire.

— Non, Emmett. Ils ne peuvent pas. C'est mon travail, et je vais le faire.

— Alors je n'irai pas au Nebraska.

— Si, tu iras. Flynn et Natalie comptent sur toi, et il faut que tu sois là pour eux. »

Je ne me suis jamais senti si tiraillé.

« Il faut que je sois là pour toi.

— Je vais avoir Gordon et ses hommes qui me surveillent, et je ne m'approcherai pas de chez moi pendant que tu es parti.

— Demain, on emballera tes affaires et les apportera ici.

— Et on fêtera le fait d'emménager ensemble.

— Oui, on fera ça aussi. En fait, prenons un jour de congé demain, et je t'apprendrai à surfer.

— Je ne peux pas prendre ma journée demain. J'ai des choses à faire avant que Marlowe parte pour Paris.

— Tu peux quitter plus tôt ?

— Je vais essayer.

— Essaie dur.

— D'accord, et maintenant, arrête d'être si autoritaire et dors. »

Je ferme les yeux et essaie de me relaxer, mais je n'arrive pas à dormir. Je veux la tenir fort et la garder avec moi jusqu'à ce qu'ils attrapent le psychopathe qui la poursuit.

Leah

Lundi est plus occupé que d'habitude après ce long week-end, et il est 15 h avant que je puisse me libérer pour le reste de la journée. Marlowe m'a dit de partir quand je voulais, alors j'appelle Emmett pour lui faire savoir que je m'en vais. Il faut que j'aille chercher le nettoyage à sec de Marlowe et déposer un chèque chez la dame qui nettoie sa maison avant de rejoindre Emmett chez lui.

Nous allons à la plage pour une leçon de surf et puis chez moi pour emballer mes possessions, essentiellement des vêtements et des chaussures. Je n'ai pas apporté grand-chose quand je suis venue vivre ici, puisque la société a mis à ma disposition un appartement meublé. J'en suis reconnaissante maintenant parce que cela ne prendra pas longtemps d'emballer mes effets personnels et les emporter chez Emmett.

Je n'arrive toujours pas à croire que cela arrive vraiment. Il n'y a pas si longtemps, je regardais *Judge Judy* pour trouver des idées de questions juridiques à lui poser, et aujourd'hui, j'emménage officiellement avec lui. Je suis consciente du fait qu'on a accéléré les choses à cause de Tom, mais il m'avait demandé avant que Tom perde la tête et fasse exploser mon téléphone avec ses messages, alors ce n'est pas la raison pour laquelle cela arrive.

Ce matin, Emmett m'a présenté mon propre trousseau de clés, qui pendouillait de sa bite dure. Je souris en y pensant tandis que je me faufile dans la circulation de midi, me dirigeant vers la côte avec Metallica à fond comme d'habitude. Emmett n'a aucune idée de combien j'adore la musique metal, et je ne sais pas qui sont ses groupes préférés non plus. Il y a encore tellement de choses que nous ne savons pas l'un sur l'autre, et j'ai hâte d'apprendre tout ce qu'il y a à savoir sur lui.

Deux des gars de Gordon me suivent dans une berline foncée, mais je n'y fais pas attention pendant que je fais mes courses en chantant à tue-tête. J'ai quitté le nettoyage à sec et je me dirige vers la maison de Marlowe à Malibu pour déposer ses vêtements pour qu'elle puisse faire sa valise pour le voyage.

Fade To Black passe et j'augmente le volume à fond, à m'en assourdir. Je suis presque chez Marlowe quand une voiture noire me dépasse à toute vitesse, venant beaucoup plus près de ma voiture qu'elle ne devrait. Je fais un écart pour éviter de la toucher, et quand elle vient vers moi, je corrige trop mon trajet et perds le contrôle de mon véhicule. Cela arrive si vite que je n'ai pas le temps de réagir avant que la voiture vole à travers les airs. Elle atterrit à l'envers avec un craquement qui me fait penser à des os qui se brisent.

Je me cogne la tête – fort – et la dernière chose dont je suis consciente, ce sont les notes de la fin de *Fade To Black*.

Emmett

Je suis en train de finir une réunion d'associés, la dernière avant que Marlowe parte pour un mois de tournage en France, quand je reçois un appel affolé de Gordon.

« Leah a eu un accident. »

Tout s'arrête avec ces mots. Je ne peux ni parler, ni voir, ni entendre, ni faire quoi que ce soit, sauf essayer de ne pas être malade. S'il me dit qu'elle est morte…

« Emmett ? Vous êtes là ? »

Kristian me prend le téléphone.

« Kristian à l'appareil. Que se passe-t-il ? »

Je meurs mille fois pendant qu'il écoute ce que lui dit Gordon.

« Où l'emmènent-ils ? demande Kris. On va vous y rejoindre. »

Ça ne peut pas arriver à nouveau. J'y ai à peine survécu la première fois. Je n'y survivrai pas une fois de plus, pas avec Leah. *Leah…*

« Emmett, dit Jasper en me serrant l'épaule. Allez. Leah a besoin de toi. »

Je me lève et me dirige vers la porte, propulsé par les amis qui m'entourent de leur amour et leur soutien.

Marlowe marche à côté de moi, sa main autour de mon bras, me faisant savoir qu'elle est là, qu'elle comprend pourquoi je suis un putain de zombie. Elle sait au sujet d'Elena.

Les pensées qui me traversent l'esprit – le visage doux de Leah se mélangeant à celui d'Elena, les souvenirs d'Elena à l'hôpital, les machines qui sonnaient, les bandages sur son visage et sa tête, la panique, le désespoir. Tout me revient à flots, me faisant tourner la tête d'angoisse.

Flynn a les clés de la Range Rover de Hayden, qu'il a laissée au bureau, et nous nous y enfilons.

« On va où ? demande Flynn en sortant à reculons de la place de parking.

— Cedars-Sinai, dit Kristian. Gordon vient de m'envoyer un texto pour me dire qu'elle est en route.

— Elle est consciente ? demande Jasper.

— Il ne l'a pas dit. »

Marlowe, assise près de moi, me serre le bras.

« Essaie de ne pas penser au pire, Em. Elle est jeune et forte, et les hommes de Gordon étaient tout de suite là quand c'est arrivé. Ils ont immédiatement appelé les secours. Je suis sûre que d'ici qu'on arrive, elle va être en train de mener la vie dure à tout le monde et insister pour qu'on la laisse partir. »

Bien que cette idée me réconforte, je ne peux rien faire d'autre que de regarder fixement par la fenêtre le monde qui passe à toute vitesse. Et si elle n'est pas OK ? Si elle est gravement blessée ou pire ?

« Gordon ne sait rien d'autre ? demande Flynn.

— J'ai demandé des nouvelles mais je n'en ai pas encore, dit Kris d'un ton stressé.

— Je devrais appeler Nat, dit Flynn. Elle voudrait en être informée.

— Donne-moi ton téléphone, dit Kris. Je vais passer l'appel pour toi. »

Flynn lui donne le téléphone.

Je sais ce qui se passe autour de moi pendant qu'ils appellent Natalie et que Flynn lui dit que Leah a eu un accident. J'entends Natalie qui pousse un cri et pose des questions auxquelles il n'y a pas de réponse, mais j'en suis bizarrement détaché. La seule pensée que je suis capable d'avoir, c'est que Leah est blessée et en route pour l'hôpital. Je me souviens d'avoir reçu l'appel à propos d'Elena de sa camarade de chambre qui l'avait traquée jusqu'à chez Drew quand elle n'était pas rentrée. Drew avait disparu, mais Elena… On ne saura jamais combien de temps elle avait passé là avant que sa camarade l'ait trouvée inconsciente et meurtrie dans le lit de Drew.

Même les copains de Drew ne savaient pas qu'elle était là.

Au moins cette fois-ci quelqu'un a appelé les secours immédiatement pour Leah. Mais est-ce que ce sera assez ? Est-elle déjà morte et Gordon n'a pas eu le courage de me le dire ? La bile me brûle la gorge, et j'ai bien peur de vomir.

Je baisse le carreau et inspire avec voracité l'air qui s'engouffre.

La circulation est, bien sûr, atroce et cela prend une éternité pour se rendre à l'hôpital, ou du moins il me semble. Flynn s'arrête devant l'entrée principale des urgences, et nous autres descendons, nous précipitant à l'intérieur pendant qu'il va se garer.

Heureusement, Marlowe prend les choses en main, demandant Leah à l'accueil.

« Je vais dire au médecin que vous êtes là, dit l'infirmière en faisant semblant de ne pas observer Marlowe avec des grands yeux. Êtes-vous de la famille ?

— Oui, dit Marlowe.

— D'accord », dit l'infirmière, les yeux écarquillés et stupéfaite quand Flynn nous rejoint.

Nous commençons à attirer une foule, quand Gordon sort de la zone de traitement et nous fait signe de le suivre. Il a réservé une salle d'attente privée pour nous et nous y accompagne, fermant la porte derrière lui.

« Gordon… »

La prière de Kristian reste inexprimée.

« Ce n'est pas super », dit-il.

Mes jambes s'affaissent, et Marlowe et Jasper me conduisent à une chaise. Je laisse ma tête tomber entre mes mains. Je ne peux pas entendre cela. Ce n'est simplement pas possible.

« La voiture s'est retournée et il a fallu la désincarcérer. Heureusement, elle n'était pas tête en bas dans le véhicule.

— Vos gars ont vu ce qui s'est passé ? »

Gordon hoche la tête.

« Une berline foncée a déboîté de nulle part et en gros l'a forcée à sortir de la route.

— Dites-moi que vous l'avez attrapé, murmuré-je.

— Mes hommes ont choisi de rester avec elle, mais ils ont pris le numéro d'immatriculation. Les flics sont en train de le chercher.

— Que disent les médecins ? demande Marlowe.

— Pas grand-chose pour l'instant. Ils sont avec elle en ce moment. Elle s'est coupé le front et il y avait beaucoup de sang, mais une des infirmières a dit que c'était commun avec les lacérations du visage.

— Alors, elle n'est pas consciente ? demande Jasper.

— Non.

— Enculé », murmure Kris.

C'est exactement le mot qui m'est venu à l'esprit. Je réalise que j'ai les mains qui tremblent. Tout mon corps tremble. Je savais que je n'aurais pas dû laisser tout ça arriver avec elle. Si les choses étaient restées comme avant, je serais désolé de ce qui lui arrive, mais je ne serais pas détruit comme je le suis maintenant. Comment a-t-elle pu me faire ça ? Comment a-t-elle pu me faire tomber amoureux d'elle et puis me faire *ça* à moi ? Et oui, je me rends compte que mes pensées sont irrationnelles, mais ce sont mes pensées, et j'ai le droit de les avoir.

« T'as besoin de quoi, Em ? » demande Flynn quand il s'assied à côté de moi.

D'elle. J'ai besoin qu'elle vienne là avec sa grande gueule et qu'elle nous dise qu'on en fait tout un plat, qu'elle va très bien, que tout va bien. Puisque c'est clair que cela ne va pas arriver, j'ai du mal à trouver une réponse à sa question.

« Je, euh, je ne sais pas. »

Natalie arrive en courant quelques minutes plus tard, les larmes aux yeux et décontenancée.

Flynn se lève pour la prendre dans ses bras, et elle s'effondre en pleurs.

« Dis-moi qu'elle ira bien, je t'en prie.

— On ne sait rien pour l'instant », dit-il sombrement.

Natalie le laisse et vient me prendre dans ses bras.

« Je suis si désolée que ce soit arrivé, Emmett. Elle a été si heureuse dernièrement avec toi. Ce n'est pas juste. »

Elle a le hoquet en pleurant, et c'est moi qui lui tapote le dos, voulant la calmer pour que nous n'ayons pas une deuxième catastrophe dont nous occuper.

« Merci, Nat. Ça fait plaisir de l'entendre. »

Nous prenons la décision de ne pas dire à Hayden et Addie ce qui s'est passé, pour ne pas gâcher leur voyage. Il n'y a rien qu'ils puissent faire ici, alors cela n'aurait aucun sens de les contrarier.

Dans l'heure qui suit, Ellie, Aileen et Sebastian se joignent à nous. Stella et Max arrivent après l'appel de Flynn pour leur dire ce qui s'est passé, et bien que je sois réconforté par la présence de ceux que j'aime, mes mains continuent à trembler de manière incontrôlable pendant que nous attendons d'avoir des nouvelles de celle que j'aime le plus. Je prendrais volontiers la plus insignifiante des communications à ce stade.

Kristian entre et sort de la pièce, essayant d'obtenir plus d'informations. Je suis reconnaissant qu'il ait pris le contrôle de la situation, parce que je suis incapable de quelque chose de plus prenant que de respirer pour le moment.

Ce sentiment affreux est la raison pour laquelle j'ai résisté si fort à Leah au début. Avoir quelque chose de trop précieux à perdre est un risque que je ne voulais jamais prendre. Mais elle m'a eu à l'usure avec sa persistance, son insolence, sa douceur et son sex-appeal. Et maintenant, je suis dans la position abominable d'avoir à me demander comment je pourrais jamais continuer sans elle.

Je me lève si soudainement que tout s'arrête autour de moi.

Kristian vient à moi et met sa main sur mon épaule.

« Je… J'ai besoin de prendre l'air.

— Viens. »

Il me conduit hors de notre salle privée, en passant par la salle d'attente publique, et par les portes de l'entrée principale. Nous sortons dans le soleil chaud, le genre de journée parfaite de la Californie du Sud qui en fait le meilleur endroit au monde pour vivre, la plupart du temps en tout cas.

« Je ne peux pas supporter ça, lui dis-je.

— Je sais que c'est affreux, mais elle est dans le meilleur endroit possible pour obtenir ce dont elle a besoin.

— Pourquoi ils ne nous disent rien ?

— Probablement parce qu'ils ne le peuvent pas encore, mais ils le feront. Dès que possible. Ils savent qu'on attend.

— Comment tu arrives à endurer ça pendant *des jours* tous les trois mois ? »

Parler de son calvaire me distrait du mien, ne serait-ce que temporairement.

« Je ne sais pas. On le fait simplement parce qu'on n'a pas le choix. »

Il se penche contre le mur extérieur comme s'il avait besoin du soutien qu'il offre.

« On a eu de bonnes nouvelles ce matin à propos des examens d'Aileen.

— C'est un soulagement.

— Ouais. »

Il me regarde.

« Je suis vraiment désolé de ce qui est arrivé à Leah – et à toi.

— Là dedans, je me disais que c'était exactement ce que je ne voulais pas : m'attacher tellement à quelqu'un d'autre que la personne ait le pouvoir de me détruire.

— Je te comprends. J'étais pareil avant Aileen. Mais maintenant… Quand je pense à tout ce que j'aurais raté avec elle et les enfants. »

Il secoue la tête.

« Le positif l'emporte de loin sur le négatif. Ça vaut le coup. Je te le jure. »

Je ne suis pas complètement sûr que ce soit vrai. Si elle meurt ou finit comme Elena, je n'y survivrai pas. Ça, je le sais avec certitude.

Flynn arrive en courant.

« Les médecins veulent nous parler. »

Je suis figé sur place, tiraillé entre vouloir entendre ce qu'ils ont à dire et ne pas vouloir l'entendre. Je ne peux pas bouger.

« Allez, Em, Leah a besoin de toi », dit Kristian en me prenant par le bras et me dirigeant vers l'intérieur.

CHAPITRE 21

Emmett J'avance en vacillant sur mes jambes, poussé par l'énergie nerveuse de Kristian.

Nous entrons dans la pièce pleine d'amis où deux médecins nous attendent, l'expression sur leur visage figé indéchiffrable. Pourquoi font-ils ça ? Pourquoi ne peuvent-ils pas sourire ou faire quelque chose pour me faire savoir qu'elle va bien ?

« Voici Emmett Burke, son compagnon », dit Flynn.

Je n'ai jamais de ma vie été présenté comme le compagnon de quelqu'un, et je ne sais pas comment l'interpréter maintenant. Me concentrer sur cela me donne une dernière seconde pour me préparer à entendre ce qu'ils ont à dire, quoi que ce soit.

« Mme Holt est stable, dit le plus âgé des deux docteurs. Elle a pris un grand coup à la tête qui a nécessité quarante points de suture pour le refermer. Comme la blessure est sur son front, nous avons attendu un chirurgien plastique pour la recoudre.

— Est-elle réveillée ? demande Nat.

— Pas encore. Elle a souffert d'une commotion cérébrale importante et perdu beaucoup de sang. Elle a également une fracture du poignet gauche.

— Est-ce qu'elle va se remettre ? »

Kristian pose la seule question qui reste.

« Nous pensons qu'elle va faire un rétablissement complet, mais les prochaines heures nous en diront plus. »

Rétablissement complet. C'est la seule chose que j'entends.

« Est-ce que nous… Est-ce que je peux la voir ?

— Bien sûr. Nous attendons qu'une chambre se libère à l'étage, mais vous pouvez rester avec elle jusqu'à ce que nous la bougions. »

Il me fait signe de le suivre.

Je prends la main de Marlowe, ayant besoin de quelqu'un avec moi pour affronter cela.

Ils nous mènent à un box au bout d'un long couloir, où une infirmière aux cheveux blancs s'occupe de Leah. Ces cheveux blancs me réconfortent, car ils signifient l'expérience, et je veux que Leah reçoive le meilleur de tout. Cela me prend une seconde pour trouver le courage de regarder directement la femme dans le lit, la dynamo qui s'est franchement insérée au centre de ma vie.

Je vais à elle, attiré par elle comme je le suis depuis le tout début. En me penchant au-dessus du lit, j'embrasse le côté de son front qui n'est pas couvert par un bandage.

« Je suis là, lui dis-je. Ici même. Marlowe est là, aussi. Tout le monde y est. »

Je regarde Marlowe de l'autre côté du lit, vois l'inquiétude gravée dans son expression et je ferme les yeux pour contenir un flot de larmes. Je suis brisé de voir la force de vie qu'est Leah couchée dans un lit d'hôpital. La voir pâle et immobile est tellement injuste, absolument injuste.

Marlowe place une main sur l'épaule de Leah.

« Il faut te réveiller, Leah, dit-elle. J'ai besoin de mon Addie à moi. Tu t'es rendue complètement indispensable pour moi ces quelques derniers mois, et je ne tiendrai pas un jour sans toi. »

Je m'assieds sur une chaise près du lit, prends la main de Leah et la porte à mes lèvres. Je respire le parfum persistant de sa lotion, son parfum à elle qui est si distinctif, tandis que les larmes coulent le long de mes joues. Je ne peux pas supporter ça. Je reste là longtemps, conscient des autres qui viennent l'un après l'autre pour voir Leah, de Natalie qui pleure et de Flynn qui sort de la pièce avec elle, des médecins qui viennent et qui vont, des infirmières, des sonneries des autres box, de l'odeur de désinfectant et de la touche de panique tout autour de moi alors que les heures passent et que Leah ne bronche même pas.

Ils la montent à l'étage à 6 h, l'heure à laquelle on s'était donné rendez-vous pour sa première leçon de surf. Je lui avais dit que l'eau serait glaciale, et elle avait dit qu'elle s'en fichait. Elle voulait essayer. Elle voulait tout essayer. Ma chérie sans peur et pleine de fougue. Je l'aime tant, putain.

Je veux la supplier de me revenir, d'être insolente envers moi, de me taquiner, de rire de moi, de me donner un coup dans l'œil avec un plug de cul. Je prendrais n'importe quoi à ce stade.

Je lui donnerais tout, littéralement tout ce qu'elle me demanderait, si seulement elle ouvrait ces grands yeux bleus qui trahissent chacune de ses pensées et de ses émotions et me regardait encore comme si je venais de décrocher la lune rien que pour elle. Personne ne m'a jamais regardé comme elle le fait. Jamais.

Ils l'installent dans une chambre dans l'USI. Qu'elle ait besoin de ce niveau de soins ne fait qu'exacerber mes nerfs déjà à fleur de peau. Pourquoi la mettraient-ils dans le service des patients les plus gravement malades si elle n'était pas mal en point ? Je pose cette question à la gentille infirmière d'un certain âge qui nous a accompagnés à l'étage.

« Nous voulons simplement la surveiller de près, dit-elle. Les blessures à la tête peuvent être imprévisibles. »

J'en sais déjà quelque chose.

« Pourquoi ne se réveille-t-elle pas ?

— Elle a pris un sacré coup. Cela peut prendre du temps pour qu'elle s'en remette. Je retourne aux urgences, mais vous serez entre de bonnes mains ici. Je vais prier pour votre amie. »

J'ai envie de dire à la femme que Leah est tellement plus que mon amie. Mais je me contente de hocher la tête et de murmurer mes remerciements, et je reste concentré sur Leah, en essayant de contenir la panique qui veut m'accabler. Il n'y a pas si longtemps, je pensais qu'elle était trop jeune pour moi, trop conventionnelle sexuellement, *trop* tout court. Et maintenant que je la connais tellement mieux, je n'arrive pas à croire que j'aie jamais pensé qu'elle était autrement que parfaite pour moi.

Dans les heures qui suivent, je revis chaque minute que nous avons passée ensemble, me vautrant dans les chamailleries, l'irritation, l'excitation, le plaisir sublime, le rire. Dieu, elle me fait rire comme personne d'autre ne l'a jamais fait.

« Mon amour, je t'en prie, murmuré-je, penché au-dessus du lit pour être le plus près d'elle possible. S'il te plaît, réveille-toi. »

J'embrasse son visage, son petit nez mignon, les taches de rousseur. Ces putains de taches de rousseur… Elles me tuent. J'embrasse ses lèvres, souhaitant qu'elle me dise quelque chose pour m'agacer juste pour qu'elle puisse ensuite me dire que je suis sexy quand je m'énerve.

« Leah, reviens-moi. Ce n'est pas drôle, ça. Tu ne peux pas me faire ça. Tu sais ce que j'ai enduré avec Elena. Ne t'avise pas de me faire ça. »

Kristian vient voir comment elle va. Je suis conscient que lui et les autres vont et viennent, mais je n'ai rien à dire à quelqu'un d'autre qu'elle. Je ne parle qu'à Leah, la suppliant de se réveiller.

Sous la forte lumière fluorescente de l'USI sans fenêtres, c'est difficile de savoir quelle heure il est, mais le temps cesse d'avoir de l'importance. Je n'ai aucune idée de combien de temps je passe là à l'embrasser, lui parler, la supplier. Je suis si près de son visage que le battement de ses cils sur mon visage m'électrifie. C'est la meilleure sensation que j'aie jamais eue.

« Leah. »

Elle se lèche les lèvres et gémit.

« Amour, réveille-toi. C'est Emmett. Je suis là. Réveille-toi et reviens à moi. Je t'en prie, reviens-moi.

— Em. »

Rien ne m'a jamais rendu plus heureux que de l'entendre prononcer mon nom, même si ce n'est en fait qu'un petit bout de mon nom. Cela me dit tout ce que j'ai besoin de savoir, qu'elle est encore là-dedans, encore ici, encore à moi.

« Oui, c'est moi. Tu as eu un accident, mais ça va maintenant. Tu vas t'en remettre.

— Fait mal.

— Je sais, ma chérie. »

Je pleure. Je ne peux pas m'en empêcher. Elle m'a démoli et a mis la pagaille dans ma vie auparavant bien ordonnée. Ce jour terrible m'a montré que je ne suis rien sans elle. J'essuie mon visage sur la manche de ma veste de costume et l'embrasse sur les lèvres.

« Laisse-moi aller chercher l'infirmière pour te donner quelque chose pour la douleur. »

Elle s'agrippe à ma main.

« Ne pars pas.

— Je reviens tout de suite. Je te le promets. »

Elle me lâche et je me dépêche d'avertir l'infirmière au bureau devant sa chambre qu'elle est réveillée et a mal.

« J'arrive tout de suite. »

J'ai envie de dire aux amis qui sont dans la salle d'attente qu'elle est réveillée, mais mon besoin d'elle éclipse tout le reste. Je retourne près d'elle, reprends mon poste à côté de son lit et lui prends la main, la peur au ventre qu'elle soit à nouveau partie.

Mais ses paupières s'ouvrent, et elle clignote des yeux pour mieux me voir.

« Qu'est-ce qui s'est passé ?

— Tu t'es fait sortir de la route. Les gars de Gordon l'ont vu arriver.

— C'était… C'était Tom ? »

La peur que je vois dans son regard me fend le cœur.

« On ne le sait pas encore. Ils ont eu la plaque d'immatriculation, et les flics le cherchent. »

Je lui embrasse la main.

« J'aurais dû te faire appeler les flics la première fois que tu m'as parlé de lui. Peut-être que si je l'avais fait… »

Ses yeux se referment, et sa voix est plus faible que d'habitude.

« Tu recommences.

— À faire quoi ?

— Te blâmer pour des choses qui ne sont pas de ta faute. J'aurais pu appeler la police à propos de lui, mais je ne l'ai pas fait. »

Natalie arrive à la porte, entend parler Leah et pousse un cri de bonheur.

« Coucou, dit Leah en souriant à son amie. T'es là.

— On est tous là, dit Natalie, en allant de l'autre côté du lit de Leah.

— Vous n'avez pas appelé Hayden et Addie, non ?

— Non, lui dis-je. On était tous d'accord pour ne pas les appeler.

— C'est bien », dit-elle, soulagée, tandis que ses yeux se referment encore.

L'infirmière entre et lui donne quelque chose pour la douleur, qui l'assomme.

« Elle va dormir pendant un moment, si vous voulez faire une pause.

— Je ne vais nulle part. »

Pas tant qu'elle est dans ce lit et que le gars qui l'y a mise court toujours. Les heures s'écoulent, quelqu'un apporte de la nourriture que je mange sans rien goûter. Flynn et Jasper insistent pour emmener Natalie et Ellie à la maison pour se reposer, et une fois qu'ils sont partis, je dis aux autres de partir aussi.

« Je serai là, et je vous ferai savoir s'il y a du changement.

— Je vais rester, dit Marlowe.

— Tu pars pour la France demain, lui rappelé-je.

— Je leur ai déjà dit que je ne viendrai que plus tard dans la semaine.

— Leah va être en colère que tu aies fait ça à cause d'elle.

— Leah ne me commande pas, dit-elle en souriant, mais je vois l'épuisement dans son regard. Tu vas bien, Em ?

— Mieux que j'allais avant, mais… »

Je secoue la tête.

« Je sais. Il y a eu un moment de grande peur.

— Je ne suis pas fait pour ça.

— Pour quoi ?

— Pour tenir à quelqu'un autant. Je ne sais pas comment faire.

— Tu te débrouilles très bien. Tu ne l'as pas quittée depuis des heures. Tu étais ici à ses côtés quand elle a eu besoin de toi.

— J'aurais dû appeler les flics plus tôt avec ce mec. Je savais qu'il l'emmerdait, mais je lui ai dit de le bloquer. J'aurais dû faire plus.

— On n'est même pas sûrs pour l'instant que c'était lui. Pourquoi est-ce que tu t'infliges ça ? Ce n'est pas de ta faute si c'est arrivé. Et ce n'était pas de ta faute qu'Elena ait été blessée non plus, même si tu ne le crois pas.

— Je ne croirai jamais que ma confrontation avec Drew n'a pas joué un rôle dans ce qui s'est passé.

— Pas de ta faute », murmure Leah.

Sa voix est comme un fil sous tension connecté directement à mon cœur qui bondit de plaisir au son de ses paroles.

« Elle a raison, dit Marlowe. Ce n'était pas de ta faute et ceci ne l'est pas non plus. Autant t'aimerais pouvoir contrôler ce que font les autres, autant tu ne peux pas. Personne ne le peut.

— Exactement ce qu'elle vient de dire, dit Leah, faisant un geste vers Marlowe et puis grimaçant quand le mouvement lui cause de la douleur.

— Où as-tu mal ? lui demandé-je.

— J'ai l'impression que ma tête va exploser dès que je bouge un tout petit peu.

— Alors, reste immobile. »

Je sais que je parle comme un salaud, comme elle dirait, mais je ne peux pas m'en empêcher. Je suis à bout de souffle.

« J'essaie, mais il est nécessaire de bouger pour respirer.

— Ne t'occupe pas de lui, dit Marlowe, les sourcils froncés, en me regardant. Il est excédé. Tenir à quelqu'un comme il tient à toi, c'est difficile pour lui. »

Je fusille Marlowe du regard, même si elle dit la vérité. Tout au long, j'ai dit que je n'étais pas fait pour ces âneries de relation à deux. Leah aurait dû m'écouter quand je lui ai dit qu'elle pouvait trouver mieux que moi. Je serai là pour elle tant qu'elle est à l'hôpital, mais dès qu'elle est remise, il faudra que je prenne du recul pour préserver ma santé mentale.

Leah

Je sens qu'il perd les pédales et s'effondre, là, tout de suite, à côté de mon lit. Ce n'est vraiment pas bon, mais je suis dans l'impuissance d'intervenir tant que j'ai mal rien que de respirer. Mes côtes et ma poitrine me font mal, mon poignet est dans une attelle et me tue, et j'ai l'impression qu'un camion est passé sur tout mon corps.

L'infirmière dit qu'ils me mettront dans une chambre normale demain, après m'avoir suivie de près pendant vingt-quatre heures à cause du traumatisme crânien.

« Tu n'es pas obligé de rester, dis-je à Emmett quand Marlowe va chercher du café pour elle et lui.

— Je te l'ai dit, je ne vais nulle part. »

Chaque mot me blesse, mais je suis plus inquiète pour lui que pour moi. Je ne peux m'imaginer combien cela a dû être affreux pour lui. Même s'il essaie de projeter une attitude du genre je n'en ai rien à foutre, je sais qu'il en a à foutre de moi, et voilà le problème. Il ne sait pas comment gérer ça, et mon accident est arrivé au pire moment, juste quand nous faisions un grand pas vers quelque chose d'important ensemble.

Je ne pardonnerai jamais à Tom d'avoir bousillé ça. J'ai commencé à me rappeler certains détails de l'accident qu'il faut que je partage avec la police. C'était lui. Je respire à fond.

« Emmett. »

Il se retourne de l'endroit devant la fenêtre où il regardait devant lui dans le noir. Il a enlevé sa veste de costume et sa cravate et a remonté ses manches.

« Je suis là.

— Est-ce que les flics sont encore là ? »

Je garde les yeux fermés, ce qui semble atténuer le martèlement de mon mal de tête.

« Je ne sais pas. Pourquoi ?

— C'était Tom. J'ai reconnu la voiture.

— Tu es sûre ?

— Ouais. »

Les yeux fermés, j'entends le bruissement de tissu quand il sort son téléphone de la poche de son pantalon, et puis sa voix.

« Emmett Burke à l'appareil. Je suis avec Leah Holt à l'hôpital, et elle a vu la voiture. C'était indubitablement lui. »

Il écoute.

« OK. Faites-moi savoir. »

Il termine l'appel.

« Ils savaient déjà que c'était lui parce qu'ils ont pu faire le lien entre lui et la plaque d'immatriculation que lui ont donnée les hommes de Gordon. Ils ont diffusé un avis de recherche, et il a le service entier de la police de Los Angeles au cul. »

Son téléphone sonne avec un texto qui produit un cri.

« Quoi ?

— Je, euh, merde. »

Tout son air semble le quitter en une longue expiration.

« Liza m'a envoyé un texto, dit-il en faisant référence à la publiciste en chef de Quantum. La presse s'est emparée de l'histoire de l'assistante de Marlowe qui s'est fait sortir de la route à Malibu.

— Ils ont mon nom ?

— Ouais.

— Il faut que j'appelle mon père. »

Je lui parle rarement, mais je ne voudrais pas qu'il apprenne que j'ai eu un accident par les médias.

« Je vais l'appeler. C'est quoi, son numéro ? »

Je le récite pour lui et l'écoute raconter à mon père ce qui s'est passé.

« Il veut te parler. Tu te sens capable ? »

Je commence à hocher la tête mais je m'arrête. Je lève la main pour prendre le téléphone d'Emmett.

« Bonjour, Papa.

— Bonjour, ma belle. Est-ce que ça va ?

— Ça va aller. Le traumatisme crânien n'est pas drôle et la fracture du poignet va être pénible, mais cela aurait pu être pire.

— Je suis tellement heureux que ça ne le soit pas. Je peux faire quelque chose pour toi ?

— Non, je vais bien, et mes amis sont autour de moi.

— C'était qui, la personne qui a appelé ?

— Mon, euh, ami, Emmett. On travaille ensemble. »

Les yeux d'Emmett se rétrécissent et prennent cet air sauvage qu'il a quand je le décris comme mon « ami ».

« Je peux venir si ça peut t'aider.

— Ce n'est pas nécessaire, Papa. Je vais parfaitement bien, et j'aurai beaucoup de gens autour de moi quand je sortirai de l'hôpital.

— Tu veux bien m'appeler demain et me faire savoir comment tu vas ?

— C'est sûr, je le ferai.

— OK. Je, euh… Je t'aime, Leah. Je suis vraiment heureux que tu ailles bien. »

J'ai toujours su qu'il m'aimait, mais je ne l'ai jamais entendu le dire.

« Je t'aime aussi. »

Je cligne des yeux pour retenir mes larmes.

« Je t'appellerai demain.

— À bientôt, alors. »

Emmett me prend le téléphone des mains et raccroche.

« Ça va ?

— Ouais. »

Avec un mouchoir en papier, il essuie mes larmes. Sa tendresse fait tressaillir mon cœur.

« Il a dit qu'il m'aimait.

— Tu ne le savais pas déjà ?

— Si, mais il ne l'avait jamais vraiment dit auparavant.

— Tu lui as dit que j'étais ton *ami*.

— Et je devrais t'appeler comment ? dis-je en prenant plaisir à voir la grimace que je suis venue à tant aimer.

— L'amant avec qui tu vis ?

— Berk. C'est vraiment dégoûtant.

— Ça n'a rien de dégoûtant, ma chérie.

— Le mot "amant" est dégoûtant.

— OK, que dirais-tu de *fuck buddy* avec lequel tu vis ? C'est mieux, ça ?

— Bien mieux, mais je ne crois pas que je devrais dire ça à mon père.

— C'est peut-être mieux de ne pas en parler. »

Il me prend la main, ses doigts enlacent les miens, il embrasse ma main, et que je sois damnée si je ne ressens pas le chaos habituel en moi quand ses lèvres effleurent ma peau.

« Tu devrais rentrer et dormir un peu. »

Je m'inquiète de combien il a l'air crevé.

« Je n'irai nulle part, tant que tu es ici et que ce connard est toujours en vadrouille quelque part.

— Je veux que tu te reposes. Viens te coucher avec moi.

— Je ne veux pas te faire de mal.

— Tu ne m'en feras pas. »

Cela me fait énormément mal de bouger à l'extrémité gauche du lit, où mon poignet blessé est posé sur un oreiller.

« Tu es sûre ?

— Oui, oui », dis-je en respirant pour contrôler la douleur.

Il éteint la lumière, enlève ses chaussures et bouge avec précaution quand il s'allonge près de moi, sur son flanc, et met son bras autour de moi.

« Ça va comme ça ?

— C'est parfait.

— Beaucoup trop de bordel d'hôpital dans cette relation.

— Bah regarde-moi ça, tu balances le mot qui commence avec un "r" maintenant.

— Ferme ta bouche insolente et dors. »

Souriant, je ferme les yeux, et même si j'ai un violent mal de tête et mon poignet cassé me lance, mon cœur est en meilleure forme que jamais. Mon père m'aime. Emmett m'aime. Dans l'ensemble, cette journée est une victoire.

« Emmett », murmuré-je après un long silence.

Je ne sais pas s'il est toujours réveillé.

« Mmm.

— Tu ne vas pas paniquer et te tirer en courant, n'est-ce pas ?

— Je suis toujours là, non ?

— Parce qu'ils n'ont pas trouvé Tom.

— Ce n'est pas la seule raison.

— Si tu commences à paniquer, il faut que tu me le dises.

— J'ai paniqué tout à l'heure, quand je ne savais pas si tu allais bien.

— Tout va bien maintenant.

— Tu me le promets ? »

Je place ma main qui n'est pas blessée par-dessus la sienne et la serre.

« Je te le promets. »

CHAPITRE 22

Emmett

Je suis l'exemple de Leah, qui est incroyable. Même avec une commotion cérébrale et un poignet cassé, elle est drôle, calme et tout à fait elle-même, ce qui est un soulagement énorme pour moi. Elle va si bien qu'ils décident de la laisser sortir en fin de journée le lendemain, une fois que j'ai promis de la ramener à la maison avec moi et de m'occuper d'elle. Je ne veux rien faire d'autre.

Flynn et Natalie vont au Nebraska sans moi. Ni l'un ni l'autre ne voulait partir tant que Leah était encore à l'hôpital, mais Natalie doit y être pour témoigner demain, alors ils n'avaient pas le choix.

Leah et moi arrivons chez moi et je ne la laisse faire rien de plus vigoureux que de marcher de la voiture à mon lit où je l'installe sur une pile d'oreillers et cale son poignet blessé sur un autre oreiller.

« Tu as faim ?

— Pas vraiment.

— De quoi d'autre as-tu besoin ?

— Peut-être de l'eau glacée ?

— Ça arrive tout de suite. »

Je remplis un verre avec des glaçons et de l'eau quand un raz-de-marée d'émotions, de soulagement et d'amour me submerge. Quand je pense à ce qui *aurait pu* arriver, j'en ai les jambes qui fléchissent.

Je n'ai jamais tenu à quelqu'un comme je tiens à elle.

« Emmett. »

J'inspire à fond et me ressaisis parce qu'elle a besoin de moi. Il va s'en passer, du temps, avant que je puisse penser à hier sans avoir les mains qui tremblent et le sang qui bout, mais je prends un air calme pour qu'elle ne sache pas combien je suis déboussolé. En prenant le verre d'eau glacée avec moi, je retourne à la chambre. Leah est encore effroyablement pâle, mais ses yeux sont ouverts et alertes.

« Qu'est-ce qui ne va pas ? » demande-t-elle une fois que je lui ai donné l'eau.

Je suis comme un cerf devant les phares d'une voiture. Comment ai-je pu penser pouvoir cacher quoi que ce soit à cette personne qui me voit comme nulle autre ne l'a jamais fait ?

« Rien.

— Viens ici. »

Elle tapote le lit près d'elle.

Je fais attention de ne pas la cogner quand je m'allonge à côté d'elle.

« Je suis là.

— Je te sens tourner en bourrique.

— Comment tu peux sentir ça ? lui demandé-je, irrité par sa perspicacité.

— Je parle la langue d'Emmett. Je connais les signes. Raconte-moi.

— Que veux-tu que je te dise ?

— Parle-moi de comment tu te sens.

— Je suis obligé ? »

Elle lève les yeux au ciel.

« Nous entretenons une *relation* maintenant. Tu l'as dit toi-même. Alors oui, tu es obligé.

— Moi et ma grande gueule. »

Elle enfonce son doigt dans mon torse.

« Parle. »

J'ai envie de partir en courant et me cacher. Je veux les éviter, elle et ses yeux qui voient en mon cœur même. Comment fait-elle cela ?

« Tu m'as foutu une sacrée frousse.

— Je sais. Je suis désolée.

— Ne t'excuse tout de même pas pour ce qu'a fait ce monstre.

— Je ne m'excuse pas pour lui. Je suis désolée de t'avoir infligé un tel calvaire. Si ça t'était arrivé à toi, je n'aurais pas pu garder mon sang-froid.

— Mais si, tu l'aurais fait. Tu es bien plus forte que moi. »

Elle me serre le biceps.

« Nous savons tous deux que ce n'est pas vrai.

— T'es plus forte à l'intérieur. Je suis un putain de désastre.

— Non, tu ne l'es pas.

— Si, je le suis vraiment.

— C'est parce que ça te tient trop à cœur.

— Je sais ! J'ai horreur de ça ! »

Elle rit et puis fait la grimace, portant ses mains à sa tête comme pour la garder en place.

« Ne me fais pas rire.

— Je n'ai pas fait exprès.

— Tu vas survivre, en te sentant comme ça à propos de moi, tu sais.

— Ça, je ne sais pas.

— Mais si. Je te promets.

— Ne va pas faire des promesses et puis te faire presque tuer. Ce n'est pas juste.

— T'es en train d'être bébête.

— Non, je ne le suis pas ! Je suis tout à fait sérieux. »

Ses doigts entourant les miens, elle me regarde dans les yeux.

« Une mauvaise chose est arrivée, et cela nous a fait peur à tous les deux, mais je vais bien, nous allons bien, tout va bien.

— Continue à le dire. Je finirai peut-être par le croire à un moment donné.

— Tu sais ce que je veux faire quand je me sentirai mieux ?

— Apprendre à surfer ?

— C'est sûr. Mais je veux aussi rencontrer Elena. Tu m'emmèneras la voir ? »

Pendant un instant, je suis trop ébahi pour formuler une réponse.

« Emmett ? C'est OK que je veuille la rencontrer ?

— Ah, ouais, bien sûr.

— Alors, tu m'emmèneras la voir ?

— Dès que tu te sens d'attaque. »

Elle sourit et ferme les yeux, me tenant fort la main.

« C'est bien. »

*

Nous sommes endormis plus tard dans l'après-midi quand mon téléphone sonne. Je ne peux pas croire que je dorme en plein milieu de la journée, mais je suis épuisé après le calvaire d'hier. L'appel va à la boîte vocale avant que je puisse y répondre.

Le téléphone sonne encore, et je l'attrape, me levant et sortant de la chambre pour que Leah dorme plus longtemps.

Essayant encore de me réveiller, je prends l'appel sans regarder l'identification de l'appelant.

« Emmett Burke.

— C'est Liza.

— Qu'est-ce qui se passe ?

— Il y a, euh, des photos affichées en ligne. »

J'essaie toujours de me débarrasser de la stupeur du sommeil profond.

« Quel genre de photos ?

— Leah avec des mecs. Elle, euh…. »

D'un coup, un déclic se fait dans mon cerveau à propos de ce qu'elle me dit. Pas possible. Putain, non. Ça ne peut pas être en train d'arriver.

« Combien ?

— Trois. Ils capitalisent sur le fait que c'est l'assistante de Marlowe. »

Je grince des dents à l'idée que Leah et Marlowe soient traînées dans la boue.

« J'ai signalé les photos comme abus aux sites où elles sont affichées, et j'essaie de les faire enlever. Est-ce que tu peux organiser par un de vos gars une demande d'injonction au tribunal ? Rapidement ?

— Ouais. »

J'ai besoin de penser comme un avocat, mais en tant que l'homme amoureux de la femme qui est publiquement humiliée, tout ce qui me vient à l'esprit, c'est elle et comment cela va la détruire.

« Demande à Jonah de s'en occuper, tu veux bien ? dis-je en faisant référence à l'un des avocats qui travaillent pour moi. Dis-lui de m'appeler s'il a besoin de moi.

— On va s'en occuper. »

Ils vont faire ce qu'ils peuvent, mais les dégâts sont néanmoins déjà faits. Elle serait dévastée d'entendre ce qui se passe, et en retournant à la chambre, je pense aux nombreuses façons dont je peux légalement en faire baver à ces salopes qui continuent à la torturer. Je peux faire de leur vie le même enfer sur Terre qu'elles ont fait de la sienne, avec des litiges civils qui vont les mener à la faillite. Je vais m'en occuper, c'est sûr, et je vais prendre mon pied à chaque instant. Je vais leur faire regretter, à ces salopes, d'avoir jamais emmerdé ma Leah.

Ma Leah…

Jésus, je suis vraiment foutu, et quand je me remets au lit et m'installe près d'elle, je me fiche qu'elle ait ses crochets si profondément enfoncés en moi que je ne m'en libérerai jamais.

La dernière chose que je veux, c'est me libérer d'elle.

« Pourquoi t'es furieux ? » demande-t-elle, sa voix rauque, endormie et sexy.

Je commence à nier, et puis je me souviens à qui je parle.

« Juste des conneries de travail.

— Quel genre de conneries ?

— Du genre légal. »

Je décide de ne pas lui dire. Pas tout de suite en tout cas, pas pendant qu'elle se remet d'une commotion cérébrale et du traumatisme de son accident.

« Rendors-toi un peu. On n'a rien à faire et nulle part où aller.

— Tu dois t'ennuyer à rester là avec moi. »

Je pousse un rire en grognant.

« L'ennui est une chose que je ne connais jamais quand ma petite pitbull sexy est là. »

Ses yeux sont fermés, mais un sourire malin s'étale sur son visage. Ce sourire illumine mon monde. Je serais prêt à tuer pour la protéger, et une fois que je sais qu'elle s'est assoupie, je m'affaire avec mon téléphone, dirigeant mon équipe pour déclarer la guerre en son nom. Je n'ai aucun doute sur le fait que mes employeurs approuveraient de tout cœur ma stratégie.

Leah

Cela prend trois jours pour que je me sente à nouveau humaine, et encore deux pour revenir plus ou moins à la normale. Le cinquième jour, nous sommes informés par le service de police de Los Angeles que Tom a été arrêté à Yuma, Arizona, et nous pouvons enfin respirer, sachant qu'il a été placé en garde à vue et ne peut plus me faire de mal. Ni à moi, ni à quelqu'un d'autre. Il sera accusé de tentative d'homicide involontaire au volant d'un véhicule, et Emmett est convaincu, comme Tom a déjà essayé de s'enfuir, qu'on ne lui accordera pas de mise en liberté sous caution.

Durant ces cinq jours, Emmett ne me quitte pas, ne serait-ce que pour une minute. Il travaille de la maison tout le temps que je suis couchée. Je l'entends au téléphone à la première heure le matin et tard le soir. Quelles que soient les « conneries légales » dont il s'occupe, elles doivent être importantes, parce qu'il y a dévoué beaucoup de son temps.

Je lui demande ce qui se passe, mais il dit simplement que je n'ai pas à m'en inquiéter. Plus il le dit, plus je commence à me faire des soucis. De plus, personne ne veut me dire ce qui s'est passé au Nebraska. Natalie m'appelle tous les jours et ne fait que répéter qu'on parlera du Nebraska plus tard. Tout ce que je sais, c'est qu'ils sont de retour à Los Angeles. Elle s'inquiète pour moi, mais moi, je m'inquiète pour *elle*.

Je sors de la douche et enlève le sac en plastique que j'utilise pour garder mon attelle du poignet au sec. Il me faut aussi me laver la tête en contournant le bandage qui couvre les points de suture au niveau de l'implantation des cheveux, ce qui est plus difficile que ce que l'on pourrait penser. L'attelle du poignet et l'usage limité de ma main gauche ont été presque plus difficiles que la commotion cérébrale. On ne se rend pas compte de combien on utilise ses mains jusqu'à ce que l'une d'entre elles soit indisponible.

Emmett entre dans la chambre en portant un mug de café si chaud qu'il fume, préparé exactement comme je l'aime.

« Merci.

— Tu as les joues qui reprennent des couleurs. »

Il caresse ma joue d'un doigt, et ce toucher léger est assez pour me rappeler où nous nous sommes arrêtés avant mon accident.

Je pose le café sur la table de chevet, m'approche de lui, glisse mes mains autour de sa taille et embrasse son torse nu.

« Salut.

— Salut, toi. »

J'entends l'amusement dans sa voix.

« Tu m'as manqué.

— J'ai tout le temps été là.

— Oui, c'est vrai, mais tu m'as manqué, *toi*. »

J'entoure sa queue de ma main pour lui faire comprendre ce que je veux dire.

Le son qu'il émet est à peine humain. Il m'attrape la main et l'enlève.

« Quoi ? lui demandé-je, blessée et un peu perplexe.

— Tu n'es pas encore prête pour ça.

— Si, je le suis.

— Non, tu ne l'es pas.

— Pourquoi est-ce que c'est toi qui as le droit d'en décider ?

— Parce que je sais ce qui est pour ton bien.

— Tu es le *fuck buddy* avec lequel je vis, pas ma mère, et en tant que *fuck buddy*, ton boulot est de me baiser sur demande. Et je demande.

— Je décline l'offre. »

Il se retourne et s'en va.

Stupéfaite par le rejet, je contourne l'attelle sur mon poignet pour nouer la ceinture de la robe de chambre d'Emmett que j'ai empruntée et le suis de la chambre à la cuisine où il s'est installé au comptoir. Je vais jusqu'au plan de travail pour voir ce qui l'a gardé si investi dans son boulot. La première chose que je vois m'arrête d'un coup.

« Où… Où as-tu eu ça ? » demandé-je d'une photo que je ne m'attendais pas à revoir un jour.

Je suis si choquée de la voir que j'ai froid partout, comme si on m'avait immergée dans une citerne d'eau glacée.

Il se retourne brusquement.

« Leah…

— *Dis-moi où tu as eu ça !* »

Je hurle, mais je ne peux pas m'en empêcher. Cette photo me replonge dans le cauchemar réel de mes années de lycée, et j'ai beau chercher, je ne peux pas m'imaginer ce que diable il fait avec.

« Hélène Gaspar l'a mise en ligne, celle-ci et d'autres, après l'accident. »

Ce nom est comme un pic à glace dans mon cœur. C'était la pire des salopes qui ont fait de ma vie un enfer au lycée.

« E-elle, elle…

— Elle l'a mise en ligne et a ajouté qu'elle en avait d'autres qu'elle serait prête à vendre. Elle voulait tirer profit du fait que l'assistante de Marlowe était aux nouvelles après l'accident.

— Quand est-ce que c'est arrivé ?

— Il y a quatre jours. On l'a contrée avec une injonction et un procès civil pour diffamation.

— *Quatre jours ?* Pourquoi tu ne me l'as pas dit ?

— Tu souffrais tellement et tu te remettais de ton accident. Je ne voulais pas t'inquiéter avec ça. Je m'en suis occupé. Ta vieille pote Hélène a été notifiée d'un procès énorme qui devrait la faire chier dans son froc. On demande cinq millions en dommages et intérêts. Et je me suis assuré de médiatiser le procès. Comme ça, si d'autres ont des photos de toi, ils y penseront à deux fois avant de les divulguer. »

Il a déclaré la guerre en mon nom, et je n'avais aucune idée de ce qui se passait.

« T'es en colère ? » demande-t-il d'un air tellement vulnérable que j'en perds mes moyens.

Quelle importance de l'avoir caché alors qu'il était si affairé à le faire disparaître ?

« Après toi ? Non. Je suis reconnaissante. Je n'arrive pas à croire que tu aies fait cela.

— Mais bien sûr. Je n'allais pas la laisser te traîner dans la boue. Elle t'a déjà causé assez de peine pour toute une vie. »

Je croyais l'aimer avant, mais là on monte carrément d'un cran.

Il recule d'un pas.

« Attends… Qu'est-ce que tu fais ? Tu sais comment je me sens à propos des larmes de fille.

— Ce sont des larmes de bonheur. »

Je m'approche de lui, mets mes bras autour de son cou et le tire vers moi pour l'embrasser.

« La dernière fois qu'elle s'est jetée sur moi, je n'avais personne pour me défendre.

— Maintenant, si. »

Il est plus féroce que jamais, mais c'est désormais différent. Il y a de la tendresse et de l'amour, aussi, et l'amour est la chose la plus invincible que j'aie jamais vécue.

« Je te défendrai et te protégerai toujours.

— Cela commence à ressembler *vraiment beaucoup* à une vraie relation. »

En souriant, il dit :

« Ferme-la.

— Force-moi.

— Avec plaisir. »

Il m'enlace et m'embrasse avec presque une semaine de désir inassouvi qui se fond en un baiser mémorable, peut-être bien le meilleur baiser que j'aie jamais reçu parce que je *sais* qu'il m'aime, même s'il n'arrive pas à le dire. Je le sais avec la même certitude que je sais que le soleil se lèvera demain. Son amour est comme le soleil. Il illumine toute ma vie et me réchauffe encore et toujours. C'est tout ce que je veux et dont j'ai besoin.

« Emmène-moi au lit, Emmett.

— Il est trop tôt.

— Non, ça ne l'est pas. Je vais bien. Je te le jure. »

Il me scrute le visage à sa façon intense à lui avant de me prendre dans ses bras et de me soulever du sol pour m'emmener à la chambre et me placer sur le lit. Dieu, j'adore quand il fait ça.

Je défais la ceinture de la robe de chambre et la laisse s'ouvrir, lui révélant tout mon corps.

Son regard est affamé et féroce.

Je brûle de désir pour lui. C'est drôle comme je pensais être trop jeune pour considérer l'éternité avec quelqu'un jusqu'à ce que je passe quelques semaines avec Emmett. Maintenant, je ne peux pas imaginer ma vie sans lui pendant une heure, sans parler d'une journée entière.

Il est tendre à mourir, ses lèvres effleurent ma peau avec une révérence qui m'enflamme.

Tout mon corps y participe, conquis, enchanté quand Emmett prend mon téton dans sa bouche, le suçant gentiment. Il ne s'agit pas de domination. Il s'agit d'amour si pur et si vrai que cela dérobe tout mon souffle de mes poumons et de mon esprit toute pensée qui n'a pas à voir avec lui. Il offre le même traitement doux à mon autre sein avant de descendre l'avant de mon corps baiser par baiser, en calant mes jambes sur ses épaules et me faisant perdre la tête avec sa langue et ses doigts.

Je jouis si fort que je crie.

Et puis il pousse en moi, lentement, doucement, me donnant le temps de m'ajuster à sa longueur et largeur, s'assurant que rien de ce qu'il fait ne me fait mal – jamais. C'est le paradis. C'est la perfection. Il est tout.

Je le prends dans mes bras, et j'aimerais arracher l'attelle imposante autour de mon poignet parce que je ne peux pas tenir Emmett comme je le voudrais.

« Tu as mal quelque part ?

— Non, mais ça brûle quelque part. »

Ce sourire… Cela me tue. Je ferais littéralement tout pour qu'il sourie comme ça le plus souvent possible et le plus longtemps possible pour le reste de ma vie.

Il prend son temps pour entrer en moi complètement, et au moment où il m'a pleinement pénétrée, j'ai un orgasme après l'autre, une vague de plaisir incontrôlable qui me fait tourner la tête.

« Tu es en train de me rendre dingue », murmure-t-il, ses lèvres effleurant mon oreille et allumant un feu d'artifice qui traverse tout mon corps.

En gémissant, il commence à bouger plus vite, ses doigts s'enfonçant dans mon épaule et ma hanche quand il me tient en place pour sa possession féroce.

Tout ce que je peux faire, c'est de rester couchée là et le prendre, me rendant à lui. Un autre orgasme énorme me submerge comme un raz-de-marée si vif et si intense que mon esprit se vide alors que mon corps convulse.

Emmett me serre plus fort quand il jouit, et quand il s'effondre sur moi, je le tiens le plus près possible.

« Leah…

— Je sais. Moi aussi. Moi aussi.

— Tu ne peux jamais me quitter. Je n'y survivrais pas.

— Je ne te laisserai pas.

— Tu me le promets ?

— Je te le promets. »

J'ai l'homme de mes rêves dans mes bras et dans mon lit. Je ne voudrais être nulle part ailleurs qu'ici même avec lui.

Pour toujours.

ÉPILOGUE

Emmett

Le dimanche suivant, j'emmène Leah rencontrer Elena. La première fois que Leah m'a demandé si elle pouvait la rencontrer, j'ai eu envie de dire non, en pensant qu'il serait préférable que je garde mes deux mondes séparés, mais je savais que mon petit pitbull ne l'accepterait jamais. Alors j'ai dit oui, et maintenant nous sommes en route pour Pacific Palisades dans ma voiture avec les fenêtres ouvertes. Le soleil plombe sur nous, et une brise chaude s'engouffre dans la voiture en cet autre jour parfait de la Californie du Sud. Nous écoutons Metallica plein tube, exactement comme elle l'aime. Je suis plutôt du genre à aimer le rock classique et je peux prendre ou laisser le heavy metal, mais elle l'adore, alors je le tolère.

Leah me tient la main pendant que je conduis. Si elle est près de moi, elle me touche, quelque chose que je n'aurais pas pensé aimer avant qu'elle me montre le contraire. J'ai soif de son toucher, son attention, ses sourires, ses commentaires taquins, son rire, son corps doux et sexy. J'ai soif de tout ce qui est elle.

Pour la première fois de ma vie professionnelle, le travail est une corvée à endurer pour que je puisse retourner à ses côtés. Nos amis ont été implacables dans leurs efforts pour me casser les couilles à propos de mes heures de travail réduites, mais je m'en fiche. Je quitte le bureau à 17 h 30 tous les jours, en insistant pour qu'elle fasse pareil, pour que nous puissions passer chaque minute possible ensemble.

Elle s'est bien remise de l'accident, sa principale plainte maintenant étant que la coupure sur son front la gratte en cicatrisant.

Nous avons acheté une attelle qui résiste à l'eau et une combinaison néoprène pour elle, et je lui apprends à surfer. Cela ne m'étonne pas qu'elle s'y sente comme un poisson dans l'eau, comme on dit. Elle est parfaitement bâtie pour le surf, et a une tendance athlétique qui n'a jamais été complètement explorée auparavant. Elle s'est également mise à m'accompagner à la gym à 5 h du matin, en râlant et rouspétant à propos de l'heure ridicule tout le temps que nous y sommes.

J'adore chaque instant de sa mauvaise humeur du matin que je suis le seul à jamais voir, et j'adore tout autant les imbécillités qu'elle murmure dans son sommeil.

J'aime tout chez elle.

Si seulement je pouvais le lui dire. Les mots sont là, brûlant le bout de ma langue par leur présence, mais chaque fois que je commence à les dire, je me bloque, comme si quelque chose d'horrible allait arriver si je m'y aventurais. Alors je ne m'y aventure pas. Je ne peux qu'espérer qu'elle sache comment je me sens. Je fais tout ce qui me vient à l'esprit pour lui montrer combien je l'aime à chaque fois que j'en ai l'occasion. Et si les actions ne sont pas assez pour elle ? Si elle a besoin des mots qu'il semblerait que je ne puisse pas lui donner ? Cette peur-là est le seul nuage noir qui menace mon existence parfaite avec elle.

Elle n'a pas du tout l'air insatisfaite. En fait, elle a l'air exceptionnellement heureuse d'avoir complètement gagné et fait de moi son esclave. J'adore être son esclave.

Leah baisse la radio.

« Tu es tendu, dit-elle en me serrant la main.

— Non, je ne le suis pas.

— Si, tu l'es. T'es nerveux parce que je rencontre Elena ?

— Non.

— Un petit peu, peut-être ? »

Je hausse les épaules et lui jette un œil pour voir qu'elle m'observe de près.

« Tu sais à quoi t'attendre, d'accord ? On dirait une adulte, mais elle est très enfantine.

— Je sais. »

Je lui dis que je ne suis pas tendu, mais je le suis. Je suis nerveux, et je ne sais pas pourquoi. Leah sera formidable avec Elena, et Elena va adorer que je vienne avec une nouvelle amie pour la rencontrer. Alors quel est mon problème ? Je ne sais pas exactement. Tout ce que je sais, c'est que je suis agité à l'idée de les présenter l'une à l'autre, et je serai content quand ce sera fait.

Nous arrivons à l'établissement joyeux que j'ai choisi avec soin pour Elena après avoir dit à ses parents ouvriers que je subviendrais à ses besoins. Je ne les avais jamais rencontrés avant la nuit où Drew l'a battue, alors ils ne savaient pas quoi penser de cet ami aisé qui avait décidé d'être à la hauteur pour eux. Je ne leur ai jamais raconté le rôle que j'ai joué dans ce qui était arrivé à Elena, parce que j'avais peur qu'ils ne me laissent pas participer à ses soins s'ils savaient que j'avais jeté de l'huile sur le feu de Drew avant l'attaque. J'avais besoin de faire cela pour elle, alors j'ai fermé ma gueule à propos des détails.

Qu'est-ce que ça pouvait bien faire, de toute façon ? C'était fait. Ma grand-mère m'avait laissé tout ce qu'elle avait l'année avant qu'Elena soit agressée. J'ai décidé de mettre chaque centime de cet héritage dans les soins d'Elena pendant que j'étais encore à l'école. L'argent a duré cinq ans, au bout desquels je gagnais assez pour assurer les frais moi-même. Je ne voulais que le meilleur pour elle, et c'est ce qu'elle a eu.

Elle est entourée d'amour, de soleil et de bonheur, toutes ces choses qu'elle avait été pour moi.

De l'extérieur, l'établissement ressemble à un centre de villégiature de luxe, mais cette illusion est brisée quand nous entrons pour y rencontrer des patients dans des fauteuils roulants et un poste de soins infirmiers où je nous enregistre comme visiteurs.

« Salut, Emmett », dit Katie, une des infirmières.

Elle porte un T-shirt jaune, un short blanc et des Chuck Taylor noires. Le personnel s'habille comme tout le monde, une chose de plus que j'ai tout de suite aimée à propos de l'endroit. Après avoir fait le tour d'une douzaine d'établissements, celui-ci s'est distingué comme le joyau dans la couronne. Les parents d'Elena et moi n'avons plus cherché ailleurs après être venus ici.

Katie est jeune, blonde et jolie. J'ai eu le sentiment dans le passé qu'elle aurait peut-être été intéressée par moi si nous nous étions rencontrés dans d'autres circonstances.

« Voici ma petite amie, Leah. Leah, je te présente Katie, une des infirmières. »

Les deux femmes se serrent la main.

« Enchantée, dit Leah.

— Moi, aussi, répond Katie. Elena est dans le jardin si vous voulez aller la retrouver.

— Merci. »

Ma main dans le bas du dos de Leah, je la guide par le couloir jusqu'à la porte qui mène au potager dont les résidents s'occupent.

« Tu m'as présentée comme ta petite amie.

— Tu t'en es aperçue, hein ?

— Oui. C'est le langage du couple que tu lances comme ça, là.

— Ah bon ? Je ne peux pas savoir. Je n'ai jamais été dans une relation jusque-là.

— Tu as couché avec elle ?

— Qui ? demandé-je, stupéfait par la question. Katie ? Non.

— Elle te regarde comme si elle te connaissait de cette façon-là.

— Il m'a semblé à quelques reprises qu'elle aurait aimé me connaître comme ça, mais il n'est jamais rien arrivé.

— Ça ne te dérange pas que je pose la question ?

— Mais non. »

Et c'est vrai. Alors qu'une telle question m'aurait rendu furieux venant d'une autre femme, je ne veux pas avoir de secrets pour Leah.

« Tu peux me demander tout ce que tu veux. »

Elle me sourit, contente de ma réponse.

Si elle est contente, moi aussi, je le suis. Je suis fou d'elle à ce point.

« Alerte, relation. »

Je lui pince doucement la fesse, la faisant rire.

« Ferme-la, pitbull. »

Je vois Elena accroupie près des plants de potiron, le grand chapeau de paille que je lui ai donné pour son anniversaire me menant à elle. Je serre plus fort la main de Leah, en espérant que cela se passe bien, dans notre intérêt à nous tous.

« Elena. »

Au son de ma voix, elle pousse un cri de bonheur, se lève et se jette sur moi comme elle le fait toujours quand je lui rends visite. Son chapeau vole quand son corps percute le mien.

Je lâche la main de Leah pour pouvoir attraper Elena, qui me tient dans ses bras pendant au moins deux minutes.

« Tu m'as manqué ! dit-elle.

— Toi, aussi, tu m'as manqué. »

Je l'embrasse sur le front et baisse la tête vers elle. Les grands yeux marron qui me regardent sont remplis d'une euphorie enfantine. Le personnel dit qu'elle est comme une gamine le jour de Noël quand je viens lui rendre visite. Je n'ai jamais l'impression de mériter ce niveau de joie de sa part, mais je ne ferai jamais rien pour atténuer son allégresse.

« Je suis venu avec une amie que j'aimerais que tu rencontres. Voici Leah. Leah, voici Elena.

— Bonjour, Elena. Je suis tellement heureuse de te rencontrer. »

Elena serre la main de Leah parce qu'elle est trop polie pour ne pas le faire, mais je sens une incertitude à propos de cette nouvelle amie. Je ne suis jamais venu avec quelqu'un à lui présenter, alors elle doit probablement comprendre qu'amener Leah est quelque chose de très important.

« Parle-moi de ton jardin, dit Leah. Qu'est-ce que tu fais pousser ?

— Du maïs et des potirons à cette époque de l'année, dit Elena, d'un ton sombre et morne.

— Les potirons sont si grands. »

Elena hoche la tête pour signifier son accord.

« Mais ils ne sont pas prêts tant qu'ils ne sont pas orange.

— Ils y sont presque. Je peux t'aider à enlever les mauvaises herbes ? »

Elena hausse les épaules.

« Si tu veux.

— Cela me ferait très plaisir. Je faisais les mauvaises herbes dans le jardin de ma mère tous les étés.

— Qu'est-ce qu'elle faisait pousser ?

— On plantait des impatiens et des géraniums.

— Les géraniums aiment le soleil. Pas les impatiens.

— C'est juste ! Ma mère m'a appris ça.

— Qu'est-ce qui est arrivé à ton bras ?

— Je me suis fait mal dans un accident, mais ça va mieux maintenant.

— Moi aussi, je me suis fait mal dans un accident. »

J'attends, sans souffle, ce qu'elle va dire d'autre, mais elle n'épilogue pas. Elle ne parle jamais de ce qui s'est passé avec Drew, et je ne suis pas sûr qu'elle s'en souvienne même. J'espère que non.

Pendant que je prends du recul et regarde, elles finissent d'enlever les mauvaises herbes dans la section sur laquelle travaillait Elena quand nous sommes arrivés, bavardant sans cesse sur les fleurs, le soleil et quels légumes ils font pousser à quel moment dans le jardin communautaire.

Je vois qu'Elena se fatigue, alors je demande si elles veulent aller boire quelque chose à l'intérieur.

Elena nous mène à la cafétéria, où elle prend grand plaisir à faire faire le tour de l'endroit à Leah et à lui détailler les options en matière de boissons.

« Une limonade me semble bien, dit Leah.

— Emmett aime le thé sans sucre, dit Elena en faisant la grimace.

— Tellement dégoûtant, dit Leah. Comment peut-il le boire sans sucre ?

— Je sais ! »

Elles continuent à parler de moi comme si je n'étais pas là, et je les laisse faire. Je suis tellement époustouflé par combien Leah est incroyable avec elle, comment elle a mis Elena complètement à l'aise et l'a charmée, juste à être elle-même. J'ai l'impression d'avoir le cœur trop gros pour mon torse pendant que je les regarde parler et rire ensemble de films et d'émissions de télé et de potins sur les stars, y compris Flynn et Marlowe et ce qui s'est dit du mariage de Hayden.

Elena sait que ce sont mes amis, mais elle ne m'a jamais demandé de les rencontrer. Peut-être que je devrais lui donner une journée inoubliable et les faire venir ici. Je ne sais pas pourquoi je ne l'ai pas encore fait, probablement parce que j'ai toujours eu honte de comment Elena a fini ici. Mais Leah m'a aidé à accepter que ce n'était pas de ma faute, que j'ai fait de mon mieux pour elle, et que même si ce n'était pas assez, je n'étais pas celui qui l'avait mise ici.

C'est réconfortant de faire la paix avec cela, même si une partie de moi-même me blâmera toujours pour le rôle que j'ai joué. Je ne pouvais pas savoir ce qui allait arriver, et je ne faisais que protéger mon amie en affrontant son copain abusif. J'aurais voulu lui avoir flanqué une bonne raclée plutôt que d'avoir essayé de le raisonner.

Quand nous repartons deux heures après notre arrivée, Leah et Elena sont les meilleures amies du monde.

« Quand est-ce que tu peux revenir ? demande-t-elle à Leah.

— On reviendra dimanche prochain. »

Je commence à lui dire que je ne viens qu'une fois par mois parce que c'est tout ce que je peux supporter, mais de l'avoir ici a rendu les choses plus faciles. Si elle veut revenir la semaine prochaine, nous reviendrons la semaine prochaine.

« Je t'apporterai le magazine avec les photos du mariage de Hayden et Addie, dit Leah.

— J'ai hâte ! »

Elles s'embrassent et puis Elena m'embrasse.

« Merci de m'avoir amené une nouvelle amie.

— De rien. »

Je suis touché par le plaisir qu'elle prend dans les choses les plus simples.

« Je t'aime, Emmett.

— Moi aussi, adorable petite. »

Je l'embrasse sur le front.

« Sois sage. »

Elle pousse un rire dédaigneux.

« Je le suis toujours. »

Elle nous accompagne jusqu'aux portes principales et nous fait signe de la main quand nous partons.

« Elle est charmante, dit Leah. Un grand merci de m'avoir amenée la voir.

— Merci d'être venue.

— J'espère que ça ne te dérange pas que j'aie dit qu'on reviendrait la semaine prochaine. »

Je lui tiens la portière de la voiture et attends qu'elle soit installée.

« Ce n'est pas un problème.

— On peut venir toutes les semaines.

— On n'est pas obligés.

— Je sais qu'on n'est pas obligés. Je veux venir. »

Je fais le tour de la voiture pour monter à la place du conducteur.

Elle me regarde.

« Je peux te demander…

— Tout ce que tu veux.

— Elle a l'air très… normale, malgré les difficultés évidentes. Je me demande simplement pourquoi il faut qu'elle soit dans un établissement. »

En soupirant, je pose ma main sur le volant.

« Elle a des rages violentes par moments, qui apparemment ne passent pas inaperçues, et peuvent durer des heures. Je ne l'ai jamais vu arriver, parce qu'elle ne le fait pas devant moi, mais ses parents ne pouvaient pas y faire face, surtout une fois qu'ils ont commencé à avoir des problèmes de santé. La théorie est qu'elle est assez consciente pour savoir ce qu'on lui a volé, et que c'est comme ça qu'elle le gère.

— Je vois, dit-elle en hochant la tête avec compréhension. Merci de m'avoir ouvert la porte de ta relation avec elle. Je sais combien c'était difficile pour toi, et je ne le prends pas à la légère. »

J'étudie son adorable visage en essayant de rassembler mes pensées.

« Qu'est-ce qu'il y a ? demande Leah après un long silence.

— Tu as été incroyable avec elle.

— Elle est merveilleuse. Je vois pourquoi tu l'aimes tant. »

Je pense à comment je croyais que Leah était trop jeune pour moi, et pourtant être avec elle a fait de moi un homme meilleur. C'est impossible de passer du temps avec elle et de ne pas s'améliorer de par ce fait. Je la regarde, admirant la perfection exquise de son visage, les taches de rousseur qui me tuent, les yeux bleus qui voient jusqu'en mon âme, les lèvres qui m'embrassent avec tant de tendresse et d'amour.

« Tu vois aussi pourquoi je t'aime tant, *toi* ? »

Elle pousse un cri, sa bouche s'ouvre et puis se referme aussitôt.

Je ris parce que rien ne m'amuse plus que Leah sans voix.

« Tu… Tu as dit…

— J'ai dit que je t'aimais, mon adorable, intrépide, sexy petit pitbull. Je t'aime.

— Je pensais que tu ne disais pas ces mots-là.

— En effet. Je ne l'ai jamais dit jusque-là, à personne, sauf à ma grand-mère quand j'étais petit.

— Est-ce que… Es-tu… Cela te rend heureux de me les dire ? »

Je hoche la tête.

« Tout de toi me rend heureux. Chaque petite chose. »

Elle enlève sa ceinture de sécurité et se jette sur moi, passant la console centrale jusqu'à ce qu'elle soit à moitié sur mes genoux et encore à moitié à sa place à elle.

« Tu m'aimes.

— Depuis longtemps.

— Je sais, dit-elle, les yeux étincelants, le sourire plus brillant que le soleil. Je le sentais même quand tu n'arrivais pas à le dire.

— Je suis désolé d'avoir mis si longtemps à te le dire. »

Je l'embrasse.

« Je suis désolé.

— Tu n'as pas à en être désolé. Tu m'as montré comment tu te sens de mille façons. Je savais, Emmett. Je n'en doutais pas.

— Tu as cru assez fort pour nous deux.

— Dis-le-moi encore. »

Je la prends dans mes bras, tenant fort la femme qui a changé ma vie de toutes les façons possibles.

« Je t'aime.

— Je t'aime aussi.

— Rentrons à la maison. »

***

Odieux

Une histoire courte de Quantum

Natalie

Je redoute ce jour depuis des mois, et pendant tout ce temps j'ai espéré ne pas être obligée de participer au procès de mon père. Mais me voici de retour au Nebraska pour la première fois depuis que j'ai eu mon diplôme universitaire et suis partie pour New York, avec l'intention de ne jamais revenir. Seulement, ça, c'était avant que mon père ne commette un meurtre, me forçant à revenir et à raconter mon histoire devant encore un autre tribunal.

Dieu merci, cette fois-ci, Flynn est avec moi. Il ne me quitte jamais, gardant son bras autour de moi jusqu'à la dernière seconde, jusqu'à ce que le procureur m'appelle au barreau pour témoigner sur les raisons de mon père de vouloir la mort de mon avocat précédent. Je suis ici pour établir ces motifs, ou du moins c'est ce que m'a dit le procureur.

« Jurez-vous de dire la vérité, toute la vérité et rien que la vérité, que Dieu vous vienne en aide ? demande l'huissier de justice.

— Je le jure.

— Asseyez-vous, s'il vous plaît. »

Je prends ma place et garde les yeux fixés fermement sur le beau visage de mon mari, comme nous l'avons prévu. Si je ne regarde pas directement mon père, il ne peut pas me faire de mal, ou du moins c'est ce que je me dis.

La porte du tribunal s'ouvre et ma mère entre, s'asseyant au fond au dernier rang. Sachant que mes parents ne sont plus ensemble, je ne m'attendais pas à la voir ici, et maintenant je suis décontenancée par son apparition.

Flynn sent qu'il s'est passé quelque chose derrière lui, alors il bouge pour que je me concentre encore une fois sur lui.

Quand mes yeux rencontrent les siens, je suis immédiatement posée à nouveau, déterminée à affronter ceci, et à partir d'ici aussi vite que possible.

« Mme Godfrey, veuillez indiquer votre nom légal pour le tribunal ?

— Natalie Godfrey.

— Vous étiez précédemment connue sous les noms d'April Genovese et Natalie Bryant. Est-ce correct ?

— Oui.

— Vous êtes informée que le défenseur, Martin Genovese, est accusé du meurtre au premier degré de votre ancien avocat, David Rogers ?

— Je le suis.

— Et voyez-vous M. Genovese dans cette salle d'audience aujourd'hui ?

— Oui. »

Il me demande de l'identifier, et je fais un geste vers la table du défenseur sans regarder directement mon père. Je regarde par-dessus sa tête, pour ne pas lui donner de satisfaction. Flynn et moi avons concocté ce plan pendant le vol de Los Angeles.

« Pouvez-vous, s'il vous plaît, expliquer votre relation avec M. Rogers ?

— Il m'a fourni une nouvelle identité après que j'ai témoigné contre le gouverneur précédent, gouverneur Oren Stone, qui m'a kidnappée et violée quand j'avais quinze ans.

— Qui d'autre connaissait votre nouvelle identité ?

— Personne, sauf M. Rogers.

— Vous ne l'avez pas dit à un ami, un petit ami, un associé, la famille qui s'est occupée de vous après l'attaque ?

— Je ne l'ai dit à personne.

— Et est-ce que M. Rogers l'a dit à quelqu'un ?

— Après qu'on m'a vue aux Golden Globes avec l'homme qui est maintenant mon mari, Flynn Godfrey, M. Rogers a vendu l'information à l'émission de télévision *Hollywood Starz*. Ils l'ont publiée.

— Que vous est-il arrivé quand votre lien avec April Genovese est devenu public ?

— J'ai perdu mon travail, ma nouvelle identité, mon anonymat. Mon mari et moi avons été harcelés par les médias, ce qui a menacé notre sécurité.

— Peut-on donc présumer, sans trop s'avancer, que la perte de votre anonymat a été traumatisante pour vous ?

— Extrêmement. J'avais travaillé très dur pour m'établir une nouvelle vie après que la mienne a été détruite par Oren Stone quand j'étais adolescente. Perdre cette nouvelle vie durement gagnée a été comme être attaquée encore une fois. »

Emmett a suggéré que je dise cette dernière phrase si j'en avais l'occasion. Je suis heureuse d'avoir pu la placer.

« Savoir qu'il a fait cela pour de l'argent, c'était le pire.

— Quand vous avez entendu que votre père avait été accusé du meurtre de M. Rogers, avez-vous été surprise ?

— Pas du tout.

— Pouvez-vous en dire un peu plus ?

— Mon père devait être furieux que Rogers ait traîné le nom de Stone dans la boue, et a ressorti l'histoire de la descente aux enfers de Stone, que mon père m'accusait d'avoir causée. Quand Stone m'a attaquée, mes parents ont pris son parti. »

Un grand cri vient des bancs des jurés, et je savoure ce son. Ils ont raison d'être choqués.

« Pourquoi ont-ils pris son parti ?

— C'était l'ami le plus proche de mon père et son employeur. Mon père a choisi de protéger sa relation avec son ami et de protéger son travail avant son propre enfant.

— Objection, dit l'avocat du défenseur. Ouï-dire. »

Je hausse les épaules. Non, ça ne l'est pas. C'est la vérité.

« Objection accordée, dit le juge.

— Pourquoi pensez-vous qu'ils ont pris son parti plutôt que le vôtre ? demande le procureur, en reformulant la question.

— Je crois que c'était parce que mon père attachait plus d'importance à Oren Stone qu'il n'en a jamais attaché à qui que ce soit d'autre, y compris ma mère, mes sœurs et moi. »

Mes sœurs voulaient être présentes aujourd'hui pour me soutenir. Je les ai suppliées de ne pas venir. Je ne veux pas que tout cela les touche, jamais. Je suis reconnaissante qu'elles aient tenu compte de mes souhaits.

« Ce sera tout », dit le procureur.

L'avocat de la défense se lève, et mon estomac se met en boule. Mis à part la possibilité d'avoir à voir mon père, c'est la seule partie qui me rend vraiment nerveuse.

« Vous est-il jamais passé par la tête que votre père aurait peut-être tué Rogers pour obtenir réparation pour vous ?

— Non, dis-je.

— Pas une seconde ?

— Pas un instant. Ce n'était pas à propos de moi. C'était à propos d'Oren Stone. C'était toujours à propos d'Oren Stone pour lui. »

L'avocat de la défense semble ébranlé par ma certitude. Apparemment, ce n'était pas ce qu'il s'attendait à ce que je dise.

« Je n'ai plus de questions. »

J'inspire à fond et expire, profondément soulagée. Je suis venue ici et ai fait ce qu'il fallait sans que cela me coûte plus qu'une journée loin de chez moi et de mon travail avec la fondation contre la faim que Flynn et moi avons créée.

« Vous pouvez retourner à votre place, Mme Godfrey », dit le juge.

Je me lève et quitte la place du témoin, me dirigeant directement vers mon amour sans même jeter un coup d'œil vers mon père ni lui accorder une autre seconde de mon temps ou de mon attention.

Flynn enroule son bras autour de moi et me conduit vers la porte où deux hommes de Gordon attendent pour nous escorter à la voiture.

Nous sommes à deux pas d'une évasion parfaite quand j'entends ma mère qui m'appelle.

« April, attends. S'il te plaît, attends.

— Tu n'es pas obligée, dit Flynn assez doucement pour que je sois la seule à pouvoir l'entendre.

— Je t'en prie, dit ma mère encore. Attends. »

Je m'arrête, prends une autre inspiration profonde, la relâche, et puis me tourne pour faire face à ma mère. Elle a vieilli pendant ces neuf ans depuis la dernière fois que je l'ai vue. Ses cheveux autrefois foncés sont balayés de gris, et son visage porte les ravages des choix qu'elle a faits.

Ses yeux, du même vert que les miens, se remplissent de larmes.

« C'est si bon de te voir. »

Je ne peux pas en dire autant, alors je ne dis rien.

Les doigts de Flynn s'enfoncent dans mon épaule, me faisant savoir combien il lui est difficile de rester là et de laisser cela arriver quand tout ce qu'il veut faire, c'est me sortir de là et m'emmener loin de ces gens qui m'ont fait tant de mal, qui m'ont tourné le dos quand j'avais le plus besoin d'eux.

« Je suis tellement désolée. Je suis désolée pour tout. Je l'ai laissé. Je voulais que tu le saches…

— Je le sais déjà. Livvy me l'a dit.

— Tu… Tu es en contact avec tes sœurs ?

— Depuis quelque temps déjà. »

Elle a l'air sincèrement surprise de l'apprendre. Peu importe.

« Il faut que j'y aille.

— April…

— Je m'appelle Natalie. April est partie depuis longtemps.

— Natalie… Je sais que cela n'a pas d'importance maintenant, mais il faut que je le dise de toute façon. J'ai eu tort de le laisser me convaincre de t'abandonner. Je n'ai aucune autre explication que d'avoir eu peur de lui la plupart du temps qu'on a été mariés. Ce n'est pas ton problème, mais c'est la seule excuse que j'aie. J'avais peur de ce qu'il m'aurait fait ainsi qu'aux filles si je l'avais défié. Cela m'a brisé le cœur de te laisser dans cet hôpital, et je l'ai regretté chaque minute de chaque journée depuis. Je voulais juste que tu le saches.

— Si c'est le cas, pourquoi tu n'as pas essayé de me contacter jusqu'à maintenant ?

— Je ne pensais pas être la bienvenue. »

Elle ne l'aurait pas été.

« Je ne te blâmerais pas si tu ne pouvais pas me pardonner, dit-elle, les larmes coulant le long de son visage, mais je voulais que tu saches combien je regrette sincèrement de t'avoir laissé tomber quand tu avais le plus besoin de moi. Je ne me le pardonnerai jamais. »

Je n'ai aucune idée de comment répondre à cela. Je ne m'attendais pas à ce qu'elle me dise jamais ces choses-là.

« Il faut qu'on y aille, chérie, me dit Flynn en me serrant l'épaule.

— Je ne prendrai pas davantage de votre temps, dit ma mère. Merci de m'avoir écoutée. »

Nous commençons à partir, nous dirigeant vers la porte et notre grande évasion. J'ai tellement envie de me tirer de là, j'ai le goût du départ dans la bouche, mais quelque chose m'arrête.

« Attends », dis-je à Flynn.

Il relâche sa prise sur moi pour que je puisse me retourner vers ma mère, qui se tient encore debout là où nous l'avons laissée.

« Donne-moi quelques semaines, lui dis-je. Et puis appelle-moi. Candace et Livvy ont mon numéro. Je leur dirai qu'elles peuvent te le donner. »

Les larmes continuent de couler le long de son visage pendant qu'elle hoche la tête, et je réalise à ce moment-là qu'elle est autant une victime de mon père qu'Oren et moi.

« Merci. »

Je prends la main de Flynn.

« Allons-y. »

Une foule s'est rassemblée devant le tribunal, des gens qui veulent entrevoir Flynn, et peut-être moi aussi. Il me dit qu'ils sont beaucoup plus intéressés par moi qu'ils ne l'ont jamais été par lui, mais je ne suis pas dupe. C'est lui, la star. Moi, je ne fais que l'accompagner.

Ils nous appellent, mais nous montons à l'arrière de la VUS noire et la portière se referme derrière nous.

C'est fini. Je l'ai fait. Et maintenant, je suis libre.

Il m'enlace.

« Je suis tellement fier de toi, là, je n'arrive même pas à trouver les mots pour te dire combien. »

Je me blottis contre lui, absorbant son amour et son soutien comme depuis le jour où je l'ai rencontré.

« Tu as été formidable au tribunal et à l'instant avec ta mère.

— Tu n'approuves probablement pas que je la laisse m'appeler.

— Ma chérie, c'est à toi de voir. Je veux ce que tu veux.

— Je veux que ce soit fini.

— Ça l'est. C'est fini, maintenant. »

Il me caresse le bras et m'embrasse sur la tête.

« Comment tu te sens par rapport à ce qu'elle a dit ?

— Je la crois quand elle dit qu'elle avait peur de lui. Ça explique beaucoup de choses. Elle avait toujours été une bonne mère pour nous avant que tout cela arrive, alors ça n'avait aucun sens qu'elle le laisse la traîner hors des urgences cette nuit-là.

— La peur est une arme puissante.

— Oui, ça l'est. Je ne m'attends pas à redevenir proche d'elle un jour, mais lui pardonner me libère d'avoir à cette merde sur le cœur. Cela fait assez longtemps que ça m'accable.

— C'est sûr. »

Il me soulève le menton pour m'embrasser.

« Je t'aime tant, ma femme féroce et belle.

— Je t'aime, aussi. Merci d'être venu avec moi. Pouvoir te regarder plutôt que de le regarder lui a fait toute la différence.

— Le seul endroit où je veux être, c'est là où tu es.

— Emmène-moi à la maison. C'est là que je veux être.

— Avec plaisir, mon amour. »

Merci d'avoir lu *Outrageous* ! J'espère que vous avez aimé l'histoire de Leah et Emmett autant que j'ai aimé l'écrire. J'ai toujours su que le rire serait au rendez-vous dans l'histoire de l'irrévérencieuse Leah, et elle ne m'a pas déçue ! Si vous avez apprécié ce livre et cette série, n'oubliez pas de laisser un commentaire auprès du vendeur de votre choix, sur Goodreads, et sur BookBub. J'en suis toujours reconnaissante ! Si vous n'êtes pas sur ma liste de diffusion de newsletter, merci de vous inscrire sur marieforce.com pour que nous puissions vous informer des livres qui sortent, des offres spéciales et partager d'autres nouvelles.

Devenez membre du groupe de lecteurs de *Outrageous* sur https://www.facebook.com/groups/outrageous7/ pour parler de l'histoire d'Emmett et Leah. Assurez-vous d'être également membre du groupe de lecteurs de la série Quantum sur facebook.com/groups/QuantumReaders/ pour ne jamais louper de nouvelles sur la série. Avez-vous lu TOUS mes livres ? Si oui, vous êtes un ou une SUPER fan ! Rejoignez les membres du groupe de lecteurs SUPER fans sur www.facebook.com/groups/MarieForceSUPERFans/.

J'ai l'intention d'écrire encore un livre dans la série Quantum, sur Marlowe. Le livre s'appellera *Famous* et sortira en 2019.

Comme toujours, je remercie mon mari, Dan Force, et l'incroyable équipe qui me soutient dans les coulisses, comprenant Julie Cupp, Lisa Cafferty, Holly Sullivan, Isabel Sullivan, Nikki Colquhoun, Jules Bernard, Jessica Estep, Kristina Brinton, Anne Woodall, Kara Conrad, Linda Ingmanson et Mila Grayson. Je ne pourrais pas faire ce que je fais sans leur aide et soutien.

Merci à tous mes fidèles lecteurs qui donnent un sens à mon travail au-delà de mes espérances. Vous êtes les meilleurs !

Bises,

Marie

AUTRES LIVRES DE MARIE FORCE

L'ile de Gansett

Livre 1: Quand on est fait pour l'amour *(Maddie & Mac)*

Livre 2: Quand on est fou d'amour *(Joe & Janey)*

Livre 3: Quand on est prêt pour l'amour *(Luke & Sydney)*

Livre 4: Quand on rencontre l'amour *(Grant & Stephanie)*

Livre 5: Quand on espère l'amour *(Evan & Grace)*

Livre 6: Quand vient la saison de l'amour *(Owen & Laura)*

Livre 7: Quand on aspire à l'amour *(Blaine & Tiffany)*

Livre 8: Quand on attend l'amour *(Adam & Abby)*

Les séries de Rester à Flot

Livre 1: Rester à Flot *(Jack & Andi)*

Titre Unique

Cinq Ans Sans Lui

La Série Quantum

Livre 1: Virtuous *(Flynn & Natalie)*

Livre 2: Valorous *(Flynn & Natalie)*

Livre 3: Victorious *(Flynn & Natalie)*

Livre 4: Rapturous *(Addie & Hayden)*

Livre 5: Ravenous *(Jasper & Ellie)*

Livre 6: Delirious *(Kristian & Aileen)*

Livre 7: Outrageous *(Emmett & Leah)*

Marie Force est l'auteur de plus de 60 romances contemporaines parmi les meilleures ventes du New York Times, incluant les Séries l'Ile de Gansett et les Séries Fatal des Livres Harlequin. Elle est également l'auteur de Le Majordome, Les Séries du Vermont, les Séries de la Montagne Verte et les Séries de romance érotique Quantum. En tout, ses livres se sont vendus à plus de 6 millions d'exemplaires dans le monde!

Ses buts dans la vie sont simples — finir d'élever deux heureux, sains, productifs jeunes adultes, continuer à écrire des livres aussi longtemps qu'elle le pourra et ne jamais être dans un avion qui fera l'actualité.

Adhérez à la liste de diffusion de Marie pour des nouvelles sur ses nouveaux livres et sa venue prochaine dans votre région. Suivez-la sur Facebook, Twitter @marieforce et sur Instagram. Joignez un des nombreux groupes de lecteurs de Marie. Contactez Marie à marie@marieforce.com

www.ingramcontent.com/pod-product-compliance
Lightning Source LLC
Chambersburg PA
CBHW070433170726
48291CB00002B/490